KB271464

龍

용들의 전쟁

레디오스 新무협 판타지 소설

용들의 전쟁 3

레디오스 新무협 판타지 장편 소설

초판 1쇄 찍은 날 § 2006년 9월 14일
초판 1쇄 펴낸 날 § 2006년 9월 24일

지은이 § 레디오스
펴낸이 § 서경석

편집장 § 문혜영
편집 § 장상수

펴낸곳 § 도서출판 청어람
등록번호 § 제1081-1-89호
등록일자 § 1999. 5. 31
어람번호 § 제2-1006호

주소 § 경기도 부천시 원미구 심곡1동 350-1 남성B/D 3F (우) 420-011
전화 § 032-656-4452 팩스 § 032-656-4453
http://www.chungeoram.com
E-mail § eoram99@chollian.net

ⓒ 레디오스, 2006

ISBN 89-251-0267-6 04810
ISBN 89-251-0264-1 (세트)

龍

용들의 전쟁

Fantastic Oriental Heroes

레디오스 新무협 판타지 소설

3

양자강의 용

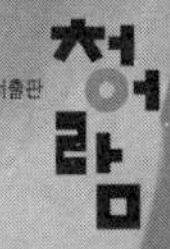

목차

17장

낙화동에 남은 자

낙화동에 남은 자

　초겨울 서리가 맺힌 쟁기머리를 만진 듯 굳게 붙은 문과 설주였다. 그러나 없을 것 같은 틈을 비집고 육모탕의 외침이 들렸다. 너무도 뚜렷한 육모탕의 소리는 막당의 새로운 울음소리만큼이나 생소했다.

　"아이, 아니, 이에, 이게에, 우허허허! 이게 무슨 일이야! 이년아아, 화경아! 경아야? 경아야! 아이오호오, 린아야, 이게 웬일이냐. 린아야, 제발 나와라. 어이고, 경아야, 어이구우!"

　두 손으로 끌어안았던 무릎을 놓고 귀를 막았다. 그래도 육모탕과 막당의 울음소리가 들렸다. 곽성린의 얼굴에 표정이라고는 눈곱만치도 찾아볼 수 없었다. 눈물도 흐르지 않았다.

바깥에서 들어선 서러운 울음소리가 방 안을 메웠는데도 곽성린은 눈 하나 깜짝하지 않았다. 그저 입술 굳게 다물고 정면을 응시하며 두 손으로 귀만 막고 있을 뿐이었다.

덜컥.

한참 만에 곽성린이 나왔다. 여전히 얼굴에는 변화가 없었다. 곽성린은 무심한 눈으로 우화경의 시체를 응시했다. 잠시 목울대가 일렁거렸으나 곧 잠잠해졌다. 곽성린이 말했다.

"죽었으면 묻어야죠."

곽성린의 말에 육모탕의 눈이 퀭해지며 더 이상 눈물을 흘리지 않았다. 뺨에 남은 눈물도 기가 막힌 듯 살 속으로 파고들었다. 육모탕은 입을 벌린 채 곽성린을 멍히 응시하다가 헛웃음을 터뜨렸다.

"허! 그래, 묻어야지. 양지바른 곳에 내 딸 묻어야지."

육모탕의 목소리에 힘이 빠졌다. 곽성린도 육모탕도 기가 막혀서 감기가 나았는지 한 번의 기침도 하지 않았다. 낙화동에는 그저 막당의 서러운 울음소리만 가득했다. 육모탕이 힘없이 물었다.

"어디에 묻을까, 린아야?"

"양지바른 곳에 묻어야 한다면서요."

건조한 대답이 돌아온다. 육모탕은 소매로 뺨의 물기를 닦았다. 메기수염에 맺힌 물기마저 닦곤 몸을 일으켰다. 엉덩이에 묻은 흙을 털고 어깨를 늘어뜨리니 시체를 세워놓은 것만 같았다. 육모탕이 하늘 향해 한숨짓고서 우화경의 핏기없는 얼굴을 물끄러미 바라보았다. 또 한 번 하늘을 보았는데 이번에는 한숨이 아니라 욕설을 뱉었다.

"똥물이 콧구멍에 틀어박히고 지네가 이빨에 껴서 평생 굶어 뒈질 자식을 천 명은 아가리로 낳을 놈의 하늘아! 세상천지에 죽을 년 쌔잡아 널렸는데 왜 하필 우리 경아냐! 이 염병에 미쳐 눈알이 썩어서 지 애비 똥구멍에 코를 박고 뒈질 놈! 당장 우리 경아 살려내지 못할까! 명부첩을 몽땅 태워 버리기 전에 내 딸 이름을 당장 지우란 말이다! 똥구멍이 막혀 주둥이로 쌀 놈아! 어서어어!"

"당아야, 일어나."

건조한 음성이 막당에게 흘렀다. 막당이 울음을 그치지 못한 채 곽성린을 돌아봤다. 사저의 얼굴이 무심하여 또 하나의 시체를 보는 것만 같았다. 곽성린은 막당의 어깨를 짚으며 고개를 살짝 기울였다.

"땅을 파야지."

"으에. 경 사저, 살려주시으에에!"

"일어나야 땅을 파지."

서러운 울음소리와 욕설과 무미건조한 목소리가 쳇바퀴 돌 듯 끊임없었다. 햇살이 낙화동을 벗어나기 시작했다. 곽성린이 고개를 몇 번 젓더니 어디론가 걸어갔다. 막당이 울음을 멈추지 않으면서도 곽성린을 지켜봤다. 곧 곽성린이 연장을 들고 나타났다. 무심한 눈이 우화경에게 머물러 있다. 곽성린은 땅바닥에 연장을 내려놓고는 막당이 안고 있던 우화경에게 손을 뻗었다.

"읍!"

곽성린이 우화경을 안아 들자, 막당은 깜짝 놀라며 몸을 일으켰다.

"어어! 우어! 경 사저를 묻지 말아주십시오!"

"묻어야 편히 가지. 내가 힘이 드니 네가 들어줘, 당아야."

그 말에 육모탕이 욕설을 멈추고 고개를 떨궜다. 육모탕은 뒷짐을 진 채 힘없이 말했다.

"그래라. 당아, 네가 들어라. 이 사부가 진작에 좋은 자리를 봐뒀으니 앞서 가마."

막당이 억지로 울음을 참으며 곽성린에게서 우화경을 건네받았다. 육모탕은 길게 탄식하며 뒷짐을 진 채 걸었다.

"내가 묻힐 곳이었는데 어쩌다 이리 됐을까."

막당이 '힉! 힉!' 거리며 어깨를 주체하지 못했다. 우화경을 품에 안고 기다리던 막당은 육모탕이 곁을 지나치자 힘없이 몸을 돌렸다. 묏자리를 아는 자가 육모탕뿐이었는데 연장을 든 곽성린이 선두에 있었다. 낙화동을 벗어나 산길을 걸으며 육모탕은 몇 번이나 막당에게 몸을 돌렸다. 곽성린에게 방향을 알려줄 때마다 육모탕은 우화경의 맥을 짚었다. 그리고 얼굴을 찡그리며 눈물과 표정만으로 울었다. 앞서는 곽성린은 여전히 목각 인형 같았다. 우화경을 묻고 낙화동에 돌아왔을 때는 이미 해가 졌는데, 그때도 곽성린의 얼굴엔 아무런 변화가 없었다.

"이게 어찌 된 일인지 자세히 말해봐라."

육모탕은 마루에서 곽성린의 닫힌 방문을 등지고 막당에게 사정 얘기를 들었다. 얘기를 듣던 도중 육모탕이 몸을 일으켜 횃불을 찾았다. 그리고 사건 현장에 가서 시체를 확인해야 된다고 말했다. 두 사내가 낙화동을 벗어날 때까지 곽성린은 방에서 나오지 않았다. 달이 중천에 이르렀을 때, 육모탕이 돌아와 곽성린을 불렀다. 곽성린이 대답도 없이 방문을 열고 나왔다.

"여길 떠나야겠구나."

육모탕이 힘없는 목소리로 중얼거렸다. 곽성린은 이유도 묻지 않고 고개를 끄덕였다. 육모탕도 더·이상 설명하려 들지 않았다. 그저 '내일 아침 일찍 떠날 준비를 하거라' 라며 짤막하게 말한 뒤 방으로 들어갔다. 곽성린이 방에 들어가자 막당 홀로 낙화동 마당에 서 있었다.

초구가 막당의 눈치를 보다가 슬그머니 폭포수 쪽으로 걸어갔다. 방울 소리가 들릴 때, 육모탕의 방 안에서 신음성이 새어 나왔다. 육모탕은 몇 번 헛기침을 하더니 짐짓 태연한 소리를 내어 말했다.

"당아도 일찍 자거라. 내일 준비할 것이 많다."

막당은 대답하지 않았다.

투투투투투투!

막당은 연무장을 돌았다. 밤이 되어 차가워진 봄바람이 막당을 미친 듯 후려쳤다. 숨통이 막힐 듯 괴로웠으나 속력을 줄이지 않았다. 그것을 보다 못한 제갈당숙이 신형을 날려 막당의 어깨를 잡았다.

"이놈! 그러다 죽겠다! 히히히! 허억!"

제갈당숙은 막당의 어깨를 잡은 채 다섯 걸음이나 끌려갔다. 막당이 계속 달리려 하자 힘을 주어 잡아당겼다. 막당이 엉덩방아를 찧더니 제갈당숙에게 눈물 가득한 얼굴을 보였다.

"달려야 합니다! 어서 달려야 합니다!"

"대체 왜 그러는 거냐? 히힛. 그건 새로운 수련이냐?"

"제가 늦게 달려서 경 사저가 죽었습니다! 더 빨리 달리지 않으면 안 됩니다! 으어어엉!"

"누가 죽었다고?"

"경 사저가 죽었습니다! 어어엉! 경 사저를 살려주십시오! 어어어!"

"이놈이 무슨 소리를 하는 거야?"

제갈당숙은 곤혹한 표정으로 막당의 우는 꼴을 응시하다가 답답한 듯 길게 한숨을 쉬더니 모습을 감췄다. 막당은 다시 달리기 시작했다. 달리고 또 달렸다. 달이 기울어 샛별이 힘을 얻을 때까지 쉬지 않고 달렸다.

"그만 해라."

음울한 목소리가 막당을 방해했다. 막당이 고개를 돌리니 어둠 속에서 육보낭이 뒷짐을 진 채 걸어오고 있었다.

"네가 달린다고 경아가 살아나는 게 아니지 않느냐."

"하지만… 저는… 저는……."

육모탕은 막당의 앞을 막고 선 채 달을 보았다. 오늘따라 달이 붉었다. 육모탕은 또 한 번 길게 한숨을 뱉었다.

"앞으로 네 앞에 더 많은 죽음이 있을 게다. 하나의 죽음으로 이렇게 흔들려서는 아니 된다."

"저는 싫습니다!"

막당은 육모탕을 향해 악을 썼다. 고개를 힘차게 가로저으며 죽음이 얼마나 무서운 것인지를 외쳤다. 움직이지 못하고 숨을 쉬지 못하고 웃지를 못하고 말을 하지 못한다며 울부짖었다. 육모탕이 잠자코 듣다가 쓰게 웃었다.

"하나하나 죽을 때마다 이리도 슬퍼하면 네놈 눈물이 남아나지를 않겠구나. 내가 죽어도 이렇게 슬퍼할 셈이냐?"

"이 정도로 슬퍼하지는 않을 겁니다. 흐흑."

"커험! 험! 험!"

육모탕이 헛기침을 하며 목을 긁었다. '역시 거짓말하는 법부터 가르쳐야 했어.'라며 중얼거린 육모탕이 막당을 향해 이를 드러내고 웃음 지었다.

"당아야."

"예, 사부님."

"이 사부가 젊을 때 소원이 하나 있었다."

막당은 훌쩍이느라 어깨를 들썩일 뿐 아무 말도 하지 않았다. 그저 육모탕의 다음 말을 기다릴 뿐이었다.

"이 사부는 말이다. 강호를 제패하고 싶었다. 무량검 동방량이나 공작왕 금사희처럼 무림을 발아래 두고 거만하고 싶었지. 그런데 그게 잘 안 되더라. 훈련이 무척 힘들었어. 암! 사람이 할 짓이 못 됐어, 그건. 그래서 이 사부는 젊을 때 꿈을 포기했다. 자아, 당아야. 내 제자 막당아."

"예, 사부님."

"넌 여기에 있을 놈이 아니야."

육모탕의 말에 막당이 '알고 있습니다. 내일 떠납니다.' 라고 답했다. 육모탕은 평소처럼 주먹으로 답하는 대신 쓰게 웃으며 고개를 저었다.

"네가 갈 곳은 내 젊은 날 보았던 커다란 길이란다. 하늘이 널 강호로 내몰고 있었어. 네가 나를 따르건 린아를 따르건 하다못해 초구를 따르건 그 길의 끝은 무림이 될 게다. 오물상인 육모탕의 이름을 걸고 네 녀석은 분명 하늘이 정해준 강호의 패자라고 장담할 수 있다. 암! 장담할 수 있고말고."

육모탕의 두 손이 힘차게 솟구쳤다. 육모탕은 막당의 양 어깨에 손을 올리며 눈을 부릅떴다.

“그렇게 되면 너는 오늘 같은 죽음을 수도 없이 만날 게 다.”

“싫습니다!”

“싫으냐?”

“싫습니다! 저는 싫습니다!”

“그럼 너는 연무장을 왜 뛰고 지랄이냐?”

“제가 늦어서입니다! 제가 조금만 더 빨리 달렸어도 경 사 저가 살았습니다!”

육모탕이 고개를 저었다.

“네가 빨라도 소용없다. 만약 어떤 놈이 낙화동에서 린아를 죽이려 한다면 어찌하겠느냐?”

“뛰어가서 막겠습니다!”

“그와 같은 시간에 어떤 놈이 여기서 나를 죽이려 한다면 어찌하겠느냐?”

“뛰어가서 막겠…….”

“그와 같은 시간에 어떤 놈이 네 고향에서 부모를 죽이려 한다면 어찌하겠느냐?”

막당의 얼굴이 창백해졌다. 막당은 떨리는 입술로 ‘저는… 저는…….’ 이라 말할 뿐, 뛰어가서 막겠다는 말을 하지 못했다. 육모탕이 말했다.

“그 모두를 살릴 방법이 있다.”

“어떤 무공입니까!”

“무공이라……. 뭐… 그렇게 말할 수도 있겠지. 그건 말이다, 당아야.”

“예, 사부님!”

“…….”

“예, 사부님!”

막당이 다시 한 번 힘주어 말했다. 갑자기 침묵하는 육모탕에게 답을 달라고 재촉하는 의미다. 육모탕은 숨을 들이켜고 있었다. 마시고 또 마시고, 연무장의 모든 공기를 빨아들일 듯 끝없이 가슴을 부풀렸다. 그럴수록 육모탕의 눈에 핏발이 섰다. 일순간 육모탕이 막당을 향해 눈을 부릅뜨며 고함쳤다.

“빼앗는 거다!”

막당이 얼굴을 찌푸렸다. 이리저리 눈알을 굴리며 열심히 고민하더니 결국 고개를 가로저었다.

“무슨 말씀인지 모르겠습니다.”

육모탕은 막당의 어깨를 쥔 손에 힘을 주었다. 목소리도 그어느 때보다 힘이 들어가서 연무장이 쩌렁쩌렁 울릴 정도였다.

“쟁탈(爭奪)해라! 너보다 높은 자리에서 호령하는 놈이 있으면 그놈의 자리를 빼앗아라! 그보다 높은 자리가 있으면 네가 앉아라! 그리고 네 주변의 지켜주고 싶은 사람의 이름을 부르거라! 네가 그 자리에 있는 한 누구도 네 소중한 사람을 죽일 수 없다! 빼앗아라, 당아야! 강호에 들어가서 최고의 자리에 앉아라! 이런 빌어먹을! 주책맞게 웬 눈물이람. 당아야!
알아들었느냐?"

"못 알아들었습니다, 사부님."

"그저 최고가 되는 게다. 아니, 빼앗아라. 네놈의 단점은
빼앗지 못한다는 데 있다. 어떻게든 참고 빼앗거라. 네가 빼
앗는 게 많을수록 네 주변의 벗들이 살아남는다. 네 부모가
네 이름을 대면 누구도 칼을 빼지 못하고, 내가 네 별호를 말
하며 사부임을 자랑하면 만인이 칼을 거두고 무릎을 꿇을 것
이다. 경아도 죽지 않을 수 있었겠지. 아직도 모르겠느냐? 몰
라도 된다. 그냥 빼앗거라. 이 사부가 널 강호로 보내련다. 천
하의 몹쓸 오물상인이 이제야 널 놓아주련다!"

육모탕의 얼굴이 흠뻑 젖어 있었다. 막당도 용문에 고인 눈
물을 주체하지 못해 턱으로 흘려보냈다. 하지만 육모탕의 마
음을 이해하여 흘리는 눈물이 아니었다. 그저 슬퍼서 우는 것
이었다. 우화경의 죽음이 가슴을 떠나지 못했기에 눈물을 흘
리고 있었다. 육모탕은 외쳤다. 막당의 얼굴에 침을 튀기며
소리쳤다.

"내가 누구냐, 이놈아!"

"사부님이십니다."

"더 크게 대답하거라! 내가 누구냐, 이놈아! 당아야, 대답하
지 못할까!"

"사부님이십니다!"

“역시 그렇지?”

급작스레 익살맞은 얼굴로 바꾼 육모탕이 메기수염을 매만지며 웃었다. 육모탕은 막당의 뺨을 가볍게 몇 번 두드리고는 몸을 돌렸다.

“내가 네 사부란다. 흐허허. 오물상인 육모탕이 천하제일 신룡대협 막당의 사부란다. 흐허허허. 제 욕심 채우려고 제자를 사지로 보내는 몹쓸 악인이 바로 나란다. 흐허허허허.”

“무슨 말씀인지 모르겠습니다!”

막당이 연무장 기슭에 머문 채 소리쳤다. 육모탕은 손만 흔들 뿐 아무 말도 하지 않은 채 어둠 속으로 모습을 감췄다. 막당이 어깨를 늘어뜨리고 육모탕이 사라진 어둠을 응시하다가 곧 다시 뛰기 시작했다. 하지만 그리 오래 달리지 못했다. 막당은 제갈당숙에게 멱살을 잡혀 괴로워했다. 제갈당숙이 달빛의 도움을 받고 핏발 선 눈을 세우며 으르렁거렸다.

“너 내가 뭐랬어?”

“숨이 막힙니다, 새 사부님!”

짝짝짝짝짝짝짝!

제갈당숙은 사정없이 막당의 뺨을 때렸다. 막당이 수도 없이 ‘죄송합니다!’ 를 연발했지만, 뺨의 용문에서 피가 흐를 때까지 제갈당숙의 손은 멈추지 않았다.

“약속을 어겼지 않느냐! 왜 사도맹 사람들과 싸운 거냐고!”

“죄송합니다! 죄송합니다!”

"히히. 죄송합니다? 히히히." 제갈당숙이 연신 키득거리다가 급작스레 표정을 굳히더니 이번에는 발길질을 했다. "뭐이따위 게……."

"잘못했습니다! 용서해 주십시오!"

막당은 울음을 터뜨리며 용서를 빌었다. 제갈당숙은 발길질을 멈추고도 분이 풀리지 않은 듯 이리저리 고개를 휘저으며 콧김을 뿜었다. 땅이 꺼져라 한숨을 쉬고 나서야 진정이 된 듯 제갈당숙의 목소리가 평소와 같아졌다.

"계집에게 들었다. 정말로 죽었더라? 히히."

막당이 대답 대신 흐느끼려 했는데, 제갈당숙의 발길질에 턱을 맞아서 실패했다. 뒤로 나자빠진 막당에게 제갈당숙이 눈을 부라렸다.

"네가 울 자격은 있는 거냐? 하나는 됐다 치자. 아무리 봐도 그건 돼지새끼 짓이니까. 하아. 그놈도 너무 키웠어. 잡아먹던가 해야지, 쌍. 아무튼 나머지 둘은 어쩔 거냐? 오늘 죽은 계집애만 사람이고 네가 죽인 두 명은 개나 소냐?"

몸을 다시 세우는 막당의 얼굴이 달을 지나치는 구름만큼이나 핏기가 없었다.

"저는… 하지만… 한 명은 그냥… 경 소저는 그래도……."

"너에게 낙화동이 있고 죽은 계집에게 춤이 있고 네 사부에게 노래가 있다면 오늘 죽은 그놈들에게는 없을 것 같냐? 그놈들은 강호를 노래할 줄 모를 것 같아? 서로 술을 권하고 밤새 이야기를 나누는 허튼 짓거리를 안 하며 살 것같이 보였더냐?"

"저는… 저는……."

"맞아. 이따위라서 강호가 싫었지. 사람이 싫었어. 인간사 인연이라는 것이 그래 봤자 네 것과 내 것이지. 네놈도 어쩔 수 없이 역겨운 인간이구나. 약속을 어겼으니 지금 내 손에 죽어도 원망하지 말아라."

"사도맹 사람인지 몰랐습니다. 흐잉."

"사도맹 사람이다. 넌 약속을 어겼어. 히히히."

"죄송합니다! 잘못했습니다, 새 사부님!"

"빌 것 없다. 약속을 어겼으니 죽어라."

"예, 새 사부님."

막당이 흐느끼면서도 목숨을 내맡길 듯 얼굴을 내밀었다. 제갈당숙의 냄새 나는 발바닥이 그 얼굴을 제대로 짓밟았다.

퍽퍽퍽퍽퍽!

"그럴 땐 좀 살려달라고 빌어봐라! 예, 새 사부님? 환장하겠구나, 히히히. 내가 왜 너 같은 놈을 알아가지고! 세상에 도움 되는 거라고는 단 하나도 없는 놈 같으니! 어? 손 안 내려? 어이구? 그렇다고 내려? 그래, 죽도록 맞아봐라, 이놈!"

막당은 한참 동안 맞았다. 나중에는 비명도 울음소리도 내지 않고 맞았다. 어느 순간부터는 맞는 걸 즐기는 게 아닐까 생각될 정도로 몸을 내맡겼다. 결국 제갈당숙이 씩씩거리며 막당이 누운 자리 옆에 엉덩이를 깔았다.

"네 사저가 충격이 큰 것 같더라."

"……."

"내일 떠난다고?"

"잘못… 했습니다, 새 사부님. 다시는 사람을 죽이지 않겠습니다. 사도맹과 싸우지 않겠습니다."

"이젠 상관없어. 죽여. 그래, 마음껏 죽여. 사도맹이건 정도맹이건 상관없이 다 죽여!"

"그리할 수 없습니다. 용서해 주십시오!"

"이젠 정말 상관없다니까. 내가 패륜제자(悖倫弟子)가 되면 끝인 거야. 아직까지 공작천의 파문제자로 나를 옥죄었던 게 신기해. 왜 그랬지, 내가? 히히히."

막당이 몸을 추스르는 동안, 제갈당숙은 밤을 향해 말했다. 그것이 곧 자신을 향한 말이며 자조하는 음성이었다. 일순간 제갈당숙이 몸을 일으키며 웃었다. 간신히 일어선 막당에게 제갈당숙의 우수가 날아들었다. 막당이 신형을 돌려 일격을 피했지만, 연이어 날아드는 좌수를 피하기 어려웠다. 게다가 자신은 맞아야 할 사람이 아닌가.

퍽!

막당은 오히려 가슴을 내밀어 제갈당숙의 좌수에 당했다. 바닥을 뒹구는 막당에게 제갈당숙이 일어나라고 명령했다. 몸을 일으키니 또 한 번 우수가 날아들었다. 피하지 않았다.

퍼억!

"쓰러지지 않았구나. 히히히. 다시 내 앞에 서라."

픽!

세 번째 맞았을 때는 아예 일 보도 후퇴하지 않았다. 제갈당숙은 막당이 가슴을 어루만지며 울음을 삼키는 것을 지켜보다가 넌지시 물었다.

"내가 널 작정하고 때렸다면 어떻게 됐을 것 같으냐?"

"죽었을… 것입니다."

"그런데 왜 죽지 않았느냐?"

막당이 뜻을 이해하지 못하여 대답을 건네지 않았다. 그때부터 제갈당숙은 막당에게 무공을 가르쳤다. 처음으로 가르치는 무공이었으나 상승무공도, 새로운 무공도 아니었다. 그저 싸우는 법이었다. 싸울 때 힘을 조율하는 법, 그리고 이기는 법을 한 시진가량 가르쳤다. 막당의 머리가 제갈당숙의 뜻을 끝내 이해하지 못했으나 수업은 끝났다. 제갈당숙은 알고 있었다. 막당이 머리로는 이해하지 못했어도 몸은 진작에 깨달음을 얻었다는 것을.

"이제 들어가서 자라."

"더 뛰고 싶습니다."

"나중에 와서 뛰거라."

막당이 내일 떠날 것이라고 말했다. 제갈당숙은 알고 있다며 고개를 끄덕이더니 또다시 말했다. 나중에 와서 뛰라고.

"내일 떠나면 여기서 뛸 수가 없을 것 같습니다."

"그럼 약속해야지. 히히히. 네놈이 내 약속 하나를 어겼으니 다른 약속 하나를 지켜야 한다."

"무슨 약속입니까?"

"나중에 와서 뛰거라. 어딜 가서 얼마나 살건 얼마나 닐뛰건 얼마나 죽이건 상관없다. 하지만 나중에 이곳에 와서 뛰겠다고 약속하거라."

"여기도 십 년 후에 와야 합니까?"

제갈당숙이 막당의 말을 이해 못하고 물끄러미 바라보았다. 곧 십 년의 기약 같은 것은 필요없다고 말했다. 그저 오라고 했다. 막당이 고개를 끄덕이자, 제갈당숙의 몸이 깊은 밤 어딘가로 사라졌다. 웃음소리가 잠시 연무장에 남았으나 그마저도 깊은 밤의 어둠이 되었다.

막당은 잠을 이루지 못한 채 떠날 채비를 했다. 아침에 육모탕이 먼저 기침했다. 금세 곽성린도 방문을 열고 꾸러미를 내밀었다. 막당이 마루 앞에서 기다렸다가 곽성린의 꾸러미를 받았다.

"서두르자. 놈들이 오기 전에 산을 벗어나야 한다."

육모탕은 조급증을 보였지만, 곽성린은 괘념치 않았다. 폭포수에 가서 얼굴을 씻고 돌아오더니 가래 끓는 소리로 기침을 한 번 하고 낙화동의 출구를 향해 걸었다. 일순 곽성린이 비틀거렸다. 막당이 급히 옆으로 달려가 부축하니 얼떨결에 잡은 어깨에서 열기가 느껴졌다.

"몸이 좋지 않은 듯합니다, 린 사저."

"괜찮아."

"나머지도 제가 들겠습니다."

"그래."

막당은 곽성린의 짐을 모두 자신의 어깨에 걸치며 앞서 걷기 시작했다. 곽성린의 짐이 조금도 무겁지 않다는 것을 과시하기 위해서였다. 하지만 막당의 뒤에서 곽성린의 거친 고함 소리가 터져 나왔다.

"하지 마!"

막당도 육모탕도 곽성린의 고함 소리에 놀라 눈을 동그랗게 치켜떴다. 막당이 돌아보니 자신을 보는 곽성린의 얼굴에 눈물이 가득했다. 조금 전까지만 해도 세상 모든 것을 달관한 듯 무표정했던 곽성린의 얼굴이 눈물과 주름에 뒤덮여 있었다.

"그 옷 입고 내게서 등 돌리지 마! 내 이름을 보여주지 마아아!"

곽성린이 두 손으로 얼굴을 감싸 쥐고 주저앉았다. 육모탕이 급히 나서며 막당의 어깨에 걸쳐진 짐을 비틀었다. 녹의에 새겨진 '린' 자가 짐에 가려졌다. 쉰 목소리와 기침 소리가 울음소리에 섞여 끊임이 없었다. 육모탕이 곽성린의 어깨를 두드리며 달랬지만 소용없었다. 곽성린은 어제 꺼내지 못한 울음까지 모두 내밀며 서러워했다. 갑자기 막당도 울기 시작했다. 초구가 '끅끅' 거렸다. 어서 가자며 호통 치는 육모탕의 음성도 떨렸다. 서둘러야 한다고 애원했지만, 세 사람 모두 붉은 햇불이 사라진 뒤에야 낙화동을 벗어날 수 있었다.

＊　　　＊　　　＊

귀암곡.

끈적한 물기를 머금고 있는 잡초들이 가득한 둔덕을 오르다 보면 일순간 급작스레 치솟는 절벽이 있다. 그리 높은 절벽도 아니었는데, 어느 방향을 보아도 경사가 급격하여 수월하게 오르기가 쉽지 않았다. 양자강에서부터 바람을 타고 온 축축한 공기가 귀암곡의 정상까지 머물러 있었는데, 그곳의 사람들 마음도 공기만큼이나 눅눅했다.

얼마 전 유책일이 옆 산에 정도맹 세력이 있다고 떠들었을 때, 대부분 그 말을 무시하는 편이었다. 하지만 유책일의 정찰대가 돌아오자 귀암곡 장로들은 역대 최고의 경계령을 내리며 비상 체제에 들어갔다. 밤잠을 이루지 않고 두 번째 정찰대를 조직했지만, 규모가 너무 커서 하루를 더 보내야 체계를 갖출 듯싶었다. 모두의 마음속에 공포가 자리잡았다. 유책일과 함께 돌아온 자들은 함구로 일관했다. 모든 정보는 유책일의 세치 혀를 통해 얻을 수 있었는데, 그 내용이 끔찍했다.

몇몇 장로들은 강량의 비겁함에 치를 떨었다. 잘 죽었다며 냉소하는 장로도 있었다.

"너의 조심성에 곡이 큰 위험을 면할 수 있었구나. 강량의 말대로 도중에 돌아섰다면 정도맹의 수작을 끝내 알지 못했을 것이다."

평소에 유책일을 아끼던 유상상(柳上尙) 장로가 크게 치하하더니 곧 한숨을 쉬었다. 곡주마저 없는 마당에 정도맹이 자신들을 노리고 있다면 그야말로 절대위기의 상황이었다. 게다가 유책일의 무리가 귀암곡에 들어올 때부터 위기를 떠들었으니 모두의 가슴에 공포가 자리잡고 있을 것이다.

"강량 그 아이가 조심성이 많은 것은 잘 알고 있지만, 맡은 일을 중도에 포기하는 경우는 없었습니다. 다시 묻겠다, 책일아. 네가 말한 것이 정말 사실이냐?"

네 명의 장로 중에서 가장 젊어 보이는 이가 어제부터 내밀던 말을 또다시 꺼내 들었다. 세 명의 장로가 일제히 눈살을 찌푸렸다. 마흔두 살의 젊은 나이에 장로의 직책을 가지고 있는 하각사(賀角司)는 다른 장로들이 평소에도 좋게 보지 않는 자였다. 지금의 곡주가 아니었다면 장로가 될 수 없는 인물이었으며, 근본도 귀암곡 출신이 아니었다. 작은 마을의 관리였던 아버지의 뒤를 이어 나랏일을 할 자로 키워진 문인이었는데, 갑자기 무술 바람이 들어서 강호로 뛰어든 놈이다. 현 곡주가 아니었다면 귀암곡의 무술 교관을 하는 것만으로도 감지덕지할 놈이 지금은 다른 장로보다 더 위세를 부리고 있었다. 하각사는 곡주가 가장 총애하는 장로였으며, 귀암곡의 중심에 놓인 존재였다. 하각사를 제일 싫어하는 유상상이 냉소했다.

"흥! 그 말을 계속 꺼내는 하 장로의 저의가 무엇이오? 그러고 보니 하 장로는 강량 그놈을 평소에 크게 아끼셨구려. 혹여 불똥이 튈까 걱정하여 꺼낸 말이라면 염려하실 필요 없소이다. 귀암곡의 장로가 그렇게 속 좁은 인물일 리 없소. 한 명은 나도 자신할 수 없소만."

노골적인 적대감이었다. 그러나 하각사는 불쾌감을 드러내지 않았다. 그저 유책일을 향해 눈살만 찌푸릴 뿐, 자신이 꺼낸 말을 주워 담으며 장로들에게 사과했다. 유책일이 유상상의 지원에 힘을 얻었는지 미간에 힘을 주어 말했다. 역시 강량은 개 쓰레기였고, 귀암곡은 지금 위험하고, 자신의 말은 진리이자 생명이란다. 그 말이 듣기 싫었는지 하각사가 길게 한숨을 뱉는 척하며 슬며시 일어나 방을 나갔다. 장로들이 모여서 중대사를 논하는 방이었는데 창문이 없는 곳인지라 답답했다. 안의 네 명이 주변 공기를 모두 먹어치우는 것 같아서 오래 있을 수 없었다.

"그래도 애석하다. 강량이 죽었으니 곡주님께서 크게 상심하시겠구나."

하각사가 강량에게 관심을 보였던 이유 중 하나가 귀암곡주 때문이었다. 귀암곡주 양진목(梁眞木)은 사람 보는 눈이 뛰어나서 가끔씩 인재들을 귀암곡으로 데려오는 경우가 있었는데, 강량과 유책일도 그런 사람들 중 하나였다. 하각사는 곡주가 유책일을 데려온 이유가 강량 때문이라고 판단했다. 강량과 유책일은 귀암곡에 오기 전부터 의형제의 결의를 한 사이였고, 그것을 떼어놓기 어려우니 둘 다 한꺼번에 포장하여 갖고 온 것이 분명하다. 곡주의 곁에 자주 머물러 있던 하각사였기에 누구를 총애하는지는 쉽게 알 수 있었다. 강량의 죽음이 곡주에게 어떤 영향을 미칠지 알 수는 없으나, 분명 그 화가 유책일에게까지 이어지리라. 하각사가 유책일에게 강량의 일을 자꾸 물었던 이유는 도움을 주기 위해서였다. 유책일이 계속 강량에 대해 안 좋게 말을 한다면, 곡주에게 호된 꼴을 당할 것이 뻔했다. 곡주는 자신이 아끼는 사람에 대해서는 무조건 두 눈에 콩깍지를 씌우고 보는 버릇이 있었다. 이러한 곡주라면 그야말로 귀암곡 역대 최악의 곡주가 됐겠으나, 다행인 것은 곡주의 사람 보는 눈이 좋은 편이라는 점이다. 아직까지 귀암곡은 곡주의 한쪽으로 치우친 인재 등용 방식으로 인하여 쇠퇴하는 일이 없었다.

"으음."

하각사는 양진목의 방문 앞에서 걸음을 멈추고 낮게 신음했다. 방문은 오랫동안 열리지 않았다. 귀암곡을 찾아왔던 금사희도 코웃음을 치며 돌아간 지 오래다. '오면 나한테 연락하라 그래라' 는 짤막한 명령에 몇 날 며칠을 고심했던가. 하 각사는 문고리를 쥐었다. 자신은 언제까지고 곡주의 편이었다. 금사희의 명령을 자신이 삼켜 버리면 된다. 그래야 곡주가 조금이라도 더 오래 살 수 있겠지. 강호에 나서자마자 제자 한 명을 죽였다는 소문에 곡주는 물론이고 자신까지 얼마나 몸을 떨었던가. 차라리 이렇게 문을 열어 아무도 없는 빈방을 보게 되는 것이 다행일지도 모른다.

"하 장로냐!"

빈방이 아니었다. 하각사는 일순 비틀거렸다가 급히 주변을 살핀 뒤 방 안으로 들어갔다. 잽싸게 문을 닫은 뒤 몸을 돌리니 활짝 웃는 양진목의 얼굴이 보인다.

"문고리에 아직도 먼지가 껴 있던데 어떻게 들어오셨습니까?"

"창문으로 들어왔다. 별일없지? 사부님 가셨다는 말도 들었다."

"아니, 일단 곡주님을 뵙습니다."

하각사는 양진목에게 포권과 목례를 동시에 취한 뒤 한숨을 쉬었다. 양진목이 하각사의 한숨을 무시한 채 닫힌 창문께로 한 걸음 다가갔다.

"정말 괴로웠다. 돌아오고 싶었지. 몇 번이나 이곳으로 발을 돌렸는지 모르겠구나. 그래도 참고 견디며 좋은 경관 찾아 떠돌았다. 술도 즐기고 빈 배 찾아내어 강을 거닐기도 했다."

"곡주님… 너무 늦게 오셨습니다."

"안다. 내가 늦게 돌아온 것을 왜 모르겠느냐. 하지만 사부님은 장 사형을 죽이시고 귀암곡에 오신다고 했다. 네가 사부님을 안다면 돌아오라는 말을 결코 못했을 것이다. 하지만 난 돌아오고 말았다. 돌아올 수밖에 없었지."

"물론입니다. 곡주님께서는 귀암곡을 누구보다 아끼는 분임을 어찌 모르겠습니까?"

"보고 싶었다. 달이 뜨면 달 속에 그 얼굴이 맴돌고, 술을 마시면 술잔에 담겨진 맑은 파문이 그 아이의 눈동자와 같아 참을 수 없었다. 아아, 이렇게 가슴이 뛰는구나. 행여나 구름이 귀암곡으로 흐를 때면 그 자락에 매달려 이끌리고만 싶었다."

양진목이 두 손을 깍지 끼고 가슴 앞에 붙인 채 웃음 지었다. 어깨를 뒤틀고 다시 반대쪽으로 뒤틀며 시가를 읊듯 혼잣말을 하고 있다. 천장을 보는 것 같기는 한데, 시선의 끝에 천장이 있지 않고 또 다른 환영에 머문 듯했다. 하각사는 불안해졌다. 저 여인의 영롱한 눈동자가 당장 자신을 향하면 각혈이라도 할 것 같았다.

"이제는 부끄럽지도 않다. 내 가슴이 이렇게 뛰는데 왜 부끄러울까? 너무 좋구나. 내 숨결과 다르지 않은 아이였다. 곁에 있을 때 몰랐으나 귀암곡을 떠나니 그 소중함을 알 수 있었다. 아아, 노래여. 비파를 타면 모습을 그릴 수 있을까? 그래서 돌아왔단다. 그리움이 두려움을 이겼으니 내가 돌아왔다, 하 장로.”

어느 순간부터 하각사는 입술을 굳게 다문 창백한 얼굴이 되어 있었다. 저렇게 들떠서 어린 처녀의 그것처럼 하늘거리는 여인의 모습에 몇 번이나 휘둘렸던가. 양진목의 미모에 홀릴 때마다 하각사는 스스로를 질책했다. ‘딸 같은 여인에게 어찌 이런 불경한 마음을 먹을 수 있단 말이냐!’ 라며 마음속으로 자신을 꾸짖었다. 하지만 곧 하각사는 좌절했다. 생각해보니 곡주랑 나는 동갑이잖아. 저렇게 소녀처럼 들떠서 이리 하늘 저리 하늘거리는 모습을 볼 때마다 하각사는 늘 혼란에 빠지곤 했다. 지금은 특히 심했다. 양진목은 몸을 주체하지 못해 춤추듯 그리워하는 것으로도 부족했던지 갑자기 창문을 열고 최근 유행하던 ‘사랑가’ 를 부르기 시작했다.

강이 달을 담고 해를 담은들 내 님 향한 마음마지 담을 수 있을까.

구름이 산을 넘고 하늘에 닿은들 내 님 향한 걸음보다 기쁠 수 있을까.

사랑하네. 사랑하네. 내 님이 날 보고 웃네.

샘에 물이 솟아 길손의 목을 축인들 내 님의 위로만큼 시원할 수 있을까.

불씨가 나무를 얻어 온기를 뿌린들 내 님의 손길처럼 따뜻할 수 있을까.

사랑하네. 사랑하네. 내 님이 청혼하시네.

"하아."

미성의 노래를 들으며 연신 한숨을 쉬던 하각사가 시선을 내리깔았다. 탁자 위에 문방사우(文房四友)가 놓여 있다. 하각사는 붓을 들었다. 종이를 펼쳐 먹물을 묻히자, 양진목이 활짝 웃으며 외친다.

"어서 량아를 불러와라! 이제 량아를 보고 싶다. 나의 강량을 보고 싶어 미칠 것 같구나."

하각사는 대답하지 않았다. 그저 글을 썼다. 양진목이 잠시 눈살을 찌푸렸다가 이내 활짝 웃었다.

"편지를 보낼 만큼 멀리 있는 거냐? 그렇다면 편지를 쓸 필요가 없다! 내가 가마. 더 잘된 일이다. 량아가 귀암곡에 없다면 그보다 더 좋을 수가 없지. 지금 당장 갈 테니 량아가 있는 곳을 말해라."

하각사는 종이에서 눈을 떼지 않은 채 말했다.

"서신이 아니라 유서입니다."

"유서?"

자신의 이름까지 모두 적은 하각사는 조용히 붓을 내려놓고 양진목과 마주했다. 그리고 초연한 자세로 양진목을 직시하며 입을 열었다.

"강량은 죽었습니다."

휘익!

하각사의 목울대에서 한 치도 되지 못할 거리에 양진목의 우수가 떨고 있었다. 살기가 하각사의 목을 쉴 새 없이 매만졌다. 양진목은 우수를 부르르 떨다가 탁자 위로 시선을 힐끗 던지더니 이를 갈며 물었다.

"내가 이럴까 봐 쓴 거냐?"

"예."

양진목은 비로소 우수를 떨궜다. 그리고 표독스러운 눈으로 하각사를 돌아보며 말했다.

"하 장로가 나한테 거짓을 말할 리 없으니 믿겠다. 하지만 왜 죽었는지 자세하게 말해야 한다. 어머, 어지러워. 하 장로!"

"예, 곡주님."

"가가, 강량의 시체는?"

"지금 그 시체를 수습하기 위해 이차 정찰대를 구성하는 중입니다. 자세한 얘기는 다른 장로들과 함께 들으셔야 할 것입니다. 사태가 심상치 않습니다."

"그럼 가자."

조금 전까지 노래를 부르던 양진목의 미성이 지금은 차가운 살기를 뿌리고 있었다. 양진목은 거침없이 문을 밀치고

‘쿵쾅!’ 소리를 내며 외복도를 걸었다. 그 뒤를 따르는 하각사의 입에서 절로 탄식이 새어 나왔다. 어쩌면 귀암곡 제자 하나가 큰 변을 당할지도 모르겠구나. 하각사는 고개를 저으며 양진목의 빠른 걸음에 자신의 속도를 맞췄다.

꽝!

문이 부서졌다. 다른 장로들과 유책일이 대경하며 양진목을 보았다. 모두 급히 부복하며 예를 취했으나, 양진목은 냉소로 답했다.

“흥! 일이 어떻게 된 거냐! 강량이 왜 죽고, 귀암곡의 분위기가 왜 이 꼴이 됐지?”

“그, 그게…….”

장로들이 서로의 눈치를 보다가 양진목의 뒤에 있는 하각사에게 이를 갈았다. 저놈이 모함했겠지? 양진목의 분노가 도를 지나친 이유는 분명 하각사의 모함이 뒤를 따르기 때문이리라. 장로들은 분을 삭이며 말했다.

“자세한 사항은 이 위기를 알려 귀암곡을 구한 유책일이 말해줄 것입니다.”

양진목의 싸늘한 눈이 유책일에게 돌아갔다.

“하 장로에게 대충 들었다. 옆 산에 정도맹의 세력들이 숨어 있다고?”

“그, 그렇습니다. 아이들이 얘기하는 것을 듣고 급히 정찰대를 구성하여 그쪽으로 갔습니다. 제자가 목숨을 각오한 채 적진으로 뛰어들었으나 놈들이 너무도 확고한 세력을 구축한 데다가 무공 또한 뛰어나서 피해를 면하기 어려웠습니다."

"강량은 왜 죽었느냐?"

"강량은 주변의 낌새가 수상해지자, 아직 아무도 만나지 못했으니 그냥 돌아가자고 했습니다. 하지만 제가 좀 더 주변을 살피자고 고집을 부린 탓에 어쩔 수 없이 뒤를 따랐습니다. 그러나 언제든 도망칠 수 있도록 맨 뒤에 자리를 잡고……."

유책일이 그렇게 말을 하는 과정에서 양진목의 악 쥔 두 손은 쉴 새 없이 떨리고 있었다. 하각사가 양진목의 뒤에서 열심히 눈치를 줬지만, 유책일의 말은 어제의 것과 다르지 않았다.

"곡주님께서도 아시겠지만, 전열을 이룰 때 제일 위험한 일이 무리에서 벗어난 독단적 행동입니다. 강량이 너무 뒤처졌기 때문에 제일 먼저 적의 표적이 되어 공격을 받았습니다. 제가 도우려고 했으나 너무 멀리 떨어져 있던 터라……."

식.

유책일은 잠시 몸을 움찔했다. 그리고 어리둥절한 표정으로 양진목을 바라보았다. 양진목이 힐끗 시선을 옮겨 창백한 얼굴의 유상상에게 명령했다.

"유 장로는 이놈의 혈을 눌러 지혈해라. 넌 계속 말해라."

"으헉!"

뒤늦게 유책일은 자신의 오른쪽 어깨에서 불같은 통증이 이는 것을 깨달았다. 어느새 오른팔 하나가 깨끗하게 잘려 나가서 바닥을 뒹굴고 있었다. 유책일은 비명을 질렀고, 유상상은 지혈하느라 진땀을 흘렸다. 양진목이 피 한 방울 묻지 않은 청빛의 검을 머리 위로 치켜들자, 유책일이 급히 비명을 멈추며 입술을 떨었다. 이미 유책일의 얼굴엔 핏기 하나 없었다.

"강량이… 흉수와 싸우는 척하며 도, 도망쳤습니다. 우, 우리에게도 도망쳐야 한다며 소리쳤는데, 그 덕에 두 명이… 또 도망을 쳐서 제가 갖추라고 했던… 진세가 허물어졌……."

식.

"으아아아아아악!"

"지혈해라. 넌 계속 말해라."

"그, 그래도 제가 진형을 수습해서… 도망친 사람들만 죽고……."

식.

유책일은 왼쪽 다리마저 잃자 혼절하고 말았다. 이번에도 양진목은 지혈을 명령했다. 그리고 차가운 눈빛으로 장로들 모두를 쏘아보다가 밖으로 나갔다. 하각사가 급히 뒤를 따르려고 했는데 양진목이 다시 들어왔다. 양진목은 살기 가득한 눈을 부릅뜨며 혼절한 유책일을 노려보더니 남은 하나의 다리마저 잘라 버렸다.

"제 의동생을 모함해서 남는 게 뭐가 있느냐! 죽은 자에 대한 예도 갖추지 못하는 놈! 지혈해라! 저놈이 지금 죽으면 유장로 너도 무사하지 못한다. 내 평소에 네가 저놈의 세치 혀에 휘둘리는 꼴이 마음에 들지 않았나. 이제 책임을 져라!"

유상상은 창백한 얼굴을 감추지 못한 채 덜덜 떠는 손으로 열심히 지혈했다. 다시 밖으로 나온 양진목이 불호령처럼 장로들을 윽박질렀다. 단 네 번의 호명으로 두 번째 정찰대가 구성됐다. 가장 경공술이 뛰어난 인재들이 양진목의 뒤를 따랐다. 하각사가 위험하다며 말렸는데, 양진목이 엉뚱한 소리로 답했다.

"내가 그 산을 확인하고 저놈의 말과 내용이 다르다는 것을 알게 되면 석항이를 보낼 것이다. 석항이가 오면 그놈의 나머지도 잘라라."

"목을… 말씀하시는 것입니까?"

"더 잘라도 된다."

양진목을 만난 이래, 이보다 더 잔인한 말을 들어본 적이 없었다. 하각사는 곡주의 분기탱천을 짐작하며 고개를 끄덕였다. 이미 곡주는 귀암곡의 정문을 떠나 폭이 좁은 다리를 질주하고 있었다.

*   *   *

바람이 길게 불더니 산허리를 감쌌다. 아무도 없는 낙화동 마당을 쓸다가 좀 더 높이 올라갔다. 육모탕이 떨어질 뻔했던 절벽의 정상에서 사람을 찾아 헤맨다. 바람이 소스라치게 놀라 '휘익!' 하고 소리 지르며 추락했다. 이파리 갓 생긴 나뭇가지가 흔들리고 풀잎이 한 방향으로 일제히 쓰러지며 '저기 간다' 외쳤다. 바위들이 배웅하고 있었다. 초구가 고개를 돌려 바람을 보았다. 세 사람이 같은 간격을 두고 갈림길도 아닌 곳에서 이별을 권하는 중이었다.

"잊지 말아라. 정도맹이야. 넌 정도맹을 찾아가야 하느니라. 아무리 세상이 변해도 대세는 언제나 정도맹이었다."

막당은 울었고 곽성린은 불안한 표정을 감추지 못했다. 또 다른 이별을 감당하지 않으려는 듯 입술을 떨었다. 바람이 지루한 듯 심술을 부렸다. 막당의 머리칼이 허공으로 흩날렸다. 막당은 육모탕의 명령에 따라 절했다. 그러자 곽성린이 외쳤다.

"난 막당과 같이 갈래요!"

"안 된다."

육모탕이 엄한 얼굴로 곽성린을 돌아봤다. 곽성린이 아랫입술을 깨물며 반항심을 내밀었다. 육모탕은 아예 몸으로 막당을 가리며 호통 쳤다.

"네가 당아를 따라가서 어쩔 셈이냐! 이 아이는 이제 강호인이 될 사람이야! 무림의 혈풍에 옷자락이 스친 경아가 어찌 되었더냐! 이것아, 너마저 죽을 테냐?"

"상관없으니 내가 당아를 데려갈 거예요!"

"전 좋습니다."

"당아는 낙치지 못할꼬! 듣거라, 린아야. 필시 네가 당아에게 해를 끼칠 게다! 너만 죽는 게 아니야! 내가 가르쳐 준 무공 따위로 당아가 목숨을 부지할 수 있는 강호라고 여겼다면 당장 그 생각 집어치워라! 동월공이 뭐고 파천대신룡폭열진경 따위가 다 무어냐! 이제부터 당아가 배울 무공은 진짜다! 네가 그것을 감당한다고? 지금도 당아의 절반을 쫓아오지 못하여 발목이나 잡고 있는 주제에 당아를 네가 데려가? 하!"

"너무… 해요."

곽성린이 울먹이다가 두 손으로 얼굴을 감쌌다. 그러자 육모탕이 한숨을 쉬며 곽성린의 머리를 쓰다듬었다. 팔꿈치로 내치는 곽성린의 야멸친 동작에도 육모탕은 불쾌히 여기지 않았다. 육모탕이 부드러운 말을 건넸다.

"린아야… 사부의 말 좀 들어보거라."

"됐어요! 따라가지 않으면 될 것 아녜요!"

얼굴을 감싼 손을 치우니 원수라도 만난 것처럼 험악한 눈이다. 곽성린은 당장 칼이라도 꺼낼 사람처럼 위협적으로 외쳤다. 누구도 따라가지 않겠다고. 혼자서 잘 먹고 잘살겠다고. 육모탕의 목소리가 부드러운 중년층에서 애원의 노년층으로 바뀌었다.

"이년아, 너마저 가면 이 늙은 사부가 어떻게 살겠느냐?"

"아미파 보내서 죽이려 할 땐 언제고! 그때 당아 아니었으면 벌써 죽었을 거라고요!"

"스님들만 사는 곳이니 절대 안 죽일 거라고 생각했단다. 게다가 아미파에는 명량신니가 있어서 강호의 싸움에 제일 관여를 안 하……."

"결과가 중요해요, 결과가! 아무튼 다 필요없으니 내 눈앞에서 사라져요! 홀가분해서 좋네요! 초구 너도 가버려! 다 가버려!"

"너 혼자 이 험한 세상에서 어찌 살려고 그러느냐! 제발 진정 좀 해라!"

"못 살면 죽을래요! 그러니 절 놔두고 가세요!"

곽성린의 가래 끓는 외침이 극성에 달하는 순간이었다. 막당이 울먹임을 담고 간신히 말했다.

"린 사저가 죽으면 저는 누구와 혼인합니까?"

동시에 육모탕이 무릎을 꿇고 '내가 저런 놈을 강호에 보낼 생각을 하다니…….'라며 한탄했다. 하지만 막당의 엉뚱한 소리가 곽성린의 분기를 가라앉혔다. 곽성린은 표독스러운 눈으로 육모탕을 지나쳤다. 육모탕이 고개를 돌리니 곽성린의 우수가 하늘 높게 솟아오르던 중이었다.

짜악!

막당이 뺨을 맞자마자 울음을 터뜨렸다. 곽성린은 막당이 울건 말건 멱살을 쥐었다. 그리고 조금 전 육모탕에게 하듯 험악하게 외쳤다.

"넌 내가 시키는 건 다 했어. 그렇지?"

"예, 린 사저. 히잉."

"나랑 혼인한다는 거 잊지 않을 거지?"

"흑. 예, 린 사저."

낙화동에서 사는 동안 몇 번이나 오갔던 혼담이었다. 하지만 곽성린이 지금처럼 진지한 얼굴을 한 적은 없었다. 곽성린의 목소리는 누그러졌지만 여전히 쌀쌀맞았다.

"무슨 일이 있어도 나랑 사부님을 찾아올 거지? 가 아니지. 찾아와. 네가 무림 속에서도 안전하다 여기게 되면 반드시 나와 사부님을 찾아와야 해."

"예, 린 사저. 그렇게 하겠습니다."

곽성린이 육모탕을 돌아봤다. 사부와 여제자의 눈이 마주치니 원인 모를 불똥이 튀겼다. 육모탕이 곽성린의 말을 기다리다가 긴장감을 이기지 못해 침을 꿀꺽 삼켰다. 비로소 곽성린이 입을 열었다. 하지만 육모탕에게 건네는 말이 아니라 혼잣말이었다.

"미치겠네. 이젠 나 혼자뿐이니 보나마나 대놓고 덤벼들 텐데. 무사할 수 있으려나?"

"네 이년! 이 사부를 어떻게 보고 그런 망발을 하느냐! 에라이, 당아야! 소림사를 가라, 소림사! 거기 가서 삭발하고……."

"소림사에 가면 죽을 줄 알아!"

"모산파(茅山派)도 좋겠구나! 귀신도 쫓는다더라!"

"시끄러워요! 당아 너 들어가기 전에 출가하지 않아도 되겠냐고 꼭 물어봐야 해! 출가는 절대 안 한다고 해!"

"대체 당아보고 어딜 들어가라 할 셈이냐!"

육모탕이 활짝 웃으며 호통 쳤다. 곽성린은 볼과 눈가에 남아 있는 물기를 씻고 가슴 앞을 지나치는 바람에게 한숨을 건넸다. 곽성린의 미소가 막당을 배웅했다.

"갔다 와."

"예, 린 사저."

막당이 울먹거린다. 곽성린이 눈알을 부라리며 울지 말라고 겁을 줬다. 육모탕이 먼저 돌아섰고, 곽성린도 돌아섰다. 막당이 움직이지 못하고 머뭇거리자, 사부와 사저가 동시에 몸을 돌려 호통 쳤다. 막당도 겨우 몸을 돌렸다. 초구가 어쩔 줄을 몰라 당황하다가 막당 쪽으로 고개를 틀었다. 그러자 육모탕이 소리쳤다.

"이리 오거라, 초구야! 네가 정도맹에 가봤자 반찬거리밖에 더 되겠느냐?"

초구가 육모탕과 곽성린 쪽을 향해 고개를 돌렸다. 막당은 초구를 부르지 않았다. 그저 어깨를 들썩이며 걸어갈 뿐이었다. 결국 초구의 발걸음이 육모탕과 곽성린을 향했다.

여름이 오려는지 바람이 후끈거려서 코끝이 매웠다. 풀잎도 색을 갖추고 키를 자랑한다. 육모탕은 노래를 불렀는데 곽성린이 시끄럽다며 발길질까지 했다. 새가 지저귀는 소리에 고개를 돌리니 기암골이 배웅하고 있었다. 육모탕과 곽성린은 낙화동이 있을 곳을 잠시 응시하다가 서로에게 농담을 건네며 길을 서둘렀다.

"엇! 사부님, 초구가!"

"놔두자. 그래도 주인이 누군지는 아는 놈이구나."

"하긴… 초구라면 잡아먹히는 일은 없겠죠."

"어떤 놈인지는 몰라도 되레 먹히지 않으면 다행이지."

"정말 당아가 정도맹에 들어갈 수 있을까요?"

"그럼! 당아의 파천대신룡폭열진경과 동월공을 보면 놈들도 깜짝 놀랄 게다!"

"아까는 별거 아닌 것처럼 얘기하시더만."

"여름이 오겠구나. 비도 올 것 같으니 서두르자."

곽성린이 사부의 뒤를 쫓으며 끝없이 시비를 걸었다. 육모탕은 여제자와의 말싸움에서 위기를 느낄 때마다 걸음을 서둘렀다. 이제는 발길을 돌려도 막당과 초구를 찾기 어려울 만큼 멀리 떨어지고 말았다. 낙화동을 찾아가는 들바람이 있기에 육모탕이 능글맞게 농담했다.

"이번에도 네년이구나. 낙화동을 처음 나섰을 때의 너는 참 귀여웠지. 길도 그때의 길이고 사람도 그때의 사람이거늘

네가 성장해서 우리 사이가 부부 같아졌다. 옛날과 참 많이
달라졌지?"

"초구가 돌아왔나 봐요. 돼지가 짖는 소리가 들려요."

"……."

누군가를 잊기 위하여 둘은 끝없이 농담했다.

사부와 사저를 지나친 바람이 막당에게 이르렀다가 크게
호선을 그리며 기암골을 향해 돌아섰다. 막당은 웃고 있었다.
이별의 슬픔을 초구의 박치기가 달래줬다. 모든 것과 헤어져
슬펐던 마음이 초구의 등장으로 인해 씻은 듯 사라지고 말았
다. 막당은 두 사람과의 이별을 아쉬워하는 대신, 초구와의
만남을 기뻐했다. 이제는 양자강의 물결이 뚜렷하게 보이고
마을로 추정되는 또 다른 삶의 장소가 보였다. 구슬픈 곡조의
노랫소리가 들리는데, 막당이 활짝 웃는다. 둘은 노랫소리가
들리는 곳으로 달리기 시작했다.

*   *   *

낙화동 사람들이 떠난 뒤 세 시진 가까이 지났을 때, 양진
목 일행이 사건 현장을 찾을 수 있었다. 시체는 보이지 않았
으나 혈흔이 뚜렷하여 양진목이 원하는 몇 가지를 구할 수 있
었다. 양진목은 주변을 살핀 뒤 냉소했다.

"흥! 석항이는 지금 곧 곡으로 돌아가서 내가 하던 일 마치라고 일러라."

"예!"

석항이라 불린 자가 급히 포권하며 하산했다. 양진목은 한 지점에 웅크리고 앉아 땅바닥을 유심히 보았다. 바닥을 보는 눈매가 무척 싸늘하여 세 명의 부하가 한 마디도 꺼내지 못했다. 양진목이 응시하는 것은 흙과 바위를 가로지르는 보흔(步痕)이었다. 한참 동안 침묵하던 양진목이 드디어 입을 열었다. 확신이 담겨진 싸늘한 혼잣말이다.

"쳇! 뭔가 처먹은 놈이군. 디딘 부위가 힘차고 정직한 걸 보니 젊은 놈이야. 잡초가 있는 곳도, 그냥 바닥도, 심지어 바위까지 일정하게 패였다. 젊은 놈이 뭐 하나 먹지 않고서는 이 정도의 내공을 가질 수 없지. 소림의 내공심법을 어릴 때부터 배웠다면 가능도 하겠다만… 이건 정도맹의 무공도 아니야. 바닥의 강도가 서로 다른데 똑같이 패였다는 것은 지형에 따라 힘 조절을 했다는 얘기지."

그렇게까지 말한 양진목이 급작스레 고개를 기울이며 눈살을 찌푸렸다.

"그런데 사도에 이런 식의 무공이 있던가? 어째 공작천의 냄새도 나고……."

몸을 일으켜 주변을 다시 둘러봤지만, 여전히 죽은 자를 찾을 수 없었다. 양진목은 자리를 옮겼다. 얼마 걷지 않았는데 양진목의 눈에 띄는 것이 있었다. 두 개의 기암이 날을 세우며 우뚝 선 자리였는데, 그 너머에서 폭포 소리가 들렸다. 양진목은 기암의 사이를 유심히 바라보다가 또다시 혼잣말했다.

"저기에 밧줄이 있었다."

"예?"

드디어 부하 중 한 명이 입을 열었다. 양진목은 부하들의 멍한 얼굴을 무시한 채 신형을 날렸다. 바짝 세워진 기암이었는데 마치 평지를 밟듯 발을 찼다. 세 번 차고 도약하니 기암의 끄트머리가 손에 잡혔다. 양진목은 기암 위로 올라서자마자 휘파람을 불었다. 그리고 고개를 돌려 명령했다.

"이곳이다. 너희도 올라와라."

"예, 곡주님!"

부하들이 서둘러 기암을 오르려고 했지만 쉽지 않았다. 한 놈이 검을 빼내어 주변을 살피기 시작했다. 근처에 나무가 보이지 않자, 검을 다시 넣으며 한숨을 쉰다. 그사이에 양진목은 기암 너머로 모습을 감췄다. 부하들은 다급해져서 나무가 있는 곳을 향해 급히 달렸다.

쏴아아아아아!

양진목은 낙화동의 마당을 거닐며 주변을 살폈다.

"정말 아름다운 곳이구나. 이런 곳에서……."

어느새 양진목의 입가에 미소가 흐르고 있었다. 그러나 오래가지는 않았다.

"우리 량아, 죽은 우리 량아와! 크윽!"

양진목의 미소가 사라지고 눈매가 험악해졌다. 곧 험악한 눈매는 가라앉았다. 새소리가 들리며 골짜기를 비집는 바람을 통해 희미한 방울 소리가 들렸다. 양진목은 다시 미소를 지으며 방울 달린 나무의 벽을 응시했다.

"폭포수를 숲으로 가렸구나. 그래도 운치를 아는……." 양진목의 얼굴이 다시 포악해졌다. "강량을 죽인 놈!"

마루로 가서 바닥을 손을 쓸어보니 먼지가 거의 없었다. 손바닥에 입김을 세게 불어 그나마 묻었던 먼지들을 날렸다. 방문을 열어보니 화로 하나가 중앙에 놓여 있고 다른 물건이 보이지 않는다. 양진목은 방으로 들어가 화로를 매만졌다. 화로의 투박한 문양이 마음에 들었는지 눈매가 웃음을 머금어 초승달처럼 곱게 호를 그렸다.

"마치 온기가 느껴지는 것 같아. 속세를 떠나 이곳에서 화로를 앞에 두고……." 초승달이 만월이 되었다. "죽은 우리 량아와 어깨라도 나란히 했으면 얼마나 좋아!"

퍼칵!

단숨에 화로를 박살낸 양진목은 과격한 동작으로 방을 뛰쳐나갔다.

"이 개자식, 벌써 도망갔군! 정도맹도 아닌 놈이 같은 편을 죽이고 튀어? 어디서 굴러먹던 은거기인인 줄 몰라도 뼈를 씹어 먹을 테다! 오외천이라도 가만 놔두지 않겠어!"

시퍼런 눈으로 주변을 둘러보던 양진목이 갑작스레 검을 뽑았다.

쉬익!

검봉이 바람을 가르며 한 지점에 머물렀다. 그것이 가리키는 지점에 제갈당숙이 서 있었다. 양진목이 냉소하며 검신의 방향을 틀었다. 제갈당숙이 이를 드러내며 웃었다.

"누가 올 줄은 알았지만… 히히히. 네가 올 줄이야."

"나를 아느냐?"

양진목이 눈살을 찌푸렸다. 뒤이어 검봉이 급히 비틀어졌고, 여인의 눈이 더 이상 커질 수 없을 정도로 동그래졌다. 양진목은 비명을 지르듯 외쳤다.

"대사형! 어떻게 대사형이 여기에!"

"내가 묻고 싶은 말이지. 킬킥. 귀암곡의 놈들이 올 거라 생각했는데 어떻게 네가 온 거냐? 너도 파문당했다는 소문은 들었지만, 설마 귀암곡 신세를 지며 사는 거냐?"

"모르셨어요? 제가 곡주예요."

양진목의 대답에 제갈당숙이 '컥!' 하고 신음을 토하더니 미친 듯 웃기 시작했다. 한참을 웃던 제갈당숙은 양진목을 외면한 채 웃음소리와 자조하는 소리를 번갈아 뱉었다.

"히히히. 미치겠구나. 힛히. 패륜 한 번 제대로 해버렸군. 사도맹도 부족해서 공작천의 계보까지 건드렸단 말이지. 힛히히히히.”

“어떻게 된 건지 말해주세요. 우리 애들이 죽은 게 대사형과 관계있어요?”

“내가 죽였디.”

제갈당숙이 정색하며 답했다. 그 순간 양진목의 눈매가 일그러졌다. 절로 검봉이 세워지며 제갈당숙을 향해 날아갈 뻔했으나, 뒤에서 들리는 소리에 손을 멈출 수 있었다. 부하들이 낙화동 입구의 기암에 나무를 걸치는 소리였다. 양진목은 뒤를 돌아보며 아직 올라오지 말라고 고함쳤다. 세 명이 일제히 대답하는 소리가 들리자, 양진목이 다시 제갈당숙을 보며 심호흡했다. 격해진 감정을 누그러뜨리는 순간, 양진목은 오랜만에 만난 대사형을 심문했다.

“흉수는 대사형이 아니에요. 그것은 분명 젊은 놈의 솜씨였어요. 바른대로 말해주세요. 대사형의 전인인가요? 어디 있죠? 대사형을 봐서라도 죽이지는 않겠어요. 하지만 그만한 대가는 받아야겠어요.”

“히히히. 내가 죽였다니까. 넌 내가 제자를 키울 놈처럼 보이냐? 힛히히히.”

“으음. 그건 그렇지만…….”

양진목은 답답했는지 입 바람으로 자신의 코를 덮었던 몇 가닥의 머리카락을 날려 버렸다. 소르르 바람이 불더니 머리카락이 다시 내려왔다. 희미한 방울 소리가 폭포수의 외침에 스며들어 음악처럼 들리니 너무도 평화로운 느낌이다. 정말 좋은 곳이다. 당장이라도 귀암곡의 곡주 자리를 내놓고 이곳에서 강량과 부릅!

"정말 대사형이 저질렀어도 용서 않겠어요!"

"히히히."

"대체 왜 대사형이 우리 애들을… 앗! 잠깐."

갑작스레 양진목이 고개를 돌려 방울 소리가 나는 곳을 돌아봤다. 그리고 몸을 틀며 아무도 없는 집을 응시했다. 양진목의 입에서 냉소가 흘렀다. 양진목은 검을 어깨에 걸치며 제갈당숙에게 미소 지었다.

"속을 뻔했네. 이곳은 대사형 혼자 사는 곳이 아니에요. 저렇게 방울을 달아 씻을 곳을 가렸다는 건 여자도 있었단 얘기군요. 게다가 그 보폭을 보면 젊은 남자도 있었고……. 부인은 어디 있죠, 대사형? 사람을 싫어하는 대사형께서 애까지 낳았을 정도면 보통 매력을 가진 여자는 아니겠네요. 좋아요. 대사형의 아들이라면 한쪽 팔로 만족하죠. 당장 데려오세요."

"히히히히. 왜 무공을 배웠냐? 문인이 되었다면 서유기 인물들로 금병매를 쓸 수 있었겠구나."

"더 이상 말장난하고 싶지 않아요!"

양진목이 고함을 지르는 순간, 제갈당숙은 춤을 췄다. 가볍게 팔을 흔들고 다리를 휘젓는 춤이었고 극히 짧은 춤이기도 했다. 제갈당숙이 춤을 마치자 양진목은 자신의 추리가 틀렸음을 인정했다.

"그래요. 제가 잘못 생각했어요. 그 냄새에 안길 여자가 있을 리 없지. 하지만 다른 사람과 살았던 건 분명해요. 더 이상 저를 조롱하지 말고 우리 량아를 주인 놈을 내놓으세요."

"우리 량아? 설마 죽은 놈이 네 아들이냐?"

"제 사랑이에요."

"이런 빌어먹을 일이 있나."

제갈당숙이 고개를 설레설레 저으며 탄식했다. 하지만 곧 멍한 얼굴로 양진목을 바라보았다.

"그런데 죽은 놈들은 다 너보다 젊어 보였다. 설마 취향이 바뀐 게냐?"

"어차피 늙은이들은 저한테 관심도 없잖아요. 아련이가 따라붙을 때 받아주지 않은 게 한이 될 정도로 바뀌었어요."

"히히히!"

제갈당숙은 낙화동을 자신의 웃음소리로 채웠다. 늙은이의 웃음소리가 폭포수 소리만큼이나 맑아서 양진목의 마음이 누그러질 정도였다. 양진목은 검을 검집에 넣고 한숨을 뱉었다.

"대사형은 어쩐 일이세요. 평생 볼 수 없으리라 여겼어요. 이제 사람이……."

"가거라, 애야. 히히히."

“갈 거예요. 하지만 기분이 수틀리면 또 올 거예요. 시간을
드릴 테니 대사형이 제 눈에 띄지 않는 곳으로 사라지세요.
이번 일을 잊을 생각은 결코 없으니까요.”

“마음대로 하거라. 그러나 난 이곳을 떠날 생각이 없다. 낙
화동에 남은 자가 많아서 다리가 묶였다.”

“여기가 낙화동이에요? 좋은 이름이군요.”

“불길한 이름이지. 너마저 떨어질지 모르니 어서 사라지거
라. 히히히.”

“흥! 협박이신가요? 대사형이 어떤 무공을 익히셨는지 모
르겠으나, 이제는 저도 만만치 않을 거예요.”

제갈당숙은 고개를 저었다. 그 쓸쓸한 얼굴에서 양진목은
한 가지를 깨우쳤다. 자신이 살폈던 사건 현장에서 끝내 해결
하지 못했던 의문의 흔적을. 양진목이 비로소 평온한 얼굴이
되었다.

“부러진 화살……. 우리가 먼저 시작했군요. 죄송해요. 하
지만 제 분이 풀린 건 아녜요.”

“히히히히히.”

“갈게요.”

양진목이 몸을 돌렸다. 나뭇잎이 새싹처럼 조그맣게 돋은
가지들이 낙화동 바깥으로 향하는 길을 막고 있었다. 양진목
은 일검으로 그것들을 모두 쳐냈다. 나뭇등걸이 기암 사이에
서 바닥까지 사선으로 이어져 있었다. 나무를 걸쳐 놓았던 세

명의 부하는 검을 빼낸 채 긴장 가득한 얼굴로 양진목을 응시하고 있었다. 양진목이 막 나무에 발을 내밀자, 뒤에서 제갈당숙이 불렀다. 고개를 돌리니 제갈당숙이 마당 한가운데에 널빤지를 내려놓는 중이었다.

"혹시 강호에서 막당이라는 놈을 만나거든……."

"그놈이 흉수군요."

제갈당숙은 집 마루 밑에 몸을 웅크리고 뭔가를 꺼냈다. 묵직한 나무통이었는데 가느다란 가지로 바깥을 수십 번 감싼 물건이었다. 그것을 마당 가운데 놓더니 널빤지를 올려놓는다. 양진목이 고개를 내밀어 살피니 그것이 널틀임을 알 수 있었다.

"네 취향이 바뀌었다면 그놈도 쓸 만하지. 과거의 연에 집착하는 것이 얼마나 부질없는지를 지겹도록 배우지 않았느냐. 히히히. 사부님이 다른 건 몰라도 그것만큼은 잊지 말라고 하셨지."

탕!

제갈당숙의 널뛰기가 공허했다. 그저 한쪽을 무게로 짓눌렀을 뿐이다. 제갈당숙의 행동을 이해하지 못하여 양진목이 눈살을 찌푸렸다.

"그놈을 만나면 석 달만 지켜보거라. 석 달 후에 죽일 수 있으면 죽여 버리고……."

후우욱!

제갈당숙이 허공으로 도약했다. 상체를 뒤로 젖히며 두 팔을 높게 치켜들었는데 마치 하늘에 떠 있는 검은색 초승달처럼 느껴졌다. 제갈당숙이 그 형태를 유지한 채 서서히 추락했다.

터헝!

널을 밟는다. 제갈당숙의 젖혀진 몸이 부드럽게 세워진다. 그리고 앞을 향해 상체를 숙이는데 두 손이 자연스레 방향을 따르며 호선을 그렸다.

"죽일 수 없으면 무공을 가르치거라!"

투하앙!

"헉!"

양진목은 대경하며 입을 벌렸다. 제갈당숙의 두 손이 힘차게 추락하는 순간, 반대편의 널에서 묵직한 울림이 터져 나왔기 때문이다. 제갈당숙은 다시 떠올랐다. 또 한 번 그 과정이 반복되니 마치 두 사람이 널뛰기를 하며 노는 꼴이다. 양진목은 마른침을 삼키며 억지웃음을 던졌다.

"자, 장력의 경지가 보통이 아니네요."

"내 말 들었냐? 히히히."

"알았어요. 막당이라고 했죠? 그 아이를 만난다면 그렇게 하죠."

투투웅!

"오 년마다 한 번쯤 찾아와 봐. 히히히. 혹시 내가 마른 뼈

로 널 맞이하걸랑 한 조각만 챙겨줘. 그래야 남은 뼈가 바람
에 날려가도 그놈이 날 찾을 수 있지. 잇히히히히!"
　"대사형도 취향이 바뀌셨군요. 그렇게 사람을 그리워하는
대사형을 본 적이 없어요."
　"히히히히히! 잇차! 히히히!"
　널을 뛰는 제갈당숙을 뒤로하고 양진목은 낙화동을 떠났
다.

18장

강도가 된 막당

강도가 된 막당

강호를 찾아가는 막당의 앞에는 안개가 자욱했다. 마치 목적지를 정확히 모르는 소년을 비웃기라도 하듯.

프스스스스!

강가 풀잎들이 새벽바람에 휘둘리는 소리가 안개 노니는 이야기처럼 들렸다. 끝을 알 수 없을 만큼 길다 하여 장강(長江)이라 부르는 양자강. 강 안개는 짙고도 짙어 일 장 앞도 볼 수 없을 때가 많았다. 가끔 사람과 마주칠 때도 있다. 하지만 대부분의 사람들이 불친절했다. 열에 아홉은 막당보다 허름한 옷을 입고 해쓱한 몰골로 그저 지나쳤다. 막당은 그것이 날씨 탓이라 여겼다. 양자강 주변은 습기가 많아서 밤과 낮을 구별하지 않고 늘 눅눅하고 축축하고 음습했다. 막당도 짜증이 나서 애꿎은 잡초를 발로 차게 만들 정도다.

철썩! 처! 철썩!

막당은 안개 속에서 들려오는 소리에 고개를 돌렸다. 막당과 사람들이 다른 점이라면 안개 속의 대면이었다. 안개가 자욱할 때면 사람들은 더 지독한 짜증을 부려서 심한 경우는 싸움을 걸기도 했다. 반대로 막당은 안개 속을 헤맬 때 사람을 만나는 것을 좋아했다. 한쪽은 안개 너머의 그림자를 두려워하고, 또 한쪽은 안개 너머의 그림자가 반가웠다. 가끔 안개 너머에서 반가워하는 자들도 있기는 했다. 그러나 그 사람들이 반가워하는 것은 막당의 그림자가 아니라 초구의 그림자였다. 초구는 그런 사람들을 반드시 싫어했다.

"초구야, 배 탈 줄 알아?"

막당이 초구를 돌아보며 말했다. 안개 저편에서 들리는 것이 노를 젓는 소리임을 알았기 때문이다. 초구가 별 반응을 보이지 않자, 막당이 손을 흔들며 외쳤다. 막당이 서 있는 곳은 양자강의 줄기에서 가릉강(嘉陵江)이 빠져나오는 분기점이었다.

"배를 태워주십시오!"

"배를 타고 싶으면 나루터로 가시오!"

안개 속 외침을 듣자마자 막당이 환히 웃으며 또 한 번 손을 흔들었다.

"나루터가 어디인지 모르겠습니다!"

"그것 안됐구려!"

노 젓는 소리가 멀어졌다. 막당과 초구가 동시에 고개를 꺾으며 낙담했다. 다시 강을 따라 거닐자, 얼마 지나지 않아서 안개가 걷히기 시작했다. 막당은 자신이 걸어가는 저편에 나루터가 있는 것을 알고 기뻐했다. 그곳에는 배가 없었으나 배를 기다리는 사람은 있었다. 막당은 나루터의 끄트머리에 앉은 자를 보며 환히 웃었다.

"배를 타고 싶습니다."

"저도 그렇습니다."

사내가 돌아보지도 않고 대꾸했다. 사내는 실을 강 속에 늘어뜨린 채 낚시를 즐기고 있었다. 하지만 사내의 곁에 고기라고는 전혀 보이지 않았다. 막당이 사내 옆에 쭈그리고 앉아 실이 파문을 일으키는 수면을 응시했다. 한참 동안 서로 침묵하며 수면을 응시했는데, 배가 올 생각을 하지 않는다. 사내가 갑자기 막당을 돌아보며 말을 걸었다.

"다리 저리지 않습니까? 아까부터 그 자세로 앉아 있던데."

"저리지 않습니다."

막당이 태연하게 대답했다. 발끝만을 땅에 대고 무릎을 굽힌 자세인데 엉덩이가 발뒤꿈치에도 닿지 않은 자세였다. 하지만 막당에게 질문했던 사내 또한 같은 자세였다. 사내가 천천히 몸을 일으키더니 입을 굳게 다물고 하늘을 보았다. 막당은 사내와 수면을 번갈아 보며 천진난만한 미소를 지었다. 사내가 혼잣말을 했다.

"난 저런데……."

"그런데 왜 이렇게 앉아 계셨습니까?"

"형씨가 그렇게 앉기에 누가 오래 견디나 내기를 하고 있었습니다."

"저는 내기를 하지 않았습니다."

웃음 짓는 막당의 얼굴 뒤로 수면이 일렁거렸다. 배가 오고 있었다. 사공은 죽립을 깊게 눌러쓴 채 배를 갖다 대더니 뱃삯부터 요구했다. 막당이 금낭을 뒤지려던 찰나, 사내의 손이 급히 저지했다. 사내는 막당의 몫까지 사공의 손에 올려두며 쓰게 웃었다.

"내가 졌으니 뱃삯을 내겠습니다."

"아닙니다!" 막당이 놀라 외쳤다. "저는 내기를 하지 않았습니다!"

"괜찮습니다. 돈이 썩어나는 사람이니 신경 쓰지 마십시오."

사내는 끝내 뱃삯을 쥐어주고 나룻배의 끄트머리에 앉았다. 막당과 초구가 동시에 배로 뛰어오르자, 사공이 눈살을 찌푸리며 초구의 삯도 요구했다. 곧 날카로운 바람 소리와 함께 사공의 얼굴로 은자가 날아갔다. 사공은 가벼운 동작으로

그것을 잡아챈 뒤 노를 젓기 시작했다. 사내가 허리를 뒤로
젖히며 웃음을 터뜨렸다.

"이 배에 강호가 담겼군요! 하하하하하!"

막당이 무슨 말인지 모르겠다고 답하면서도 같이 웃었다.
사내는 자리에 앉은 채 막당에게 포권했다.

"저는 호남성 악양(湖南省 岳陽)의 악책(岳策)이라 합니다.
현 정도맹에 소속을 두고 있는 악문(岳門)의 사람이지요. 세
간에서는 저를 두고 비상각(飛上脚)이라 부르기도 합니다만,
터무니없는 과찬입니다. 다리로 내기하여 형씨에게 진 자가
무슨 얼어죽을 비상각입니까. 하하하하."

"저는 내기를 하지 않았습니다."

"예에, 알겠습니다. 하하하. 거참 고집이 세십니다. 그나저
나 형씨께서도 소개 좀 해주시지요. 사도맹이건 마교건 상관
하지 않겠습니다."

막당이 악책의 포권을 흉내 내며 자신을 소개했다.

"육모탕 사부님의 제자, 신룡대협 막당입니다."

"……."

"……."

악책의 얼굴은 막당을 향하고 있었으나 시선은 하늘에 머
물렀고, 사공은 묵묵하게 노를 저었으나 소리가 불규칙했다.
둘 다 비슷한 생각을 하는 것 같았다. 악책이 멋쩍게 웃음으
로써 어색한 분위기를 쫓아냈다.

"하하, 하하하! 그렇군요! 그럼 대, 대협께서는 어디 소속이십니까? 정도맹이십니까? 아니면, 사도맹?"

"지금 정도맹으로 가는 중입니다."

악책이 반가운 듯 휘파람을 불었다.

"같은 편이군요! 인연이 되어 반갑습니다! 그렇다면 어디 문파의 제자로 들어가실 생각… 아차! 이런 무례가 있나!"

악책은 막당을 반기다 말고 급히 몸을 일으켜 사공에게 포권했다. 사공이 돌아보지도 않고 그저 노를 저었지만, 악책은 포권을 풀지 않은 채 말했다.

"연배가 높으신 분인 듯한데 큰 무례를 범했습니다. 진작에 선배의 존함을 묻지 못했음을 용서해 주십시오. 선배께서는……."

"굳이 말하자면 장강대협 민 사공(長江大俠 閔沙工)입니다, 손님."

"푸하하하하!"

악책이 급히 주저앉으며 배를 잡고 웃기 시작했다. 사공이 막당의 소개를 비꼰 것임을 알았기 때문이다. 악책은 다시 몸을 일으켜 소개를 청했지만, 사공은 끝내 답하지 않았다. 악책은 이유가 있다 여기며 더 이상 묻지 않기로 결정하고 막당을 돌아봤다.

"막 대협께서는 어디 문파의 제자로 들어가실 생각이십니까?"

"정도맹의 제자가 될 생각입니다."

막당의 대답에 악책이 잠시 침묵했다. 몇 번 눈썹이 꿈틀거리는 것을 보니 화를 낼까 말까 고민하는 모양새다. 막당이 악책의 눈치를 보며 슬며시 어깨를 움츠렸다. 곧 악책이 웃음 지었다.

"현 정도맹은 삼십사문 십삼파 육사가 모여 이루어져 있습니다. 제가 있는 악문이 삼십사문에 속했지요. 그러니 막 대협께서도 그중 어느 한 문파의 제자가 되실 생각이 아니겠습니까? 저는 그것을 묻고 있습니다."

"린 사저가 출가하는 곳만 아니면 어디에 들어가도 된다고 하셨습니다."

악책의 얼굴에 맺힌 웃음이 좀 더 밝아졌다. 사공도 막당에 대해 감을 잡은 듯 노를 편히 저었다. 악책은 얼굴에 담은 웃음을 지우지 않은 채 나이를 물었는데, 십오 세라는 말을 듣고 깜짝 놀랐다. 막당의 얼굴은 십오 세가 어울릴 것같이 동안이었으나, 체형은 십팔 세를 넘긴 청년처럼 보였기 때문이다. 곧 악책의 호칭이 바뀌었다.

"막 형제께서 특별히 가실 곳을 지정하지 않았다면 제가 소개해도 되겠습니까?"

막당의 얼굴이 밝아졌다.

"소개해 주십시오! 어딜 가야 할지가 제일 고민이었습니다. 아저씨께서 말씀하시는 곳을 찾아가겠습니다!"

악책이 대답하는 대신 가슴을 부여잡고 엎어졌다.

"제, 제 나이 이십에 아저씨라는 호칭을 듣고 싶지는 않습니다. 악 형이라고 불러주면 기꺼이 소개하지요."

"악 형! 악 형! 소개시켜 주십시오! 악 형!"

"무당파로 가십시오!"

막당의 입에서 호칭이 끝을 맺기도 전에, 악책이 상체를 세우며 말했다. 막당의 얼굴이 환해지며 고개를 힘차게 끄덕였는데, 뒤에서 퉁명스러운 반박이 날아들었다.

"무당파보다야 화산파가 낫습니다, 손님. 무당파의 무공이 검법과 내가권이 뛰어나지만 여기 손님은 검을 가지고 있지 않고 나이에 비해 근골이 뛰어나니 어울리지 않습죠. 무당파에서 흐느적거려 봤자 배밖에 더 나오겠습니까? 화산파가 좋습니다."

사공의 말이었다. 악책은 놀란 듯 주춤하더니 막당과 사공의 눈치를 살폈다. 막당은 고민 중이었고, 사공은 말을 꺼내지 않은 사람처럼 태연히 노를 젓는다. 악책이 낮게 헛기침을 하고 다시 웃었다.

"하하하. 화산파도 나쁘지 않습니다. 그러나 무당파의 내가권이 부드럽고 온유하더라도 그 속에 대단한 패기가 서려 있으니, 화산파의 내가권과 견줄 만합니다. 또한 화산파의 내공도 배가 나오긴 매한가지 아닙니까? 화산파를 이루신 진도사께서 '몽신(夢神)'이라 불린 것은 세상이 다 아는 일입니다."

"그거야 옛 얘기지요, 손님. 정도맹의 세를 이루는 문파들 중에서 화산과 무당의 제자들이 이룬 곳이 많습죠. 소림도 많은 편이나 그곳에 들어가려면 출가를 해야 하니 논외로 치겠습니다. 작금의 강호를 보십쇼. 무당의 제자들이 세운 문파들의 무공은 온유하고 끊임이 없으며 또한 느려 터졌지요. 화산의 제자들이 세운 문파처럼 때로는 부드럽고 때로는 패기가 있으며 강과 약의 조화를 이루는 경우가 없습니다, 손님. 그러니 정도맹의 장로를 선출할 때도 무당파 출신보다 화산파 출신이 더 많지 않겠습니까?"

"아하. 하하하! 많다고는 해도 세 명과 두 명이 아닙니까? 무당파에 후기지수가 많고, 제자들이 이룬 문파들이 나날이 발전하는 추세이니 앞으로 어떻게 변할지 모르는 일입니다. 하지만 화산파는 이렇다 할 후기지수가 없어 고민이라 들었습니다. 그러니 역시……."

"그렇다면 더욱 화산파지요, 손님. 후기지수가 실력으로 정하는 것이지, 명성으로 정하는 건 아닙니다. 화산파는 수준을 엄하게 정하여 쉽게 후기지수가 될 수 없으니, 최선을 다해 정진하면 크게 이름을 떨칠 수 있을 겁니다. 그쪽 손님은 그렇게 생각하지 않습니까?"

"실은 두 분께서 무슨 말씀을 하는지 모르겠습니다. 어디가 더 좋은지 말씀해주십시오."

악책이 급히 입을 열었으나 사공의 혀가 더 빨랐다.

"화산파지요. 역시 화산파입니다, 손님. 무당파에서는 조금만 눈에 띄어도 후기지수입니다. 그러니 헛된 칭찬에 혹하여 금세 문파를 차려 안주하는 제자가 많습죠. 강호를 돌아보면 무당파의 제자들이 이룬 문파가 화산파 제자들 문파의 두 배가 넘는데 정작 쓸모있는 문파는 적습니다, 손님. 역시 화산파를 나온 제자들이 세운 문파가……."

"선배의 말씀 중에 죄송하오나, 제가 속한 악문이 무당파의 계보를 잇고 있습니다. 제 증조부께서 무당파에 계셨었지요."

그러자 사공이 어깨를 움찔하며 급히 노를 저었다.

"어이쿠, 이런! 이놈이 실수했습니다, 손님. 거기 손님! 무당파 가십쇼, 무당파."

막당의 얼굴이 그제야 밝아졌다. 하지만 악책의 얼굴은 상당히 어두워졌다. 악책은 형언하기 어려운 미소를 지으며 사공을 노려봤다.

"큰 결례가 될 수 있겠으나 제 생각을 솔직히 밝히자면, 선배께서 조금 전 말씀하신 부분이 여기 형제가 스스로를 신룡대협이라 소개할 때보다 더 당황스러웠습니다. 이렇게 서로가 강호의 계보를 논했으니 이제는 신분을 밝혀도 좋지 않겠습니까? 아무래도 화산파에 계신 분 같습니다만."

"이쪽 손님처럼 어디에도 속하지 않은 평범한 사람입니다,

손님."

"으으음……."

악책이 노골적인 불쾌감을 얼굴에 드러냈다. 불쾌감이 곧 살기가 될 것 같은 위세였는데, 때마침 배가 나루터에 닿았다. 막당과 악책 모두 그것에서 내릴 생각이 없는 듯 일어서지 않았다. 실은 악책이 불쾌감을 해결할 요량으로 내리지 않은 것이고, 막당은 악책이 일어서지 않아서 잠자코 있었을 뿐이었다. 그사이에 새로운 손님 두 명이 배에 올랐다. 또 다른 손님 세 명이 배를 타려 했으나, 사공은 손을 휘저으며 만선이라 했다. 배를 타지 못한 세 명이 모두 덩치가 크고 험상궂었는데 사공의 말에 순순히 따랐다. 배가 다시 출발하려 하자, 악책이 인상을 찌푸린 채 뱃삯을 꺼냈다. 하지만 사공이 받지 않았다.

"아직 뱃삯을 낼 때가 아닙니다, 손님."

악책에게는 그 말이 싸우자는 소리처럼 들렸다. 다시 돌아가려면 그만큼의 삯을 내는 것이 당연하지 않던가. 악책은 상대의 실력을 가늠할 요량으로 슬며시 일어났다. 그리고 다시 물었다.

"아직도 신분을 밝힐 생각이 없으신 겁니까? 화산파의 누구십니까?"

"허억!"

악책의 말에 비명을 지른 사람은 새로 배를 탄 손님들이었다. 두 명의 사내는 창백한 얼굴로 발을 끌어 악책에게 달라붙었다. 옷자락을 잡아 앉히려 하는 사내들에게 악책이 눈살을 찌푸렸다. 사내들은 끝내 악책을 앉혀놓고 급히 속삭였다.

"이보슈, 제발 참게. 이 배에서는 강호를 논해서는 안 돼."

"그게 무슨 말입니까?"

"저 사공에게 혼쭐날 거라고. 혹시 저 사공이 자네에게 시비를 걸지 않았나?"

악책이 곤혹한 표정을 짓다가 천천히 고개를 끄덕였다. 사내들이 그것 보라는 듯 울상을 지으며 애원했다.

"그것 보게. 자네가 당한 거야. 자네가 먼저 싸움을 걸면 분명 다른 무인들처럼 헤엄쳐서 강을 건너야 할 걸세."

"저도 녹록치는 않을 겁니다."

악책이 눈을 부릅뜨자, 사내들이 똑같은 동작으로 고개를 저었다.

"그건 더욱 안 될 말이지. 행여 자네가 이기더라도 달갑지 않네. 세상에 저런 사공이 흔한 줄 아는가? 저 사공이 없다면 우리가 얼마나 고생할지 헤아려 주게."

"그건 또 무슨 말입니까?"

"적은 뱃삯으로 장강 주변을 편히 갈 수 있는 배는 이 배밖에 없지. 암! 장강 전역을 뒤져 보게나. 상류를 가나 하류를 가나 비가 오나 눈이 오나 조금도 속력이 변하지 않고 일곱 개의 나루터를 오가는 배는 이 배뿐일세. 다른 배들은 그저 강만 건너면 끝이라고. 게다가 일곱 개의 나루터 어디를 가더라도 같은 뱃삯을 받으니 얼마나 좋아? 자네가 참게, 자네가 참아. 여섯 명이 타도 만선이 되는 이 작은 배로 이런 친절을 베푸는데 왜 굳이 화를 부르려 하는가? 다른 사람늘을 생각해서라도 제발 참게."

그제야 악책은 사공이 뱃삯을 받지 않은 이유를 알았다. 게다가 사공이 행하는 일이 마음에 들어 화도 누그러졌다. 악책은 사공을 외면한 채 자신을 말린 사내들에게 물었다.

"대체 저 사공의 정체가 뭡니까?"

"그건 우리도 몰라. 사공이 사공이지 뭐겠나? 은거기인이라는 소문도 있긴 하지만, 잘은 모르겠네. 가끔 앙심 품고 덤비는 무인들도 있긴 했는데, 이길 때도 있고 도망칠 때도 있고 다칠 때도 있고 질 때도 있다고 들었으니 아주 대단한 사람은 아닐 게야. 하지만 다치거나 지면 배가 쉬더라고. 그러니 참아야 해. 응? 응?"

"예. 알겠습니다. 하."

악책은 너털웃음을 터뜨리며 막당의 옆으로 엉덩이를 끌었다. 막당이 무당파를 연신 중얼거리며 즐거워한다. 몇 마디 말을 걸었는데 웃음으로 대답하고, 어째서 신룡대협이라 소개했느냐는 질문에는 사부님이 시켰다고 답했다. 악책은 막당이 마음에 들었다. 자신이 중경에 임무가 있으니 동행할 생각은 없느냐 물었다. 하지만 막당은 무당파에 가야 한다며 고개를 저었다. 악책이 아쉬워하며 다음 나루터에서 내렸다. 막당은 배가 흔들리는 것도 무시한 채 몸을 일으켜 악책에게 손을 흔들었다. 곧 악책의 모습이 언덕으로 사라졌고, 배는 유유히 흘렀다. 두 명의 사내가 막당에게 말을 건네는데, 길을 걷다 만난 사람들과 다르게 정감있는 어투였다. 막당은 사내들과 얘기하는 것이 즐거워 얼굴에 끊임없이 웃음을 띠었다. 두 번의 나루터를 더 지나자 배에는 막당과 초구, 그리고 사공이 남았다. 사공이 물었다.

"어디 나루터까지 가십니까, 손님?"

"무당파로 가고 싶은데 어디서 내리면 되는지 모르겠습니다."

"화산파로 가십시오, 손님. 그냥 강호행을 포기하시면 더 좋습죠."

막당이 당황했다. 이유를 묻지 않은 채 그저 당황하다가 '화산파구나. 화산파.' 라며 중얼거리자, 사공이 갑작스레 웃음을 터뜨렸다.

"더 좋은 곳이 있으니 안내해 드리겠습니다, 손님."

막당의 얼굴이 화색이 되어 무슨 파냐고 물었다. 사공은 말했다.

"할머니가 사는 마을입니다, 손님."

막당이 무슨 말인지 몰라 당황했다. 사공은 그때부터 아무 말도 하지 않고 배를 젓기 시작했다. 몇 개의 나루터를 더 지나더니 어느 순간부터 손님이 있어도 태우지 않았다. 대부분의 나루터에 또 다른 배가 왕래하고 있어서 누구도 불평하지 않았다. 배를 타려는 자들은 대부분 사공을 아는 것 같았다. 배는 양자강을 유유히 흘러 강기슭의 마을에 이르렀다. 막딩은 배가 나루터에 도착할 때까지 마을을 둘러싼 담을 응시했다. 마치 강을 통해 군대가 쳐들어오기라도 할 것처럼 강과 마을의 경계를 높은 담이 가로막고 있었다.

"내리십쇼."

사공의 말을 따라 막당과 초구가 나루터에 발을 내밀었다. 나루터를 벗어나니 담 위로 오르는 계단이 있었다. 돌과 흙을 섞어 만든 담인데 그 위에 오르니 폭도 제법 넓어서 잠을 자기 좋았다. 실제로 담 위에서 잠을 자는 사람도 보였다. 담 아래로 펼쳐진 마을은 투박하고 엉성했다. 생긴 지 얼마 안 된 마을인 듯 모든 집이 서둘러 지은 것처럼 허술하다. 그런 마을이고 보니 이렇게 잘 만든 담이 있다는 게 신기했다. 막당은 마을로 향하는 계단으로 내려서는 사공에게 물었다.

"이 담은 왜 지었는지 모르겠습니다."

"나도 모르지."

사공의 말투가 확연히 바뀌었다. 배에서 내렸으니 이제 너는 손님이 아니라는 투다.

"이 마을에 담을 만드는 괴상한 놈이 하나 있어. 하긴 이런 세상에서 누군들 멀쩡할까."

"만나고 싶습니다. 담이 튼튼하여 마음에 듭니다!"

"만나기 싫어도 만나게 될 거야. 일단 말은 해두지. 방금 담 위에 올랐을 때 저쪽에서 잠자던 녀석이 그놈이야. 하지만 얘기를 해봐도 그다지 재미는 없을 게야."

사공이 죽립을 벗으며 듬성듬성 풀이 솟아난 땅을 걷기 시작했다. 죽립을 벗은 사공은 막당의 예상보다 훨씬 늙은 자였다. 턱에 수염이 없어 나이를 알 수 없었는데, 머리가 온통 백발이었다. 사공은 움막처럼 허름한 집으로 들어가더니 한동안 나오지 않았다. 막당이 기다리다 못해 문으로 들어가려다가 사공과 부딪칠 뻔했다. 사공은 막당의 어깨를 가볍게 밀치며 밖으로 나오더니 길게 한숨을 뱉었다.

"일단 고기부터 잡아야겠어."

"여기는 무당파도 아니고 화산파도 아닌 것 같습니다."

막당이 사공에게 의심의 눈초리를 보냈다. 사공은 고개를 저으며 쓰게 웃었다.

"네 목적은 정도맹이었잖아. 이곳은 정도맹이 자주 찾아오는 곳이지. 아쉽지만 조금 전에 왔다 갔다네. 그 망할 것들이 당장 먹을 음식까지 다 가져갔으니 고기부터 잡자고."

"여긴 어디입니까?"

담을 향해 걷던 사공이 막당의 질문에 걸음을 멈췄다. 사공은 고개를 돌려 막당을 보더니 갑작스레 서쪽으로 검지를 뻗었다.

"저기 중경에 살던 사람들이 전란을 피하여 이곳에 마을을 만들었지. 싸우기엔 적절하지 못한 지형이라 안전하지만, 눈에 쉽게 띄어서 정도맹이 군량을 구하러 가끔 찾아온다네. 만약 사도맹이 수변을 장악했다면 사도맹이 찾아왔겠지. 자자, 어서 고기를 잡아야 너나 나나 내 할멈이나 모두들 허기를 채울 수 있어. 서두르세. 내가 좀 더 빨랐다면 정도맹 놈들에게 돈을 주고 음식을 살 수 있었겠지. 우리가 빼앗긴 식량을 우리 돈 내고 산다는 게 씁쓸하지만 말야."

다시 걸음하는 사공을 막당이 또다시 불러 세웠다. 이젠 사공도 짜증이 난 듯 눈살을 찌푸리며 막당을 노려봤다. 막당은 불만 가득한 얼굴이었다.

"왜 절 여기로 데려오셨습니까? 전 무당파나 화산파 가고 싶습니다."

사공이 웃었다.

"네가 어딜 가야 할지 모르니 그걸 알려주기 위해서 데려온 거야. 무당파 제자도, 화산파 제자도 다 만나게 되겠지. 하지만 그전에 네가 가고 싶어하는 정도맹이 어떤 곳인지는 알아야지. 배에서 네가 하는 꼴을 보니 그것 먼저 알아두는 게 더 중하다 싶어서 데려왔어. 나도 널 생각해서 이러는 거니까 고기나 잡자고. 때가 되어 무당파일지 화산파일지 결정을 하면 이 마을을 찾는 정도맹 사람들이 알아서 데려가 줄 거야."

"무슨 말인지 모르겠습니다."

"고기를 잡자는 얘기다, 이 자식아! 너도 배가 고플 것 아니냐!"

사공이 울화통을 터뜨리며 발을 굴렀다. 막당은 고개를 끄덕이더니 사공에게 다가갔다. 초구도 따라오자, 사공이 돼지는 자신의 집 기둥에 묶어두라고 했다. 막당은 고개를 가로저었고, 초구는 슬쩍 고개를 비틀며 가소롭다는 듯 콧바람을 뿜었다.

고기를 잡기 위해 배를 탈 때만 해도 막당이나 초구나 좋은 기분을 갖고 있지 않았다. 하지만 막상 낚시질을 하다 보니 사공보다 더 신이 나서 고기잡이에 열중했다. 주변에 고기를 잡는 배가 제법 많았는데 사람들이 모두 아는 척을 하는 걸 보면 마을 주민인 듯했다.

막당은 고기를 구워 먹을 때 처음으로 사공의 반려자를 만났다. 백발에 가끔 흑발이 섞여 있는 여인이었는데 자세가 단정하여 마을 분위기와 어울리지 않았다. 말투도 기품이 있어서 고관대작의 여인이 다른 사연이 있어서 마을에 숨어 사는 것 같은 느낌이다. 막당은 식사하는 동안, 여인에게 다섯 번이나 할머니라는 호칭을 썼다. 음식을 모두 먹고서야 여인은 자신을 소개했다. 여인은 자신의 이름이 황보소국(皇甫小菊)이며 황보세가와는 아무런 상관이 없다고 말했다. 하지만 말투와 행동 하나하나가 '제발 나를 황보세가 사람으로 봐줘!'라고 애원하는 것처럼 우아했다. 그럴 때마다 사공이 탄식하며 자신의 반려자에게 연모의 눈길을 보낸다. 황보소국도 사공과 눈이 맞으면 좋아서 얼굴을 붉혔다. 막당은 이들이 진정한 파뿌리임을 인정하며 즐거워했다.

"정도맹 사람들은 언제 다시 옵니까?"

초구의 상태를 알아보기 위해 밖으로 나온 막당이 자신을 뒤따라 나온 사공에게 물었다. 사공은 대답에 앞서 자신을 소개했다. 성명은 민창산(閔昌山)이며 어릴 때부터 중경에서 사공이었던 자다. 가문 자체가 대대로 사공을 했으며, 한때 승상을 태운 적이 있어 성씨(姓氏)를 부여받은 역사가 있었다. 식사 때도 쉴 새 없이 입을 여는 것으로 보아 배를 몰 때와 다르게 말하기를 좋아하는 사람 같았다. 민창산은 사공 일이 좋다고 했다. 그 덕에 저런 훌륭한 반려자를 만난 것이 기쁘다고 말했다. 민창산은 무공을 할 줄 알았는데, 그것은 반려자인 황보소국에게 배운 것이었다. 그러나 황보소국은 육모탕처럼 가르치는 데 재주가 뛰어나지 못하여 민창산의 무공수위가 높은 편은 못 되었다.

"그래도 배 위에서는 거의 진 적이 없어. 거기야말로 내 땅이지. 가끔 괴물 같은 놈들을 만날 때도 있었는데, 운이 좋아서인지 그런 양반들은 속이 넓더군. 그러니 지금껏 명을 부지할 수 있었지."

막당은 귀를 민창산에게 내맡기고 눈으로는 초구를 찾았다. 집에서 그리 멀리 떨어지지 않은 곳에 초구가 엎드려 자

고 있었다. 처음 식사를 하기 위해 집으로 들어갈 때까지만
해도 마을의 몇몇 이들이 군침을 흘리는 것을 봤었다. 그 때
문에 불안했으나 다행히 지금은 그런 사람들이 없었다. 아마
도 초구가 엎드려 자는 곳에서 약간 떨어진 지점에 생긴 구덩
이 때문이리라. 장정 무릎 정도 깊이로 패인 구덩이는 초구가
발길질하여 만든 것이 분명했다. 곤히 자고 있는 초구에게 눈
길을 던지는 사람은 열 살도 못 될 법한 꼬마아이였다. 그나
마도 어떤 아낙이 급히 달려와 초구에게 접근하던 아이를 안
고 도망갔다.

좌아. 싸.

바다에서나 들릴 법한 파도 소리가 장강에서 흘러나왔다.
밤이 되니 소리는 더욱 커져 마을을 풍요롭게 했다. 이미 대
부분의 사람들이 집에 들어가 잠을 자고 문 앞에 모기를 쫓는
불을 피웠지만, 강물이 유난을 떨어 잔치가 벌어진 것만 같
다. 막당은 담을 넘고 강을 마주한 채 무공을 수련했다. 초구
가 싸우자고 졸랐지만, 최선을 다해 외면했다. 조금이라도 더
수련해야 초구에게서 일승이라도 거둘 수 있으리라. 막당의
손에 힘이 들어갈 때면 강물이 좀 더 소리를 지르며 달을 던
지려 한다. 달은 그저 일렁거릴 뿐 파도에 밀려나는 일이 없
었다. 초구는 참다못해 배에 오르며 낚시라도 하자고 끼끽거
렸다. 배를 몰 줄 모르는 막당이 그 말을 들어줄 리 없다. 결
국 초구는 박치기로 시비를 걸었고, 막당은 도망질쳤다. 월광

도 부족하여 별빛마저 담은 강물에서 연신 '첨벙첨벙' 소리가 났다.

"이봐! 넌 잠도 없냐?"

갑자기 들려온 사내의 목소리에 막당과 초구가 하던 싯을 멈추고 고개를 돌렸다. 강물에 흠뻑 젖은 막당이 '죄송합니다!'를 연발하며 사내에게로 걸었다. 초구가 몸의 물을 흩뜨리는 동안, 사내는 막당을 구박했다. 하지만 초구가 고개를 몇 번 꺾고 슬그머니 다가왔을 때, 더 이상 화를 내지 않았다.

"듣자 하니 정도맹에 들어갈 거라고?"

"예, 그렇습니다."

사내의 목소리가 누그러지자 막당이 입가에 미소를 띠었다. 곧 사내가 냉소하며 밤하늘을 향해 투덜댔다.

"대체 싸우는 게 뭐가 좋다고 그런 데를 못 들어가서 안달인지 원."

막당은 자신의 앞에 있는 사내가 낮에 담에서 봤던 자임을 알았다. 사내가 퉁명스럽게 자신을 소개했다. 왕씨 성을 가진 자였는데 자신의 이름을 기억하지 못했다. 다들 '왕감독'이라 부르니 너도 그렇게 부르라며 막당에게 웃었다. 막당이 왕감독 아저씨라는 호칭과 웃음으로 답했다.

"민 사공이 형씨를 왜 데려왔는지는 모르겠지만, 이 마을 사람들 모두가 정도맹을 좋아하지 않아. 그놈들 덕에 고기를 두 배로 잡아야 먹고살 수 있거든."

“아까 밥을 먹으며 들었습니다. 황보 할머니께서 정도맹 사람들이 오면 가진 걸 다 주신다며 민 할아버지가 불평하셨습니다.”

“흥! 그 할멈은 정말 그래. 정도맹이 오면 당장 굶어도 먹을 걸 다 건네주지. 특히 무당파 제자라도 섞여 있으면 집까지 떠넘길 것처럼 군다니까. 무당파와 무슨 인연이 있나 봐.”

“민 할아버지는 무당파를 싫어하셨습니다.”

“할멈이 먹을 걸 다 떠넘기는데 좋아할 리 있나. 화산파는 좋아하지?”

“예.”

“화산파 장문인이 그 할멈의 것을 빼앗지 말라는 지시를 내렸다던가? 아무튼 뭔가 사연이 있는 할멈이야.”

막당이 잠시 별을 보다가 ‘무슨 말인지 모르겠습니다.’ 라고 솔직하게 고백했다. 왕감독은 막당을 바보라 부르며 몇 번 더 설명한 뒤, 진짜 바보라고 구박했다. 그럴 때마다 막당이 고개를 끄덕이니, 결국 왕감독은 웃었다. 그리고 자신이 만든 담을 자랑했다. 이것이 강을 막아 마을을 지킬 거라며 호언장담을 한다. 이번에도 막당은 무슨 말인지 모르겠다며 고개를 저었는데, 그 때문인지 왕감독은 더 이상 말을 하지 않았다. 막당이 이것저것 질문을 해도 담배만 피울 뿐이었다.

정도맹이 찾아온 것은 삼 일 후였다. 보슬비가 내리는 날이었고 안개도 제법 있는 아침이었는데, 십여 명의 무리가 거침없이 걸었다. 진흙이 잔뜩 묻은 신발이나 몸을 적시는 옷을 눅눅하게 만드는 습기도 아랑곳 않는 모습이다. 무사들은 당연하다는 듯 사람들을 향해 음식을 요구했다. 사람들은 인상을 찌푸리면서도 바구니에 말린 고기를 담아 내밀었다. 다른 사람들을 대할 때와 다르게 무사들이 황보소국에게는 미소를 짓는다. 황보소국은 마을 사람들 중에서 제일 많은 음식을 내놓았다. 그것은 집 안에 있는 모든 음식이었고, 아침에 먹을 음식까지 포함된 것이었다. 옆집 사람이 먹을 건 남겨 두라며 말렸지만, 황보소국은 고집을 피우며 끝내 모든 음식을 넘겼다. 몇몇 사람들은 그런 황보소국을 향해 눈살을 찌푸렸다.

무사들이 돌아간 뒤, 막당이 나타났다. 민창산이 배를 몰고 나가는 것을 배웅할 겸 강에서 놀다가 온 것이다. 이미 정도맹이 돌아갔다는 말에 막당이 깜짝 놀랐다. 하지만 며칠 후 다시 올 것이라는 말을 듣고 뒤쫓지 않았다.

"오늘은 제가 고기를 굽겠습니다. 어제처럼 태우지 않을 자신이 있으니 맡겨주십시오!"

막당이 호쾌하게 외치자, 몇몇 이들이 쓴웃음 지었다. 민사공이 돌아오기 전에는 너도 굶을걸? 다들 그런 생각을 하며 노파와 소년을 비웃었다. 황보소국이 말했다.

"애야. 오늘 아침은 같이 굶자."

"예."

막당이 호쾌하게 답하며 고개를 끄덕였다. 그 태도에 놀란 옆집 사람이 잠시 고민하다가 화를 냈다.

"이봐요, 할머니! 이런 착한 손님을 두고 어떻게 음식 하나 남기지 않을 생각을 하셨소? 정도맹을 돕는 거야 말릴 생각이 없지만, 이건 너무 심하지 않소. 거기 형씨는 우리 집에 오슈. 오늘 아침은 내가 대접하리다."

막당이 활짝 웃으며 '감사합니다!' 라고 답했다가 어깨를 움찔했다. 막당은 황보소국을 돌아보더니 옆집 사내에게 물었다.

"여기 황보 할머니도 아침을 드시지 못했습니다."

"그 할머니야 내가 알 바 아니우. 자청한 일인 걸 어쩌겠소? 가진 음식을 모두 정도맹 놈들에게 주었으니 굶는 게 당연하지. 퉤!"

막당이 황보소국을 돌아보며 왜 음식을 다 주었느냐 물었다. 황보소국이 상관없다며 웃는다. 막당은 말했다.

"제가 가서 조금만 돌려달라고 하겠습니다."

"그래라."

황보소국이 미소 지으며 답하자, 주변에 있던 사람들이 깜짝 놀랐다. 황보소국의 입에서 그런 말이 나올 줄 꿈에도 몰랐기 때문이다. 막당은 길이 난 곳으로 달려갔고, 사람들은 황보소국에게 달려갔다.

"대체 왜 그러셨어요? 저 아이를 죽일 셈이십니까?"

"보통 아이가 아니니 걱정하지 마세요. 저렇게라도 시비를 붙여서 실력을 보이는 게 저 아이에게 도움이 될 테니까요."

황보소국은 미소 지으며 집으로 들어갔다. 마을 사람들이 한숨을 쉬며 고개를 저었다.

"잠깐만요!"

막당은 무사들의 뒷모습이 보이자마자 손을 흔들며 웃었다. 음식을 갖고 이동하던 자들이 일제히 고개를 돌렸는데, 한 청년과 돼지가 달려오고 있었다. 손에 쥐었던 검의 손잡이가 느슨해졌다. 무사들은 막당을 기다렸다가 자신들을 부른 이유를 물었다. 막당이 활짝 웃으며 말했다.

"가진 음식의 일부를 돌려받으려고 왔습니다."

앞 열에 있던 무사가 보슬비 가득한 하늘을 향해 코웃음 쳤다. 막당이 만난 이 무사들은 아쉽게도 강가의 마을에서 음식을 조달받은 자들이 아니었다. 이들이 운송하는 것은 중경에 터를 두고 있는 정도맹에게 보낼 물품이었으며, 그 대부분이 무기와 군량이었다. 당연히 이들의 정체도 정도맹 무사가 아니라 표국에서 고용한 용병과 표사들이다. 일의 책임을 맡고 있는 표사가 막당에게로 한 걸음 내디디며 코웃음 쳤다.

"가져갈 수 있으면 다 가져가도 좋다. 어디 한번 해봐라."

보슬비가 그쳤다. 안개가 걷히고 하늘이 청명하다. 아침 일과를 마치고 마을로 돌아온 민창산은 정도맹 무사들이 예상보다 빨리 찾아왔다는 말에 놀라며 급히 배를 향해 돌아갔다. 반려자와 손님의 늦은 아침을 위해 고기를 잡아야 했기 때문이다. 그때 사람들이 민창산의 옷자락을 잡으며 남은 얘기도 꺼냈다. 막당이 음식을 돌려받기 위해 무사들을 찾아갔다는 말을 듣고, 민창산이 대경했다. 곧 민창산은 집으로 뛰어 들어가 황보소국을 질책했다. 하지만 황보소국은 태연하게 말했다.

"그 아이의 무공이 저보다 뛰어났어요. 저들이 모두 덤벼든다 한들 아이를 제압할 리 없죠. 게다가 아이가 착하여 저들에게 큰 해를 끼칠 일도 없을 거예요. 분명 아이는 큰 기대를 받으며 정도맹에 들어가 무위를 떨치게 될 거예요."

민창산은 한숨을 쉬며 고개를 저었다. 그때 밖에서 막당의 외침이 들렸다. 민창산뿐 아니라 황보소국도 깜짝 놀라며 집을 나왔다. 막당이 활짝 웃으며 보따리 네 개를 등에 짊어지고 달려오고 있었다.

"음식을 가져왔습니다! 좋은 분들이라 마음껏 가져가라 하셨습니다!"

"그럴 리가!"

모두가 깜짝 놀라며 막당에게 모여들었다. 보따리의 내용물을 살펴보니 하나같이 영양가있는 고급 건량들이다. 육포는 물론이거니와 썩은 옹이가 하나도 없는 감자에 구운 곡식마저 있었다. 막당이 가져온 것만으로도 마을 사람들 모두가 배를 채울 수 있을 정도의 양이었다. 사람들은 기뻐하기는커녕 불안감을 얼굴에 담고 한 발 한 발 물러섰다.

"우, 우리 음식이 아닌데… 이걸 어디서?"

"그분들께서 다음에 보자고 하셨으니 나중에 또 얻을 수 있을 것 같습니다."

사람들의 얼굴이 좀 더 창백해졌다. 개중 한 명이 험상궂은 얼굴로 눈을 부라리며 '혹시 이렇게 '나중에 두고 보자!' 라는 식으로 말한 거 아니오?' 라고 물었는데, 막당이 똑같다며 박장대소했다. 왕감독이 무릎을 꿇고 '저놈이 강을 날아다닐 때부터 이렇게 될 줄 알았다니까.' 라며 오열했다. 막당은 마을 사람들에게 음식을 나눠 주려 했다. 하지만 누구도 받아먹지 않았다. 또한 막당이 먹는 것까지 만류했다. 결국 민창산이 음식을 감춰뒀다가 저들이 나타나면 돌려주겠다고 말했다. 막당은 민창산의 뜻을 이해하지 못했으나, 고기를 잡으러 가자는 말에 혹하여 긴량을 잊었다.

막당과 초구가 수면으로 솟구치는 물고기를 향해 즐거워할 때, 마을에서는 탄식이 끊이지 않았다. 붙잡아둬야 한다. 저 녀석을 붙잡아두지 않으면 우리는 몰살이다. 근 삼 일간 막당의 행실이 마음에 들던 터라, 모두가 죄책감을 느꼈다. 그저 놈들이 건량을 받고 막당을 몇 대 쥐어박는 것으로 일을 끝내주길 바랐다. 민창산이 어디에 건량을 감췄는지 모두가 알고 있었지만, 정도맹 사람들이 나타나던 삼 일 후까지 어느 누구도 그 음식을 건들지 않았다.

"안 돼, 그것만은!"

삼 일 후 모든 마을 사람들이 일제히 외쳤다. 눈물까지 흘리는 사람들도 있었다. 황보소국이 그 건량을 꺼내어 정도맹 사람들에게 넘겨주려 했기 때문이다. 그때는 막당도 곁에 있었는데, 정도맹의 어느 누구도 막당을 알아보지 못했다. 마을 사람들 몇몇이 사정을 설명하며 건량을 가져가지 말 것을 요구했다. 하지만 무사들은 고개를 저었다.

"만약에 이것으로 인해 문제가 생긴다면 우리에게 연락하십시오. 저희가 뒤를 감당하겠습니다."

대표 격인 무사가 호언장담을 하며 끝내 건량을 갖고 사라졌다. 간발의 차이로 늦게 나타난 민창산이 이 사건에 큰 충격을 입은 듯 혼백이 나간 채 비틀거렸다. 그 소란 덕에 막당은 자신이 이 마을에 있는 이유를 잊고 말았다. 정도맹의 무사들에게 데려가 달라는 말을 못했던 것이다.

다음날 아침, 마을 사람들은 안개를 헤치고 나타나는 수십 명의 그림자를 보고 오늘이 운명의 날임을 깨달았다. 수많은 자들이 험악한 위세와 병장기의 살기를 고스란히 드러내며 마을 중앙에 자리잡았다.

"어제 준 건량을 어디서 구했는지 알고 싶어 왔습니다."

냉기가 흐르는 여인의 목소리에 사람들이 어깨를 떨었다.

이렇게 되리라 짐작했었는지 아침 배를 타지 않은 민창산이 막당과 함께 나왔다. 그 순간 무사들 중 누군가가 검지를 뻗으며 '저놈이다! 앗! 돼지도 저기 있다!' 라고 외쳤다. 막당이 활짝 웃으며 무사들을 향해 달려갔다.

쾌액!

여인의 검이 막당의 얼굴 앞으로 뻗어나갔다. 막당이 급히 달음질을 멈추며 동그랗게 눈을 떴다. 그와 동시에 사내의 외침이 터져 나왔다.

"막 형제!"

악책이었다. 여인의 뒤쪽에 서 있던 악책이 막당을 알아보고 환하게 웃었다. 막당도 활짝 웃으며 자신의 얼굴 앞에 있던 검을 피해 악책에게로 걸어가려 했는데, 검봉이 이를 방해했다. 여인은 냉소하며 물었다.

"당신이 표국의 짐을 털었던 강도입니까?"

여인의 차가운 목소리가 마을 사람들을 창백한 얼굴로 만들었다. 왕감독이 고개를 떨구며 '역시 강도가 되어 버렸구나.' 라고 중얼거렸다. 막당은 고개를 가로저었다.

"무슨 말인지 모르겠습니다."

"일단은 검을 치우고 얘기합시다, 금 소저."

악책이 막당의 편을 들며 검신을 건드리자, 여인은 고개를 끄덕이더니 검을 늘어뜨렸다. 하지만 얼굴 가득 담겨진 살기는 지워지지 않은 상태였다. 여인이 막당에게 자신을 소개했다.

"저는 정도맹의 일원으로 중경의 치안을 책임지는 금영진
(金英眞)입니다."

몇몇 마을 사람들이 '허억!' 하고 비명을 질렀다. 이런 누추
한 마을을 찾아올 만한 인물이 아니기 때문이다. 팔기금문(八
器金門)의 금영진이라면 극락화(極樂花)로 더 유명했다. 열아
홉 살의 젊은 나이에 정도맹의 주요 임무를 맡을 정도로 큰
신임을 얻은 이유는 팔기금문의 모든 병기술을 터득했을 뿐
아니라, 지략과 통솔력도 뛰어났기 때문이었다. 사람들의 얼
굴은 이제 강물에서 가끔 등장하는 부풀어진 시체의 살색과
비슷해졌다. 유일하게 막당만 환히 웃으며 금영진을 반겼다.
막당이 포권하며 반만 소개했다.

"육모탕 사부님의 제자, 신룡……."

간신히 우장을 뻗어 소개를 막은 악책이 금영진에게 막당
의 이름을 알려줬다. 악책은 막당의 성품도 함께 소개하며 결
코 강도 짓을 저지를 인물이 아니라고 했다. 그러자 금영진의
싸늘한 얼굴이 풀어지며 막당을 대하는 태도도 바뀌었다. 며
칠 사이에 악책이 금영진의 신임을 얻었기에 가능한 일이다.

"자초지종을 알려주십시오. 막 형제께서 이 표국 사람들의
물품을 강탈했다고 들었습니다. 이들을 알아보시겠습니까?"

막당이 흔쾌히 고개를 끄덕이며 자신에게 음식을 줬다고
칭찬했다. 몇몇 부상자들이 눈에 불을 켜며 욕설을 뱉었다.
모두 막당을 공격하려다가 초구에게 신세를 졌던 자들이었

다. 육모탕이나 제갈당숙이 이 자리에 있었다면 죽은 자가 없
는 것만으로도 천운이라며 혀를 찼을 것이다.

"다시 묻겠습니다. 이들이 음식을 줬습니까, 아니면 막 형
제께서 빼앗은 것입니까?"

금영진은 막당에게 여러 번 질문했다. 막당이 그때마다 성
실하게 답변했고, 그 덕분에 금영진도 이 청년의 상태를 알아
볼 수 있었다. 어이가 없어 웃음 짓는 금영진에게 악책이 나
이도 밝혀줬다. 금영진은 곧 막당에게 호감을 느끼며 표국의
인물들을 돌아봤다.

"이번에 입은 손해는 제가 알아서 보상할 테니 막 형제에
대한 앙갚음을 잊으십시오."

팔을 상한 자가 이를 드러내며 고개를 저었다.

"그럴 수는 없습니다! 이는 우리 표국의 명예와 직결된 문
제입니다! 벌써부터 거래를 취소하자는 말도 나오는 상황인
데 어떻게 물러설 수 있겠습니까!"

"저는 제안했을 뿐입니다. 팔기금문의 제안을 무시하고서
라도 막 형제와 싸우고 싶으시다면 마음대로 하십시오. 장강
표국의 끝없는 정성이 인상적이니 결코 잊지 않겠습니다."

금영진의 미소에 표사가 창백한 얼굴로 손을 저었다. 막당
을 향해 눈알을 부라리기는 했으나, 함부로 이를 갈지는 못했
다. 며칠 전 막당이 번쩍번쩍하며 물건을 가져가는 모습을 직
접 보았기 때문이다. 게다가 중경의 책임자 금영진과 부관의

임무를 받고 새로 파견된 이인자 악책마저 막당을 감싸고 있으니 다른 수가 없다. 표사는 쓴웃음을 짓고는 무리를 이끌고 돌아갔다. 곧 금영진이 막당의 어깨를 두드리며 웃었다.

"잘 해결된 듯하여 다행입니다. 마침 저들이 가져온 물품 중에 제 물건이 있는데 구경하시겠습니까?"

막당이 웃으며 고개를 끄덕였다. 악책이 물건의 내용을 물으니, 금영진은 술이라고 했다. 그리고 그것을 마시기 위해서는 중경으로 돌아가야 한다고 말했다. 모든 것이 잘 풀린 듯하여 마을 사람들은 크게 안도했다. 몇몇 사람들이 웃음 지으며 집으로 돌아갔다. 막당과 초구는 금영진의 일행을 따라 마을을 떠났는데, 마을 사람들 모두가 막당이 다시 돌아오리라고 생각지 못했다. 그렇기에 인사도 없이 떠나간 막당에게 섭섭함을 느꼈다.

"다들 주무시나 봅니다!"

그날 밤 막당과 금영진, 그리고 악책이 다시 나타났다. 막당이 술에 취해 웃으며 가뜩이나 작은 마을을 헤집었다. 초구의 등에 네 통의 술항아리가 매달려 있었다. 금영진과 악책도 술 냄새를 풍기며 마을을 돌아다니다가 막당이 가리킨 담에 올랐다.

"여깁니다! 여기에서 마시면 술맛이 더 좋을 것입니다!"

"역시 좋군요!"

금영진과 악책이 담을 보고 웃었다. 달을 감상하던 왕감독이 깜짝 놀라며 다가왔다가, 막당 옆에 있는 두 사람이 중경 최고의 권력자들임을 알고 아예 자빠졌다. 막당은 한사코 만류하는 왕감독을 끝내 곁에 앉히고 술을 나눴다. 금영진이 술잔을 기울이며 왕감독을 향해 웃었다.

"우리는 여기서 형제의 연을 맺을 것입니다. 막 형제가 이곳의 담이 훌륭하여 형제의 연을 맺는 장소로 손색이 없다 했는데 정말 그렇군요. 혹시 막 형제가 말씀하신 그분이십니까?"

"그, 그분이라니오?"

왕감독이 술잔을 차마 입에 가져가지 못하고 긴장하여 물었다.

"이 담을 혼자 만드셨다던데 사실이십니까?"

"아… 그건 사, 사실입니다. 제가 중경에서 성벽을 쌓는 일을 감독한 경험이 있는데 가끔 그 때가 그리워 이렇게 담을 쌓았습니다."

그 말에 금영진이 호탕한 웃음을 터뜨렸다. 그런 행동을 보면 분명히 거나하게 취했을 것 같은데, 자세는 흐트러짐이 없어서 왕감독을 감탄하게 만들었다. 악책이 엄지를 세우며 왕감독에 대한 칭찬을 높였다.

"이대로 성을 쌓아 이곳에 도시를 이루어도 되겠습니다. 참으로 대단하십니다. 후에 정도맹에서 성을 쌓을 일이 있으면 왕 형제의 이름을 반드시 꺼내겠습니다."

"그, 그런……. 정말 과찬이십니다. 하나 그렇게 해주신다면 평생의 은공으로 모시겠습니다!"

왕감독은 지금 당장 정도맹의 사람이 된 것처럼 고마워했다. 평소에 왕감독은 정도맹 사람들이 음식을 얻으러 올 때 자신이 만든 담을 보고 감탄해 주기를 바라고 있었다. 하나 눈길을 던지거나 담을 만든 이유를 묻는 자들은 있어도, 그것을 향해 이토록 감탄해 주는 자는 없었다. 왕감독은 천하를 얻은 사람처럼 기뻐하며 술잔을 입술에 붙였다. 막당도 크게 기뻐하며 술을 마셨다.

"저는 술이 너무 좋습니다!"

"십오 세에 그리도 술을 즐기니 큰일입니다, 하하하! 분명 늙어서 손이 떨려 그 뛰어난 무공을 온전하게 펼칠 수 없겠지요."

"술을 마시면 손이 떨리게 됩니까? 몰랐습니다."

막당이 깜짝 놀라 술을 버린다. 곧 세 사람이 웃음을 터뜨리며 먼 훗날의 일이니 신경 쓰지 말라고 했다. 금영진은 술잔을 높게 치켜들고 건배를 권했다. 일제히 건배하여 술잔을 비우니, 금영진은 왕감독을 향해 부탁했다.

"지금 우리 셋이 형제의 연을 맺을 것이며, 그 이름을 삼장(三牆)이라 하겠습니다. 우리가 이토록 견고하고 높은 담이 되어 강호를 지킬 요량이니 왕 형제께서 증인이 되어주십시오."

"소인이라도 좋으시다면 기꺼이 증인이 되겠습니다!"

왕감독이 활짝 웃었다. 세 사람은 곧 무릎을 꿇고 장강의 물결에 절했다. 형제의 연을 맺자, 맏이가 된 악책이 두 동생의 이름을 불렀다.

"금 아우! 나는 아우와 하루를 이야기하여 같은 하늘을 보고 있음을 알았네. 비록 아우가 여인이기는 하나 지략이 출중하고 사람을 깊이 이해하고 있으며 무공 또한 뛰어나니 삼장의 큰 별이 되고도 남음이 있네. 천하에 무슨 일이 벌어져도 자네와 형제의 연을 맺은 것을 후회하지 않을 걸세. 그리고 막 아우는 아직 순수하여 뜻을 갖추지 못했으나 그 깨끗함에 협이 담길 수밖에 없는 천성이 있으니 이보다 바른 사람이 어디 있을까! 또한 무공이 금 아우와 나를 합해도 감당 못할 정도로 뛰어나니 반드시 강호의 안녕을 꾀할 자라 할 수 있네. 천하에 무슨 일이 벌어져도 자네와 형제의 연을 맺은 것이 후회되지 않을 걸세. 이 악책의 모든 것을 걸고 맹세하지!"

뒤이어 금영진이 술잔을 든 채 외쳤다.

"악 형의 뜻을 알았을 때 세상을 얻은 것처럼 기뻤습니다. 꼭 형제의 연을 맺고 싶었는데 이런 기회가 올 줄 어찌 알았겠습니다! 기쁩니다! 뜻을 같이하여 강호의 안녕을 꾀할 수 있는 인연을 얻은 것이 기쁘기 그지없습니다. 비록 미약한 지략과 무공이겠으나 제 모든 것을 펼쳐 삼장의 이름을 더럽히지 않을 것입니다. 그리고……"

금영진의 술잔은 막당을 향했다. 막당이 환히 웃으며 자신의 잔을 부딪쳤다. 왕감독은 급히 고개를 돌려 낮게 웃음을 터뜨렸고, 악책이 작은 목소리로 그 술을 먹지 말라며 주의를 줬다. 막당이 술잔을 든 채 금영진의 말을 기다렸다.

"솔직하게 말해서 막 아우와 형제의 연을 맺으리라 생각한 적은 없었다. 하지만 이렇게 연을 맺은 것을 조금도 후회하지 않는다. 내가 막 아우에게 세 번을 놀랐으니, 하나는 그 순수함이요, 또 하나는 그 뛰어난 무공이며, 마지막 하나는 데리고 있는 돼지다. 비록 지금은 의기투합 자체가 불가능할 정도로 순수하여 악 형과 나의 형제결연에 강제로 끌어들이는 것이 아닐까 우려되지만, 먼 훗날 막 아우가 뜻을 가졌을 때 이 날을 후회하지 않게 만들 자신이 있다. 하늘이 축생을 통하여 막 아우가 큰 인물이 될 것임을 미리 알렸으니, 여기 형과 누나가 평생을 다하여 그것을 돕겠다. 기쁘다! 오늘이 참으로 기쁘구나!"

금영진이 말을 마치자 강물이 떠들었다. 왕감독이 잠시 헛기침을 하더니 팔꿈치로 막당의 옆구리를 치며 아무 말이나 꺼내라고 했다. 막당이 웃었다.

"건배!"

막당의 입술로 날아들던 술잔을 왕감독이 잽싸게 잡았다. 왕감독은 웃음을 터뜨리는 두 사람을 무시한 채 긴장된 얼굴로 막당을 질책했다.

"어서 악 형님과 금 누님에 대한 이야기를 꺼내라구. 그러고 나서 술을 마시는 거야."

"아!" 막당이 환하게 웃었다. "저는 악 형님이 좋고 금 누님이 좋습니다!"

"그래, 좋구나!"

악책과 금영진이 호쾌하게 웃으며 술잔을 내밀었다. 왕감독은 세 사람이 술을 마시는 것을 지켜본 뒤, 그 다음 잔부터 같이 마셨다. 장강의 물결이 부르는 노래에 맞춰 흥겨운 금영진의 가락이 들렸다. 몇몇 마을 사람들이 집을 나와 담 위의 그림자를 부러운 듯 응시했다.

막당의 덕으로 마을 사람들은 더 이상 정도맹에 음식을 조달하지 않아도 된다는 특혜를 받았다. 황보소국을 제외한 모두가 이를 기꺼워했다. 처음에 막당은 금영진과 악책의 제안으로 중경의 정도맹 본부로 갔으나, 며칠 지나지 않아 마을로 돌아왔나 쫓겨왔느냐며 긱정하는 마을 사람들의 물음에 막당이 웃음으로 답했다.

"고기 잡으러 왔습니다!"

마을 사람 중 한 명의 도움으로 막당과 초구가 하루 종일 고기를 잡으며 놀았다. 중경으로 돌아갔던 막당이 칠 일 만에 다시 돌아온 것은 장강의 물살이 물고기를 끝없이 품고 있었기 때문이다. 중경에서도 잡을 수 있었건만, 막당은 마을을 고집했다. 오 일, 삼 일. 점점 막당이 마을을 찾는 주기가 짧아지더니 끝내는 마을에 눌러 사는 짓을 하고 말았다. 그 덕분에 금영진과 악책도 마을을 자주 찾았다. 부담스러워진 마을 사람들이 막당을 설득했지만, 별 도움이 되지 못했다. 결국 왕감독이 최종 결론을 내렸다. 막당이 살 집을 지어준 것이다.

"그래도 이렇게 집이 지어졌으니 안심이 됩니다."

막당의 집을 보며 금영진이 한숨을 쉬었다. 금영진과 악책이 이 마을을 자주 찾았던 이유는, 이곳에 집도 없는 막당이 어떻게 날을 보낼까 걱정됐던 부분도 있었다. 그것을 알고 있었던 왕감독이기에 서둘러 집을 지은 것이다. 왕감독이 용기를 내어 악책에게 물었다.

"정말이지 궁금함을 참을 수가 없습니다. 악 대협께서는 막 형제가 이곳에 사는 것을 왜 막지 않으십니까?"

악책이 그 질문을 받자마자 활짝 웃었다. 마치 그 질문을 수 년간 기다리기라도 한 것 같은 얼굴이다. 악책이 왕감독을 부여잡고 하소연했다.

"말렸습니다, 왕감독! 금 아우랑 제가 얼마나 말렸는지 아신다면 이런 말은 못하셨을 겁니다. 이 마을에서 고기를 잡지 말고 정도맹에서 고작 일 리밖에 떨어지지 않은 나루터에서 잡으라고 했지요."

"그런데요?"

"싫다는 겁니다. 이쪽이 더 재미있답니다. 고기잡이배를 하나 만들어 준다고 했는데도 싫다고 합디다. 그래서 금 아우가 설득했습니다. 여기보다 중경에서 잡는 고기가 더 맛이 있다며 수작도 부려봤고, 이 마을을 자주 찾는 것이 민폐임을 알렸습니다."

"그런데요?"

재차 던진 왕감독의 물음에 금영진이 악책의 곁으로 다가와 호통으로 답했다.

"무슨 말인지 모르겠대요!"

왕감독은 터져 나오는 웃음을 간신히 참으며 '그렇군요.'라고 가까스로 대답했다. 태어나서 지금까지 남을 설득하는 데 실패가 거의 없었던 금영진은 억울한 듯 입술을 물었다.

"왕감독은 그 기분 모르실 겁니다. 천변만화한 설법으로 설득하면 무조건 무슨 말인지 모르겠다며 고개를 젓고, 그저 간단하게 설명을 하면 무조건 싫다는 거예요. 마치 그림의 떡을 앞에 두고 먹을 방법을 고민하는 기분이었죠. 하하… 생각할수록 속이 쓰려서……."

불평을 하면서도 금영진의 얼굴은 웃고 있었다. 악책도 입가의 미소를 지우지 않은 채, 담 너머 장강에서 들려오는 막당의 고함 소리를 즐겼다.

"그래도 다행이지 않습니까? 제가 제일 걱정하던 일은 막 아우가 악인의 손에 이끌려 악행에 이용당하는 것이었습니다. 하나 막 아우의 성격을 보니 그런 일은 결코 벌어지지 않을 듯합니다. 이 얼마나 다행입니까! 하하하하하!"

"그러고 보니 막 형제는 행동에 있어서 무슨 선을 그린 듯했습니다. 시키면 뭐든 할 것처럼 굴다가도 한 번 고집을 부리면 끝도 없으니……. 그렇지, 그렇지. 저번에 일권으로 나무를 자르는 것을 보았습니다. 그게 신기하여 다른 나무도 그렇게 부수라고 했더니 정말 그리하더군요. 하지만 제가 갓 쌓은 막 형제의 집 기둥도 한 번 쳐보라고 했는데 죽어도 싫다는 겁니다. 이전에 부수었던 나무 기둥보다 덜 튼튼한 것이었는데도 끝내 건드리지 않았습니다."

왕감독의 말에 금영진과 악책이 박장대소했다. 악책은 배를 잡고 웃다가 '이렇게 얘기하다 보니 막당이 보고 싶어졌다'며 담을 향해 걷기 시작했다. 그 뒤를 왕감독과 금영진이 웃으며 따라갔다. 하지만 곧 걸음을 멈춰야 했다. 마을 입구에서 귀에 거슬리는 소리가 들렸기 때문이다.

"거기 아낙은 이리 오거라!"

입구 부근에서 농어를 말리던 여인이 겁을 집어먹고 목을 움츠렸다. 다섯 명의 무리가 여인을 향해 걷기 시작했는데 한눈에도 정도맹의 무인이 아님을 알 수 있었다. 제일 앞에 있는 비단옷의 사내가 목발의 도움을 받으며 여인 앞에 섰다.

"귀암곡이 어디쯤 있는지 아느냐?"

귀암곡이라는 말이 들리자 금영진과 악책은 막당의 집 뒤쪽으로 몸을 숨겼다. 특별한 일이 없는 한 이 마을에서 괜한 싸움을 불러일으키고 싶지 않았던 이유다. 하지만 금영진은 만일의 사태를 대비하여 손가락 사이에 세 개의 단도를 끼웠다. 악책도 눈조차 깜빡이지 않은 채 상대의 움직임을 주시했다.

"귀, 귀암곡은… 여기서 저쪽으로 나흘쯤 걸어가면 나올 거예요. 주변에 산이 많지 않고… 생긴 것이 특이하니 금방 알아보실 수……."

"홍! 그렇다면 오늘은 여기서 묵어야겠군. 네 집을 좀 비워야겠다."

사내는 거침없이 말했다. 여인이 잔뜩 겁을 집어먹고 고개를 끄덕였다. 결국 참다못한 악책이 몸을 드러내며 놈들을 향해 다가갔다.

"실례하겠습니다." 악책은 놈들에게 포권했다. "저는 정도맹 소속의 악책이라고 합니다."

놈들이 악책의 등장에 깜짝 놀라더니 급히 주변을 둘러봤다. 악책의 뒤에 멈춰 서는 금영진을 제외하고 다른 무인들이 보이지 않는다. 놈들은 수적인 자신감을 얻고 비릿하게 웃었다. 목발을 쥐고 있던 자가 팔꿈치를 목발 끄트머리에 걸치며 가볍게 포권했다.

"사도맹 환룡문의 제자 탁장복이라 하오. 정도맹의 세력이 주변을 장악했다고 들었는데 이런 작은 마을에까지 손을 뻗을 줄은 미처 몰랐소이다."

"이곳에 아는 친구가 있어 잠깐 찾았을 뿐입니다. 저희가 정도맹이고 탁 형제께서 사도맹이라 하여 굳이 싸울 필요는 없지 않겠습니까? 긴장하실 필요는 없습니다."

"누가 긴장하는 건지 모르겠구려. 하하하하하."

탁장복은 호탕하게 웃으면서도 우수를 아래로 늘어뜨리고 있었다. 당장이라도 출수할 것 같은 위세다. 악책이 쓰게 웃었다.

"조금 전에 저 아낙에게 하시는 말씀을 들었습니다. 처음 보는 이에게 그리 무례하시니 환룡문의 제자답지 않다 여겼습니다만……."

"흥! 그것은 악 형이 상관하실 일이 아니오! 싸우고 싶지 않다고 말하면서 은근히 시비를 가리려 하시는구려. 하긴 그것이 정도맹답긴 하외다."

악책이 쓰게 웃으며 발끝을 세웠다. 어느새 악책의 눈에도 살기가 돋기 시작했다. 여인이 제법 멀어진 것을 확인한 악책은 목소리에 냉기를 담았다.

"분명 이곳에서 싸우고 싶지 않다 했습니다만 정도맹 사람에게 정도맹을 비하하셨으니 더는 피할 수 없겠군요. 아쉬운 일입니다."

"하앗!"

먼저 출수를 한 자는 탁장복의 뒤에 있던 무사였다. 검을 뽑기도 전에 고함치며 한 발 나섰는데 끝내 검을 뽑지 못하고 두 발째에 무릎을 꿇었다. 녀석의 손등이 피에 젖어 있었다. 그제야 탁장복이 금영진에게 관심을 가졌다. 금영진은 아직도 두 개의 단검을 손가락 사이에 끼운 채였다.

"저년부터 죽여라! 이놈은 내가 맡겠다!"

"이야아아아!"

퍽퍽퍽퍽퍽!

네 명의 무사가 금영진을 향해 달려가는 순간, 탁장복은 좌우로 고개만 돌릴 뿐 다른 행동을 취하지 못했다. 목발을 놓친 탁장복이 무릎을 꿇었을 때, 네 명의 무사는 아예 뒤로 나자빠진 채 신음했다. 탁장복이 정신을 추스르며 방금 자신이 뭐에 맞았는지를 고민했다. 발이다! 엄청나게 빠른 발바닥에 맞았다! 그제야 탁장복이 악책의 이름을 새롭게 받아들일 수 있었다.

"설마 비상각 악책?"

"부끄러운 별호입니다."

악책이 한쪽 다리를 기둥처럼 곧게 세운 채 포권했다. 수직으로 세워진 다리이건만 하늘을 향한 발끝에 일말의 흔들림도 없었다. 탁장복이 창백한 얼굴로 중얼거렸다.

"빌어먹을… 하필 이곳에서 비상각을 만나게 될 줄이야. 다리만 괜찮다면 호각의 상대로 부족함이 없을 터인데……."

"으으으……."

뒤에서 부하들의 신음성이 들렸다. 탁장복은 매서운 눈으로 금영진을 주시했다. 금영진이 거만하게 턱을 세우며 포권했다.

"소개가 늦었군요. 금영진입니다."

딸꾹.

탁장복은 시선을 둘 데가 없어 이리저리 눈알로 방황했다.

"아니… 극락화께서 왜 여기에……."

자신이 딱 한 번 '열심히 노력하면 후기지수가 되겠구나'라는 문주의 칭찬을 받았던 자라면, 극락화는 '그런 인재가 환룡문에 있어야 하는데……' 라며 날마다 문주의 입에 오르내리는 별호였다. '지옥의 탈출구를 더듬고 더듬어 끝내 생을 구했건만 이제는 정말 죽겠구나' 라는 생각이 절로 났다. 하지만 악책이 그것을 용납하지 않았다. 악책은 탁장복의 뒤에 있는 부하들에게 금창약을 건네며 말했다.

"아까도 말했지만, 여기서 맹의 싸움을 벌이고 싶지는 않았습니다. 이대로 돌려보낼 테니 다시는 이 마을을 찾지 마십시오. 사도맹의 의리를 믿겠습니다."

탁장복은 화색이 되어 외쳤다.

"맹세하외다! 결코 이 마을을 다시 찾지 않겠소이다!"

악책의 결정이 마음에 들었는지 금영진이 미소 지었다. 탁장복은 서둘러 고개를 떨구고 자신의 목발을 찾기 시작했다. 그때 엄청난 발소리가 들렸다. 또 뭔가 싶어서 고개를 치켜드니 한 사내가 매서운 속도로 달려오는 중이었다. 막당이었다.

"큰일입니다! 큰일입니다!"

"무슨 일이야, 막 아우!"

"물고기가 담 밑의 구멍으로 들어가 버렸습니다! 빨리 꺼내야 합니… 앗!"

막당의 얼굴에 갑자기 화색이 돌더니 탁장복을 향해 득달같이 달려들었다. 탁장복이 본능적으로 우수를 뻗어 막당에게 공세를 취했다. 하지만 막당은 이미 탁장복 앞의 땅바닥을 찜하고 저편으로 달려가고 있었다. 막당의 손에 뭔가가 쥐어져 있다.

"이거면 됩니다! 다행입니다! 다행입니다!"

탁장복이 입을 반쯤 벌린 채 아무 말도 못했다. 자신의 목발이 막당의 손에 들려 있다. 일어나고 싶었는데 다리가 욱신거렸다. 기가 막혔다. 악책에게 그저 뺨만 얻어맞은 줄 알았는데, 알고 보니 성한 다리의 정강이도 당했던 것이다. 호각은 개뿔. 애초에 내 상대가 아니었구나. 탁장복은 좌절하며 자신의 부하들을 향해 손을 뻗었다. 부하들의 부축을 받고 쓸쓸히 사라져 가는 탁장복. 가급적 의연하게 부축받는 뒷모습을 보이고 싶었으나, 그마저도 실패했다. 악책과 금영진이 막당의 뒷모습을 보고 있었기 때문이다.

"아무래도 막 아우는 강도질에 소질이 있는 것 같아."

"제 생각도 그래요, 악 오라버님."

막당의 뒷모습이 담 저편으로 사라졌다.

＊　　　＊　　　＊

"빌어먹을! 빌어먹을! 빌어먹을!"

해가 뉘엿뉘엿 지는 길을 걸으며 탁장복은 연신 욕설을 뱉었다. 그리고 부하들에게 주기적으로 으름장을 놓았다. 결코 저 마을에서의 일을 입 밖에 내밀지 말라는 내용이다. 망해 버린 장삭파 앞에서 굶어 죽을 뻔했었던 탁장복이 개문보다 더 심한 거지꼴이 되어 환룡문에 도착했을 때, 환룡문주는 목을 자르라는 명령까지 내릴 정도로 화를 냈었다. 하지만 그곳에 공작왕이 들렀다는 얘기까지 듣고서야 노기를 풀었다. 환룡문주는 탁장복에게 새로운 명령을 내렸는데, 그것은 귀암곡의 곡주에게 공작왕을 같이 찾아뵙자는 내용이 담긴 서신을 보내는 일이었다. 명예 회복의 기회를 기꺼이 받아들인 탁장복이다. 마을에서 저런 수모를 겪었음을 문주가 알게 된다면 그때는 정말 끝장이었다. 탁장복은 부하들에게 이번 일이 밝혀지면 나만 죽는 게 아니라며 조상 팔대까지 거론하는 맹약을 받아냈다.

"제기랄! 그나저나 근처에 다른 마을이 있으려나?"

날이 슬그머니 어둑해진다. 큰일이었다. 두 다리가 모두 불편하니 이동 속도도 느리다. 길은 여전히 지평선과 짙은 색 하늘만을 드러내고 있었다. 땅이 꺼져라 한숨을 쉬던 탁장복이 부하의 갑작스런 환성에 고개를 들었다. 오른쪽에서 부축하던 자가 검지를 뻗는 곳에 뭔가 보였다. 지평선에서 소달구지가 모습을 드러내고 있었다.

"잘됐구나! 다행이다!"

탁장복도 환성을 지르며 걸음을 재촉했다. 부하들이 앞서 나가며 위세를 부렸다.

"이봐, 노인장!"

우차(牛車)에 타고 있는 자는 칠십은 넘어 보이는 노인이었다. 건드리기만 해도 죽을 것같이 왜소한 체구의 노인이었는데, 자신을 부른 자를 힐끗 보더니 우차를 세우지도 않고 그냥 간다. 탁장복의 부하가 인상을 찌푸리며 검을 빼들었다.

"이 노인이 귀가 먹었나? 이봐, 노인장! 당장 내려! 우리가 이 우차를 좀 써야겠다!"

그제야 노인이 '워이.' 하며 우차를 세웠다. 노인은 길게 한숨을 쉬며 검 든 자를 돌아봤다.

"애야, 죽이고 싶지 않으니 곱게 갈 길 가거라."

"뭐라고?"

그때 탁장복이 우차 앞에 도달했다. 탁장복도 노인의 말을 듣고 화가 치민 상태였다. 탁장복은 거침없이 명령했다.

"건방진 노인 같으니! 끌어내려!"

휘익!

노인 곁에 있던 녀석이 제일 먼저 신형을 날렸다. 노인은 자리에서 일어나지도 않고 좌수를 살짝 뻗어 놈의 가슴을 밀쳤다. 짤막한 '툭' 소리와 함께 검을 든 녀석이 뒤로 나자빠졌다. 곧 또 한 명이 소의 곁을 지나치며 노인 앞으로 신형을 날렸는데, 소의 엉덩이를 때리던 채찍이 가볍게 흔들리며 놈의 어깨를 밀쳤다. 놈도 뒤로 밀려 자빠졌다. 그 모습이 너무도 어설프게 당한 꼴인지라 탁장복이 울화통을 터뜨렸다.

"이 바보 같은 놈들아! 너희가 그러고도 환룡문의 제자라 할 수 있느냐! 아무리 부상 중이라지만 그런 어쭙잖은 공격도 피하지 못하다니! 당장 일어나지 못해?"

탁장복의 호통에 노인이 쓰게 웃었다.

"얘야, 말해도 소용없느니라. 그 아이들은 이 세상 사람이 아니다."

"뭐라고 지껄이는 거냐!"

탁장복은 험악하게 인상을 구기며 노인을 돌아봤다가 급히 입을 다물었다. 기분이 묘했다. 곁의 부하들을 시켜 동료의 상태를 확인하라고 명령했는데 정말로 죽었다는 대답이 돌아온다. 탁장복은 급히 무릎을 꿇고 노인에게 절했다.

"후배가 미처 알아 모시지 못하고 큰 죄를 지었습니다! 선배께서 존함이라도 알려주시면 이곳에서 죽어도 목숨이 아깝다 하지 않겠습니다!"

노인이 말했다.

"이름은 없고 남들이 귀향공이라 부르더라. 게 있지 말고

길 좀 비켜주련?"

탁장복은 입에 거품을 물며 옆으로 굴렀다. 부하들이 탁장복의 뒤를 따라 길을 비키는데 오금이 저렸는지 제대로 걸음하지도 못했다. 한 놈이 발을 삐끗하여 주저앉고 말았다. 아직 우차가 지나갈 지역에 있는지라 겁에 질려 오줌까지 싸고 말았다.

더걱.

귀향공이 우차를 몰기 시작했다. 오줌을 싼 놈이 팔을 휘저어 간신히 비켜섰다. 귀향공은 탁장복을 막 지나쳤다가 갑자기 생각난 듯 우차를 세우고 고개를 돌렸다.

"아이야, 혹시 이 부근에 마을이 있느냐? 강 근처에 있다고 들었다."

"저저저저, 저기… 저쪽에……."

탁장복이 떨리는 손을 들어 자신이 지나쳐 왔던 마을 방향을 가리켰다. 귀향공은 흡족한 얼굴로 고개를 끄덕이더니 다시 우차를 몰았다. 우차가 지평선 너머로 사라질 때까지 탁장복과 두 명의 부하는 기어서 도망갔다. 앞이 컴컴해질 정도로 어두워지자 비로소 세 명이 안도의 숨을 쉬며 이마의 땀을 훔쳤다.

"저, 정말 귀향공일까요? 구천대제의 오외천?"

"맞을… 거야. 건드리기만 해도 죽었잖아. 누구든 싸우기만 하면 반드시 흙으로 돌려보낸다는 귀향공이 아니고서야 어떻게 그런 일이 벌어지겠어?"

"아이고, 떨려라."

"그나저나 우린 왜 이러냐."

"그러게요. 이번 일이 끝나면 어디 가서 굿이라도 해야 하지 않을까요?"

탁장복과 두 명의 부하는 코를 훌쩍이더니, 이내 서로의 어깨를 부여잡고 울기 시작했다.

19장

양자강의 용(龍)

양자강의 용(龍)

　황보소국을 찾은 노인이 귀향공이라는 사실을 아는 사람
은 마을에 아무도 없었다. 심지어는 황보소국도 자신을 찾은
지가 귀향공임을 몰랐다. 그저 옛 오라버니를 만난 기쁨에 눈
물만 흘릴 뿐이었다.

　"왜 이리 무심하셨어요? 벌써 사십 년도 지났을 거예요."

　"사십오 년이지. 네 소식이 궁금하여 무당파를 찾았더니
이곳에 있다고 하더라."

　귀향공은 품에 안긴 여동생을 다독였다. 곁에서 멀뚱히 구
경하던 민창산이 귀향공의 눈길을 받자 급히 무릎을 꿇고 절
했다.

"저는 제 아내에게 오빠가 있는 줄 몰랐습니다. 진작에 찾아뵙지 못한 것을 용서하십시오."

"허헐. 무심한 오라비가 인사를 받을 자격이 있겠습니까? 그간 제 동생을 잘 돌봐준 듯하니 감사할 따름입니다. 제 동생의 명이 다할 때까지 행복할 듯하니, 이 오라비가 당장 눈을 감아도 아쉬움이 없을 것입니다."

귀향공의 말투는 시골의 그것처럼 구수한 향이 있었다. 민창산은 귀향공이 어떤 시골에서 농사일을 하다가 동생을 찾은 것이 아닐까 생각했다. 또한 황보소국도 잠시나마 같은 생각을 했었는데, 곧 지웠다. 유일하게 들었던 오빠의 소식이 기억났기 때문이다. 황보소국은 귀향공의 옷자락을 붙들며 과거의 일을 물었다.

"듣자 하니 오라버니께서는 강호에 몸을 담고 있다 들었어요. 강호가 하도 수상하여 걱정하지 않은 날이 없었죠. 그래도 무공을 게을리 하지 않으셨을 테니 건강하리라 여겼는데 이 꼴이 뭐예요? 어디 아프신 데는 없수?"

"걱정 말아라. 불구가 아닌 이상, 건강이라는 것이 어디 밖에서 볼 수 있는 것이더냐? 이 오라비는 앞으로 오십 년은 더 살 듯싶다."

그 말에 안심이 된 듯 황보소국이 가슴을 쓸며 미소 지었다. 귀향공이 미소에 전염된 듯 같이 입 꼬리를 올리다가 갑자기 생각난 듯 물었다.

"그런데 내 소식은 어디서 들었느냐?"

"화산파 사람들에게 들었어요. 그곳 장문인께서 오라버니를 안다며 제게 잘해주셨어요."

"아아, 그 녀석은 나를 알지. 맞아. 내가 너에 대해 얘기했던 적이 있었다."

귀향공이 너털웃음을 흘리며 담뱃대를 꺼냈다. 그 순간 황보소국은 정색하며 자세를 바로 잡았다. 그 눈빛이 조금 전과 다르게 날카로워서 남편인 민창산이 깜짝 놀랄 지경이었다. 황보소국이 귀향공을 향해 질책하듯 말했다.

"오라버니, 이제 만나게 되었으니 가르쳐 주세요. 왜 저를 무당파로 보내셨어요? 그리고 어째서 저를 떠나신 거예요? 그때의 저는 아무리 모진 세파라도 오라버니만 계시면 견딜 자신이 있었어요. 제가 이 사람과 혼인할 때 오라버니가 없어 얼마나 서러워했는지 모르실 거예요."

"미안하구나. 허허허."

"그러니 말씀해주세요. 왜 저를 버리셨어요?"

귀향공은 곰방대에 불을 붙였다. 희뿌연 연기가 방 안을 휘저었다. 그 덕에 황보소국이 던지던 원망의 눈길이 희미해졌다.

"너도 알잖느냐? 내가 네 친오라비가 아니라는 것을."

"제가 상관하지 않았던 것도 아시잖아요!"

"내가 상관하고 있었다."

순식간에 이루어진 짧은 대화 속에서 제일 당황한 사람은 민창산이었다. 민창산은 조금 전에 둘이 얼싸안았던 때를 떠올리자 등에 식은땀이 흐르는 것을 느꼈다. 세 사람의 침묵이 지속되는 동안, 민창산은 마음속의 결정을 내린 듯 손뼉을 치며 배를 탈 시간이라고 했다. 그리고 급히 인사하고는 밖으로 나갔다. 귀향공이 너털웃음을 뱉었다. 밖으로 나간 민창산이 벽에 붙어 있는 것을 느꼈기 때문이다. 하지만 그것을 모르는 황보소국이 마음 놓고 구박했다.

"그게 무슨 소리예요? 오라버니께서 당시에 절 마음에 두고 계셨단 말씀이신가요?"

"뭐… 그렇다고 볼 수도 있지. 하지만 그전에 내가 모시던 부모가 한 방울의 피도 섞이지 않았고, 나의 성과 이름이 거짓임을 알았을 때의 충격이 더 도움 되었다. 그래서 너를 버렸지."

"그래도 오라버니는 황보가의 사람이세요!"

"황보가의 대는 끊긴 듯하다. 나는 네가 무당파의 제자와 혼인하기를 바랐건만, 요즘 강호가 돌아가는 꼴을 보니 이런 삶이 더 마음에 드는구나. 게다가 네 남편도 마음에 들고."

"이제 어쩌실 거예요?"

"잠시 여기에서 머물다 가련다."

"어딜 가요!"

"갈 데가 많다. 그리고 꼭 찾아야 할 사람도 있고."

　황보소국이 길게 탄식하며 더 이상 질책하지 않자, 귀향공은 마을에 자신이 묵을 만한 방이 있느냐 물었다. 황보소국이 오른손으로 방바닥을 두들기며 여기라고 했지만, 귀향공이 호쾌하게 웃으며 거절했다. 밖에서 안도의 숨소리가 들린다. 귀향공은 슬며시 몸을 일으키더니 허리를 몇 번 두드리곤 방을 나왔다. 방 밖이 곧 집 밖인지라 금세 민창산과 마주칠 수 있었다. 민창산이 멋쩍게 뒤통수를 긁적이며 제 집에서 묵어도 좋다고 말했다. 귀향공은 웃음 담긴 얼굴을 가로저었다.

　“그러고 보니 매제도 무공을 익힌 듯하구먼.”

　“제 처가 답답하여 가르쳐 줬습니다. 하지만 대수롭지 않죠.”

　“그건 그래. 허허허.”

　귀향공이 웃으며 몸을 돌리자 민창산이 눈살을 찌푸렸다. 아무래도 손위 처남과는 원수지간이 될지도 모르겠다는 생각이 들었다. 하지만 허리에 손을 이고 힘겹게 걷는 꼴이 안쓰러워 미워하기 어려웠다. 저렇게 늙도록 강호에서 고생했을 것을 생각하니 눈시울마저 붉어진다. 민창산은 귀향공의 등에 대고 한 시진 후에 식사를 한 것이라 외쳤다. 귀향공은 뒤도 돌아보지 않고 담뱃대를 흔들었다.

　차아! 첨벙!

　귀향공이 강을 가린 담에 올라갔을 때, 강가에서는 막당과 초구가 놀던 중이었다. 노는 모습이 범상치 않아 한마디 건넬

셈으로 담을 내려가니 자갈 섞인 모래밭에 두 사람이 앉아 있
는 것이 보였다. 젊은 남녀였는데 이들 또한 보통 사람 같지
가 않았다. 귀향공은 남녀 옆에 자리를 잡고 앉아 담뱃대를
물었다.

"저 돼지와 아이는 누구냐?"

"신룡대협 아닙니까. 하하하."

"신룡대협?"

귀향공의 반문이 있고서야 악책이 놀라며 고개를 돌렸다.
마을에서 한 번도 본 적이 없는 얼굴인지라, 악책은 볼을 붉
히며 자신의 무례를 사과했다.

"죄송합니다. 같은 마을 사람이라 여기고 농담을 했습니
다. 저 아이는 이 마을에서⋯⋯."

"아이라고?"

"아아, 예. 몸은 저래도 십오 세밖에 안 된 아이입니다."

그 말에 더욱 호감이 생겼는지 귀향공의 질문이 쉬지 않고
이어졌다. 악책이 정성을 다해 답했는데, 막당을 소개하는 것
이 즐거운 모양새다. 한참 이어지던 질문 중에 악책과 금영진
이 자신들을 소개했다. 귀향공은 그 이름을 안다고 말하며 웃
었다. 하지만 악책의 검지가 강을 향하며 막당의 이름을 알려
주자, 귀향공의 웃음이 잠깐 멎었다.

"막당? 저 아이의 이름이 막당이냐?"

"아십니까?"

　귀향공은 대답 대신 크게 웃었다. 웃음소리가 어찌나 큰지 강에서 놀던 막당까지 놀라 고개를 돌릴 정도였다. 막당의 눈이 자신과 마주치자, 귀향공은 손을 까딱여 이리 오라고 했다. 막당이 강물에 흠뻑 젖은 몸으로 귀향공 앞에 서서 눈을 굴렸다.

　"왜 부르셨습니까, 할아버지."

　"아이야, 네가 막당이냐?"

　"예, 저는 육모탕 사부님의 제자, 신룡… 읍!"

　금영진과 악책이 막당의 좌우에서 동생의 입을 가린 채 억지 웃음했다.

　"이래서 아까 제가 신룡대협이라고 농담했던 것입니다. 그러니까… 설명을 하자면……."

　"허허허허. 아니다, 아니야. 그 아이가 정말로 내가 아는 막당이라면 그리할 만하지. 거기 손 좀 치워보거라."

　악책과 금영진은 곤혹한 얼굴이 되어 막당에게서 물러섰다. 막당이 눈을 굴리며 고개를 갸웃거리자, 귀향공은 천천히 몸을 일으켰다.

　"혹시 한보와 태목구라는 아이를 아느냐?"

　"보아, 압니다!"

　막당이 활짝 웃으며 소리쳤다. 그리고 잠시 고민하다가 손뼉을 치더니 또 한 번 외쳤다.

　"태목구도 압니다! 제가 많이 맞았습니다!"

"그 아이들은 내 제자 놈이 키우는 것들이다."

그때까지 악책과 금영진은 귀향공이 무공을 익혔으리라 여기지 못하고 있었다. 귀향공에게서 그런 기운이 조금도 느껴지지 않았던 이유다. 그 여운이 남아서 막당에게 언급한 한보와 태목구, 그리고 그 사부에 대해서도 큰 감흥이 없었다.

"한보… 아니, 보아는 잘 지내고 있습니까?"

막당이 웃으며 물었다. 귀향공이 기다렸다는 듯 냉소하며 뱉은 말이 금영진을 자지러지게 만들었다.

"그 아이는 널 찾아 강호를 떠도나 보더라. 얼마 전에 장삭파를 궤멸시켰다는 얘기는 들었다만, 그 이후의 소식은 나도 모르겠다."

"누구 얘긴지 알았어요, 악 형."

금영진이 악책의 옷자락을 붙잡고 팔을 떨었다. 악책도 두근거리는 심장을 억제하며 귀향공의 다음 말을 기다렸다.

"막당이라… 허허허. 너와는 이로써 세 번째 인연이구나. 그 아이보다 내가 더 빨리 너를 만날 줄이야. 참 바르게 자란 듯하여 내 마음이 기쁘다."

"보아를 보고 싶어요!"

"언젠가 보게 될 것이다. 뜻이 하나라면 길이 둘일 수 없는 법이지."

막당은 눈앞에 한보가 있는 것처럼 신이 나서 뜀박질했다. 그 짧은 여운을 노리고 악책이 급히 포권했다.

"죄송합니다. 제 식견이 짧아서 미처 선배를 알아보지 못했습니다. 선배께서는……."

"나를 알아봤자 부담스러울 뿐이다. 나는 당분간 이곳에 머물 테고 너희도 이곳을 자주 찾는 듯하니, 그저 무명씨(無名氏)라고만 알아두거라."

그 말에 악책은 더 이상 토를 달지 않고 알겠다며 고개를 숙였다. 옆을 돌아보니 금영진도 막당만큼이나 들떠 있었다. 자신이 꼭 만나서 술을 나누고 싶은 사람이 초염 대협이었단다. 악책은 아우의 호들갑이 불만스러워, 그렇게 기대하던 사람의 이름도 한 번에 알아듣지 못했냐며 핀잔을 줬다. 뒤늦게 둘의 관심이 태목구와 귀향공의 제자라던 사람에게 집중되었다. 귀향공은 대수롭지 않은 말투로 태목구가 자신에게 역사공(力士功)을 따로 배웠으며, 자신의 제자는 천수신권 구동준이라 했다. 구동준의 이름 덕에 태목구까지 두 사람에게 괴물 취급을 받고 말았다. 덧붙여 악책과 금영진은 자신의 앞에 있는 노인이 예상을 뛰어넘는 초고수임을 깨닫고 최대한 예를 갖추려고 노력했다. 오히려 그것이 귀향공을 불편하게 만들었디. 귀향공은 초구를 살피고 싶다는 핑계로 두 사람에게서 멀어졌다.

"두 개의 방을 만들었으니 제가 혜안을 가졌나 봅니다!"

막당의 집을 만든 왕감독이 호탕하게 웃었다. 귀향공도 막당과 같이 산다는 것이 기쁜 듯 연신 웃었다. 황보소국은 다

행이라 말하며 가슴을 쓸었고, 민창산도 다른 의미로 가슴을
쓸었다.

투툭.
"비가 오는구나."
투투. 투투툭! 쏴아아아아아아!
제법 긴 시간이 흘렀는데, 마을의 분위기는 변함이 없었다.
막당과 초구는 강에서 노닐고, 악책과 금영진은 자주 찾아왔
고, 민창산은 배를 몰았다. 사람들은 살아가는 일에 열중하였
으며, 귀향공은 그 모든 것을 감시라도 하듯 삶을 구경했다.
가끔 귀향공과 초구가 강에서 뛰놀 때도 있었지만, 그것을 보
는 이는 막당밖에 없었다. 비 내리는 주기가 점점 짧아지는
한여름이 올 때까지 막당은 정도맹의 정식 무사 대접을 받지
못했다. 막당에 대한 신상을 알리며 몇몇 문파에 소개장을 보
냈지만, 본인이 직접 오기 전까지는 받아줄 수 없다는 대답이
고작이었다.
쏴아아아아아!
"큰일인데?"
왕감독이 비를 흠뻑 맞으며 담에 앉아 있었다. 불안한 눈길
이 세차게 흐르는 양자강의 물결에 머물러 있었다. 사람들 모
두가 기우라고 했지만, 칠월의 수면은 눈에 띄게 높아지고 있
었다. 어제 악책과 금영진이 비를 뚫고 나타나서 막당에게 소

식을 전하려다가 강물이 불어난 것을 보고 입을 벌리던 모습이 기억났다. 마을 사람들이나 자신이나 늘 보던 물결이라서 얼마나 불었는지를 쉽게 감 잡지 못했다. 하지만 악책과 금영진의 놀란 눈을 통해 왕감독은 올해 여름의 폭우가 마을에 해를 끼칠지도 모른다는 걱정을 하게 되었다.

"왕 아저씨는 왜 여기서 비를 맞고 계십니까?"

"응? 언제 왔냐?"

"초구가 강에서 놀자 하여 왔습니다."

왕감독은 막당과 초구에게 감히 발길질을 했다.

"미친놈아! 저 누런 물결을 보고도 그런 소리가 나오냐? 놀기 전에 물에 쓸려 죽을 게다! 쓸데없는 생각 하지 말고 당장 집에 들어가!"

막당이 왕감독의 발을 피해 물러섰다가 입술을 삐죽 내밀었다.

"하지만 왕 아저씨도 지금 놀고 있지 않습니까?"

"나는 노는 게 아니라 걱정하는 중이다! 강의 수위가 날마다 높아지기만 하니 어찌 걱정이 되지 않겠느냐!"

"민 할아비지는 담이 있어서 걱정이 없다 하셨습니다. 이렇게 담이 튼튼한데 무슨 걱정이 있겠습니까?"

"그건 그렇지만……."

왕감독은 길게 한숨을 쉬다가 갑자기 생각난 듯 물었다.

"그런데 어제 악 대협께서 뭘 전하러 오신 거냐?"

“여러 가지 말씀을 하셨습니다. 저보고 문파에 들어가지 말라고 하시어 싫다고 했습니다.”

“엥? 그런 말을 하실 분이 아닌데?”

“그리고 정도맹 본산으로 직접 가라고 하셔서 좋다고 했습니다.”

“음?”

“정도맹 무사가 되라고 하셔서 좋다고 했는데, 전투에 나가 사도맹을 쳐야 한다고 말씀하셔서 싫다고 했습니다.”

“……..”

“공을 세우라 하셨는데 그게 무슨 말인지 모르겠습니다. 아무튼 문파에서 데려간다 하셔서 좋다고 했습니다.”

왕감독이 쏟아지는 비를 얼굴에 담으며 한숨을 쉬었다.

“그러니까 문파에 들어가지 말고 정도맹 본부의 무사로 직접 들어간 뒤 사도맹과 싸워 공을 세우면 다른 문파에서 쉽게 받아들인다는 말이 아니냐?”

“왕 아저씨의 말도 무슨 말인지 모르겠습니다.”

“악 대협께서 엄청나게 답답해하셨지?”

“예.”

“듣는 나도 답답한데 오죽했을까.”

쏴아아아아아아!

더 이상 거세질 수 없으리라 여겼던 빗줄기가 좀 더 기승을 부렸다. 이제는 눈꺼풀을 열기도 힘들 정도였다. 왕감독은 안 되겠다 싶었는지 몸을 일으켰다. 막당이 뒤따라 몸을 일으키자, 왕감독이 검지를 뻗으며 북을 치라고 명령했다.

둥둥둥!

빗소리를 뚫고 청명한 울림이 마을을 흔들었다. 몇몇 사람들이 졸린 눈을 비비며 고개를 내밀었다. 아직 대낮이었으나 할 일이 없어 잠을 청하는 이들이 많았다. 왕감독은 빗소리와 싸움을 벌이듯 목청을 힘껏 돋워 고함쳤다.

"아무래도 큰일날 것 같소! 모두 내 말 좀 들으슈!"

민창산이 제일 먼저 나와서 어깨를 움츠렸다. 우의로 빗방울을 막으려 했으나 소용이 없었다. 민창산은 몸이 젖도록 내버려 둔 채 그 불쾌감을 왕감독에게 꺼내 들었다.

"대체 무슨 일인데 이 소란이야?"

왕감독이 두 손으로 눈썹을 가린 채 외쳤다.

"이대로라면 마을이 위험할 것 같소! 담을 더 높게 쌓읍시다!"

그 말에 민창산이 헛웃음을 터뜨렸다.

"저 담보다 더 높게? 예끼 이 사람! 저 담도 오르다 지칠 때가 많은데 그게 무슨 소리요? 설마 강이 저 담보다 높게 범람하여 마을이라도 친단 소리요?"

"담이 없었다면 이미 마을은 끝장났소!"

"뭐요?"

왕감독의 말이 믿기지 않는 듯 민창산은 급히 담으로 올라갔다. 계단을 끝까지 오르지도 않았는데 자신이 타던 배의 머리가 보였다. 비로소 민창산이 눈살을 찌푸리며 막당에게 고함쳤다.

"당아! 줄을 가져오거라! 배가 떠내려가기 전에 좀 더 튼튼히 묶어야겠구나!"

그 외침에 왕감독이 짜증을 부렸다.

"지금 배가 문제라 할 수 없소! 강의 수위가 심상치 않다니까!"

"알겠어, 알겠다구! 하지만 배가 없이 우리가 어찌 먹고살까! 일단 배부터 구하고 자네 말을 들음세!"

쏴아아아아아아아!

막당은 주변 사람들의 소란을 무시한 채 하늘을 보았다. 낙화동의 폭포가 생각났다. 어제 악책과 금영진이 중경의 물결을 살펴야겠다며 급히 돌아갔던 것을 기억했다. 막당은 집으로 들어가 옷의 물기를 짜며 귀향공을 보았다. 바닥에 누워 담배를 피우던 귀향공이 쓴웃음을 짓고 있었다.

"결국 천기를 막으려 하는구나. 어제 내가 별을 보니 이 마을을 떠나라 하더라. 지금이라도 알았으니 다행이지만, 엉뚱한 방법을 떠올리고 있으니 사람이 죽을지도 모르겠다."

"그건 싫습니다!"

막당이 정색하며 화냈다. 빗소리는 더욱 거세졌고, 이제는 사람들이 뭐라 외치건 서로의 말을 알아듣기 힘들 지경이었다. 왕감독은 가진 천을 모두 내어달라며 소란을 피웠다. 아낙이 보이면 흙을 담을 주머니를 만들라며 바느질을 명령했고, 사내가 보이면 삽과 어깨를 내세워 흙을 요구했다.

툭. 투툭.

왕감독의 끊임없는 노력은 다음날 원망으로 보답받았다. 하늘이 맑고 청명하여 먹구름 하나 보이지 않았다. 강물의 수위는 여전했으나 비가 오지 않으니 곧 낮아질 것이다. 마을 쪽 담 아래 줄줄이 박혀 있는 말뚝이 지저분해 보였다. 모든 말뚝에 밧줄이 엮여서 배가 떠내려가는 것을 막긴 했으나, 과하게 말아놓은 밧줄들이 거추장스러웠다.

"에이! 하루 종일 이게 뭐람."

몇몇 사람들이 불평하며 집으로 들어갔다. 수많은 빈 가마니들이 마을 가운데 쌓여 있었는데, 몇몇 아낙들이 투덜거리며 주워 들기도 했다. 마을 바닥은 진득한 흙으로 뒤덮여서 걷는 것조차 찜찜할 정도였으나, 하늘이 너무도 맑아 금세 마를 것만 같았다. 민창산은 내일 아침이 되기 전에 땅이 모두 마를 것이라며 호언장담했는데 그 말이 맞았다. 폭우가 쏟아졌던 날 이후로 삼 일 동안은 사람을 말라 죽일 것처럼 지독한 더위가 기승을 부렸다. 막당에게 정도맹 소속 무사가 되었다는 얘기를 알리러 온 금영진도 초구와 함께 강으로 뛰어들 만큼 지독한 더위였다.

삼 일째의 더위가 제일 괴로웠다. 참다못한 막당이 깊은 밤

의 강물을 즐기러 방을 나섰다. 그때 막당의 뒤에서 귀향공이
중얼거렸다.

"이제 짐을 싸야겠다. 잠시 다른 곳에 있다가 돌아오자꾸
나."

"너무 더워서 무슨 말인지 모르겠습니다."

"너라면 덥지 않아도 무슨 말인지 모를 게다."

귀향공의 웃음을 뒤로한 채 막당은 집을 나왔다. 강을 향해
걸으니 초구가 곧 뒤를 따라왔다. 둘이 강에서 노는 꼴을 지
켜보는 자가 있었다. 왕감독이다. 왕감독은 막당과 초구를 물
끄러미 바라보며 연신 손부채질을 했다. 그러다 하늘을 보더
니 길게 한숨을 쉬었다.

"하아. 역시 불안하구나."

왕감독의 탄식을 증명하듯 급작스레 날이 서늘해졌다. 강
물에서 폴짝거리던 초구가 먼저 고개를 돌렸다. 뒤이어 막당
도 초구가 바라보는 강의 상류를 향해 눈을 찌푸리더니 귀에
손을 가져갔다.

투툭. 투투투.

기암골 겨울의 나무들 스치는 소리가 들렸다. 막당과 초구
가 불안하여 강을 나오니 곧 상류의 수면이 일렁거렸다. 왕감
독은 급히 몸을 일으켰다.

타타타타타타타타!

빗방울에 난타당하는 수면이 하류로 질주하고 있었다. 달

빛에 비친 폭우의 경계가 너무도 뚜렷하여 소름 끼쳤다. 곧 달빛도 먹구름이 가렸다. 왕감독이 급히 두 손을 치켜들어 머리를 감쌌는데, 그와 때를 같이하여 매서운 빗방울이 전신을 후려쳤다. 왕감독은 외쳤다.

"비다!"

콰아아아아!

시작부터 엄청난 비였다. 온 세상이 급작스레 흐려지고 바짝 말랐던 바닥에 급히 물이 고였다. 어찌나 매서운 비였는지 어설프게 지었던 집 한 채가 일시에 무너져 버렸다. 사람들이 깜짝 놀라 집을 나왔다.

"신룡대협! 우리 좀 도와줘!"

마을 사람들 중 누군가 막당에게 외쳤다. 마을의 사람들 중 다수가 막당을 부를 때 신룡대협이라고 했다. 처음에는 그것이 재미있어 주워 담은 별호였으나, 이제는 입에 익숙해져서 막당의 이름을 잊을 지경이었다. 막당은 자신을 부른 자가 위태한 상황임을 알고 급히 달려갔다. 집 기둥이 기울어져서 두 팔로 버티는 중이었다. 막당이 손을 뻗으니 기둥이 제자리를 찾았다. 고맙다는 말을 듣기도 전에 누군가 자신을 부른다. 막당이 급히 돌아보니 또 한 채의 집이 무너지고 있었다.

콰아아아! 콰하!

민창산은 혀를 내둘렀다. 오랜 세월 살아왔지만 이보다 더 강한 빗줄기를 경험한 적이 없었다. 배를 묶었던 줄을 풀지 않은 것을 다행이라 여기며 담을 향해 달렸다. 배를 덮은 거적이 쓸려 날아간 지 오래다. 어느새 배는 물이 가득하여 반쯤 잠겨 있었는데, 함부로 다가가기도 어려운 상황이었다. 물은 벌써 담 근처까지 수위를 높이고 있었다. 왕감독이 외치기 전에 민창산이 먼저 소리쳤다.

"가마니를 꺼내! 이대로는 안 되겠어!"

쏴아아아악!

빗줄기가 오직 수직으로만 떨어졌다. 한 방울 한 방울에 몸이 비틀릴 정도로 거센 빗줄기다. 사람들은 아우성을 치며 자신이 집 안으로 들고 갔던 천과 삽을 다시 꺼냈다. 귀향공이 타고 왔던 우차가 어느새 흙을 담는 수레로 돌변했다. 귀향공도 집을 나오더니 뒷짐을 진 채 사람들이 날뛰는 꼴을 구경했다. 물이 발목을 덮을 지경이었다. 마을 주변을 감싼 언덕과 입구 밖으로 길게 이어진 도랑 같은 길, 그리고 왕감독이 취미로 쌓았던 담이 아니었다면 이미 마을은 물바다가 됐을지도 모르는 일이었다.

"땅에 피를 너무 많이 흘려 하늘이 씻으려나 보군."

귀향공은 쓴웃음을 지으며 곰방대를 꺼냈다. 담배가 젖어 불이 붙지 않는다. 검지를 가져가 곰방대 안을 몇 번 짓누르니 불을 붙이지 않았는데도 연기가 흐르기 시작했다. 귀향공은 담배 연기를 빗살에 내맡긴 채 한 사람 한 사람이 날뛰는 꼴을 지켜봤다. 어느새 귀향공의 옆에서 초구가 하품을 했다.

막당은 왕감독을 도와 담 위에 흙 가마니를 올려놓고 있었다.

"수위가 높아지기 시작한다! 모두 서둘러!"

"어이샤! 허이샤!"

사내들이 구령을 외치며 흙을 날랐다. 아낙은 사내들의 힘을 돋울 요량으로 민요를 불렀다. 빗소리가 이들을 위협하며 더욱 거세게 마을을 후려쳤다. 단숨에 사람들의 발목이 물에 잠겼다. 이제 몇몇 사람들은 집 안에서 기물을 꺼내어 머리에 이고 나왔다. 두 채의 집이 또 무너졌다.

꽈르르르릉!

"꺄아악!"

선명한 번개와 귀를 찢을 듯한 천둥이 여인과 사내들을 쓰러뜨렸다. 그사이에 막당과 왕감독은 담을 한 층이나 쌓는 업적을 보였다. 왕감독이 노련한 기술을 보일라 치면 막당은 계단도 없이 담 위를 날아오르며 가마니를 쌓았다. 또 한 번 번개가 치고 바로 천둥소리가 들렸다. 뒤를 이어 칠흑의 하늘을 번개줄기가 가로질렀다. 눈부신 줄기 앞으로 가마니를 짊어진 막당이 솟구치자 천둥소리가 비키라고 으박질렀다. 세 번을 연이어 번개가 치고 천둥이 호령했다.

쏴아아아!

"서두르라고! 강물의 수위가 높아지고 있어!"

왕감독이 쉰 목소리로 고함쳤다. 다행히 빗살이 약해지고 있다. 사람들은 내심 안도하면서도 정강이까지 오른 물을 경계하며 흙을 날랐다. 마을 사람들 모두가 힘을 합하니 흙 가마니가 계속 쌓였다. 막당과 왕감독이 서둘렀지만 여러 명이 힘을 합하여 모은 가마니의 수를 감당할 수는 없었다.

가거라, 어이. 배야 가거라. 장강이 이르는 곳으로 어서 가거라. 어이 여이.
좋구나, 어이. 배야 가거라. 내 님이 떠나는 곳으로 나도 가련다. 어이 여이.
가거라, 어이. 배야 가거라. 어이 여이. 배야 가거라. 장강을 타고 배야 가거라.
가거라, 어이. 배야 가거라. 어이 여이. 내 님 떠나네. 장강을 타고 내 님 떠나네.

빗소리가 잦아들자 아낙들의 민요 가락이 크게 들렸다. 이제 막당은 신명나서 가마니를 옮긴다. 몇몇 아낙들이 옷 젖는 것을 아랑곳 않고 제자리에서 옷감을 꺼내 가마니를 새로 만들었다. 두 개의 단이 만들어지고 세 개의 단이 담을 눌렀을 때에야 사람들의 입에서 안도의 숨이 새어 나왔다. 하지만 흙을 담는 것과 가마니를 만드는 일을 쉬지 않았다. 하늘은 여전히 번개와 천둥으로 위협했고, 빗줄기는 약해졌으나 멈출 생각은 하지 않았다.

"이 정도면 되었을 게다. 이제 내가 사이를 채울 테니 넌 저쪽에 가마니를 쌓고 있어라."

왕감독은 삼 단으로 쌓인 가마니에 만족하며 가슴을 쓸었다. 이제 가마니가 쓸려 나가지 않도록 서로를 엮는 일만 남았다. 막당에게 가마니를 더 쌓으라고 한 이유는 아직도 담 옆에 많은 가마니들이 남아 있기 때문이었다. 강물의 수위는 담 끝에 이르지 못했을 뿐 아니라, 세 개의 계단이 보일 만큼 여유가 있었다. 왕감독이 각 가마니들의 사이로 흙을 채우고 사이를 엮고 있을 때, 막당은 담의 좌우에 붙은 언덕과 비슷한 높이가 될 정도로 가마니를 쌓는 중이었다. 왕감독이 힐끗 고개를 돌려 막당의 얼굴을 보니 즐거워하는 표정이다. 담 쌓는 일을 재미로 여기는 듯했다. 얄미워서 구박이라도 해주고 싶었다. 하지만 왕감독도 막당의 얼굴을 따라 웃고 말았다. 이렇게 한숨을 돌릴 수 있었던 이유는 막당의 도움이 컸기 때문이다.

투툭, 툭. 쏴아아아! 투툭.

빗방울이 수작을 부렸다. 적게 내리다가 굵직한 빗방울이 쏟아질 때도 있고 처음처럼 대폭우로 사람 가슴을 내려앉게 만들 때도 있었다. 하지만 왕감독은 더 이상 불안하게 생각하지 않았다. 새벽이 되어 불빛의 도움을 받지 않고 강물의 수위를 확인할 수 있게 됐을 때 모두 수고했다는 말까지 꺼냈다. 비는 여전히 그치지 않았으나 물의 수위도 더 높아지지 않았다. 또한 그 수위가 마을의 평지보다는 훨씬 높았으나 담

끝에 미치지는 못했다. 가마니를 쌓지 않았어도 양자강의 물결이 마을로 달려드는 일은 없었을 것이다. 귀향공이 그 업적을 보며 내심 감탄했다.

"하늘의 뜻을 사람이 바꾸는구나. 허허허."

귀향공은 미소를 지으며 집으로 들어갔다. 마을을 떠나야한다고 말했던 자신을 질책하듯 곰방대의 끝으로 스스로의머리를 쥐어박으며.

쏴아아아!

빗방울이 다시 거세졌으나 어젯밤의 그 미칠 듯한 폭우는아니었다. 게다가 담은 더 높아지고 견고해져서 어제의 폭우가 돌아오더라도 크게 걱정할 일이 못 되었다. 사람들은 신이나서 빗방울을 받아들인 채 환성을 질렀다. 아침이 지나 먹구름으로도 날이 밝아지는 것을 막지 못할 때쯤 잔치를 벌이자는 제안마저 나왔다. 마을 가득했던 물도 내리막으로 빠져나갔다.

"하이고! 자네 얼굴 좀 봐!"

"자네는 또 어떻고? 하하하. 진용(秦俑)이 따로 없구먼!"

서로의 얼굴을 알아볼 수 있을 정도로 날이 밝자, 모두가웃고 떠드는 데 여념이 없었다. 일순간 사람들이 신룡대협의별호를 외쳤다. 막당이 아직까지도 가마니를 쌓고 있었다. 바닥에 남은 가마니도 얼마 없었다. 아마도 막당은 그 모든 것을 쌓고서 마을 사람들과 어울리겠다고 마음먹은 듯했다.

“이보게, 신룡대협! 이제 그만 해도 돼! 우리 집 어포 좀 나뉘 줄 테니 내려오라고!”

“그래, 어디 한 번 신룡대협의 얼굴은 얼마나 엉망인지 보자!”

“하하하하하!”

사람들의 웃음소리를 뒤로한 채 막당이 또 하나의 가마니를 쌓고 눈꺼풀 안으로 쳐들어오던 물방울을 훔쳤다. 막당의 얼굴에 웃음이 가득했다. 왕감독이 가마니의 틈새가 완벽하다 여기고 막당에게로 다가갔다.

“이제 그만 해도 될 것 같아.”

“가마니가 몇 개 남지 않았습니다! 헤헤헤!”

“아예 재미를 붙였군. 하하하하!”

왕감독이 허리를 뒤로 꺾으며 크게 웃었다. 그때 막당의 집에서 귀향공이 뛰어나왔다. 귀향공은 모두가 놀랄 정도로 크게 외쳤다.

“당장 마을을 떠나라!”

사람들이 모두 놀라 귀향공을 돌아봤다. 유일하게 왕감독만 귀향공을 보지 않았다. 왕감독은 창백한 얼굴로 양자강의 상류를 응시한 채 입을 벌렸다.

“저게 뭐지?”

콰콰콰콰콰콰콰!

왕감독이 비명을 질렀다.

"빌어먹을! 어쩐지 수위가 생각보다 높지 않더라니! 상류에서 누군가 둑을 쌓았었어!"

마을 사람들은 눈을 동그랗게 치켜뜨며 그게 무슨 소리냐고 외쳤다. 왕감독이 담에서 뛰어내리며 고함쳤다.

"상류의 둑이 무너졌다! 모두 도망쳐!"

흥겹던 마을은 일순간 지옥이 되었다. 사람들은 마을 입구를 향해 달리기 시작했다. 입구 너머의 언덕이 유일한 생로라고 여기는 듯했다. 그리 멀지 않은 곳인지라 벌써부터 언덕을 오르는 자도 있었다. 귀향공은 민창산과 함께 황보소국을 붙들고 언덕 위로 올라갔다. 뒤늦게 민창산이 창백한 얼굴로 담을 보았다. 막당이 가마니를 짊어진 채 담으로 뛰어오르는 중이었다.

콰콰콰콰콰!

"이놈아! 당장 이리 오지 못할까!"

민창산이 고함쳤다. 반면 귀향공은 담뱃대를 입에 물고 막당이 하는 꼴을 지켜보고 있었다.

콰쾅!

상류 쪽 담에 있던 가마니부터 폭발하듯 밀려 나가더니 붉은 물결이 삽시간에 마을을 덮었다. 막당이 물에 쓸리며 뒤로 나자빠진다. 그리고 막당 위로 물결과 수많은 가마니들이 쏟아졌다.

"안 돼에에!"

마을 사람들이 일제히 고함을 질렀고, 왕감독이 뒤늦게 가슴을 쳤다.

"내가 저 아이를 챙기지 못하여 죽이고 마는구나."

콰콰콰콰콰!

붉은 물결은 어떻게 보면 얌전한 듯했으나, 담 위를 가로지르는 위세를 보면 그보다 험악한 것이 없었다. 마을 사람들 모두가 안타까워 혀를 찼다. 만약 가마니가 무너지지 않고 물살을 버텼다면, 강물의 범람을 막을 수 있었을 것이다. 담을 넘는 물살은 막당과 왕감독이 쌓아놓았던 가마니의 두 번째 단보다 낮은 수위였다. 하지만 그것만으로도 마을은 물바다가 되었고, 집들이 커다란 물살에 휘말렸다.

콰콰! 쏴아아!

빗살이 거세졌다. 물살도 거세졌다. 마을의 형체는 이제 남아 있지 않았다. 하지만 마을 사람들은 자신들의 터전보다 막당의 죽음을 더 안타깝게 여겼다. 담을 넘어 쏟아지는 물결 속에 막당의 손이라도 보였다면 사람들 중 몇몇이 죽음 속으로 뛰어들었을지도 모른다. 모두 가슴을 부여잡고 애통한 눈물을 흘렸다. 빗방울이 거세어 눈물을 알아보기 어려웠다. 그저 눈매와 입가의 슬픔만으로 얼굴 가득한 빗방울이 눈물이려니 할 뿐이었다.

콰콰콰콰!

퍼헝!

사람들의 일그러진 눈매가 일순간 커졌다. 수많은 자들의 입이 반쯤 벌려져 빗방울을 담았다.

콰칵! 콰스스스스!

막당의 죽음을 슬퍼하여 가족의 옷자락에 얼굴을 묻고 오열하던 사람들만 볼 수 없었다. 담을 향해 슬픔을 주던 눈동자만 그것을 보았다.

"용이다……."

창백한 얼굴이 중얼거렸다. 누구의 입에서 나온지는 모르겠으나 다들 그 말이 적절하다 여겼다.

콰아아아아!

붉은 물결 위로 막당이 솟아오른다. 막당의 짊어진 가마니가 터져 흙이 쏟아지고 있었고, 붉은 물줄기가 끊임없이 흘러 용의 꼬리가 되었다. 어둑한 하늘을 등진 적룡은 천상을 향해 기염을 토하고서 서서히 추락했다. 적룡의 머리가 담 위에 올라 몸뚱이를 내려놓더니 다시 물속으로 뛰어 들어갔다.

"정말로 용이 아닌가!"

귀향공이 호탕하게 웃으며 박수를 쳤다. 왕감독이 참지 못해 언덕을 뛰어 내려가 고함쳤다.

"당장 이리 오지 못해? 이미 늦었으니 어서 돌아오라고!"

콰하!

물이 또 한 번 폭발하더니 이번에는 막당이 찢어지지 않은 가마니를 두 개나 짊어지고 솟구쳤다. 가마니 두 개가 담 위에 놓인다. 담을 넘는 물살이 약해지자, 막당의 몸놀림도 빨라졌다. 이제는 물로 뛰어들어도 막당의 상체가 보일 지경이었다. 귀향공이 갑작스레 담뱃대를 내던지며 호탕하게 웃었다.

"으하하하하! 천하제일인을 찾던 내가 이곳에서 용을 만날 줄은 몰랐구나!"

귀향공은 신형을 날려 수면을 세 번 밟았다. 막당 때문에 벌어진 마을 사람들의 입이 더욱 크게 열렸다. 왕감독은 허리까지 잠긴 물을 헤치는데, 귀향공은 수면이 땅인 양 밟고 달린 것이다. 네 번째의 걸음에 귀향공이 물에 잠겼다. 하지만 곧 뛰어오르며 담 위에 섰다. 그 먼 거리를 고작 다섯 걸음 만에 도달한 것이다. 귀향공이 자신의 곁에 착지하는 막당에게 호통 쳤다.

"너는 그리도 무모하여 앞날을 어찌 살겠느냐! 한보도 너 정도는 아니다!"

"죄송합니다! 죄송합니다!"

막당이 연신 고개를 숙인다. 하지만 얼굴이 웃고 있었다.

"같이 하자! 내 가슴을 끓게 했으니 네가 책임을 져야겠다! 밑에서 가마니를 던지거라!"

"안 됩니다. 할아버지께서 다치십니다!"

막당이 울상 짓자마자 귀향공의 주먹이 머리통을 갈겼다. 귀향공은 눈알을 부라리며 호통 쳤다.

"이놈아, 웃기지 마라! 네가 초구를 이기지 못하는데 나는 이겼다! 지금 누구를 걱정해야 하느냐!"

머리를 부여잡고 괴로워하던 막당이 잠시 고민했다. 고개를 돌리니 마을 가운데 초구가 유유히 흘러가는 것이 보였다. 초구의 무심한 눈길과 마주친 막당은 얼굴에 화색을 담고 귀향공을 돌아봤다.

"맞습니다! 맞습니다! 지금 곧 가마니를 던지겠습니다!"

흔쾌한 대답과 함께 막당의 신형이 수면으로 떨어졌다. 곧 막당의 상체가 붉은 물속에 들어가더니 가마니 두 개가 수면을 뚫고 튀어나왔다. 귀향공은 가마니를 잡지도 않고 내쳤다. 가마니가 매서운 속도로 날아가 담 끄트머리의 일점을 찍었다. 두 개의 가마니가 자리를 잡자, 귀향공이 눈살을 찌푸렸다. 다음 가마니가 솟아오르지 않는다.

촤아아!

막당이 가마니 두 개를 들고 솟구쳤다. 그리고 담에 오르자마자 귀향공의 발길질에 허벅지를 맞고 고꾸라졌다.

"왜 내 말을 듣지 않는 거냐!"

"죄송합니다!"

"바른대로 말해라! 날 못 믿지?"

"예. 할아버지 생김새가 너무 늙어서 믿기 어렵습니다. 가마니는 어쩌셨습니까?"

귀향공은 자신이 가마니를 내려놓은 지점으로 검지를 뻗

으며 울화통을 터뜨렸다. 급물살이 빠진 터라 가마니는 제자리를 고수하고 있었지만, 붉은 물결의 수위가 높아 제대로 보이지 않았다. 막당이 눈을 찌푸리며 목을 빼다가 잠깐 드러난 가마니의 모습을 보고 기뻐했다. 그러자 귀향공이 더욱 화냈다.

"봐라, 이놈! 보았지? 이래도 나를 믿지 못하겠느냐! 죽고 싶지 않으면 다시 들어가거라!"

"믿겠습니다! 이제는 믿습니다!"

막당은 크게 기뻐하며 다시 물속으로 뛰어들었다. 곧 가마니가 솟구쳤다. 수영을 즐기던 초구가 무슨 일인가 싶어 슬그머니 접근했다. 그 뒤로 왕감독이 물살을 헤쳐 가며 거리를 좁히고 있었다. 귀향공은 가마니를 내치듯 날리며 왕감독의 뒤쪽을 바라보았다. 입가에 미소가 번졌다.

"허허허. 점점 이 마을이 마음에 든다."

마을 사내들 모두가 물에 뛰어들어 담을 향해 헤엄쳐 오는 중이다. 황보소국도 풀어진 백발에 아랑곳 않고 물살을 헤쳤다. 수많은 사람들이 떼거지로 몰려와 환호성을 질렀다. 막당과 왕감독이 담 위에 올라갔고, 사람들이 가마니를 수면 위로 던졌다. 순식간에 일 단이 쌓이고, 어느 순간 이 단이 쌓였다. 왕감독은 담 위를 뛰어다니며 틈새를 비집고 나오려던 물줄기를 짓눌렀다.

"물이……."

민창산이 중얼거렸다.

"물이 넘치지 않는구나!"

자신의 배가 떠내려갔다는 사실도 안중에 없는 듯했다. 담 위로 한 줄기의 물도 넘어오지 않자, 사람들이 만세를 불렀다. 막당은 남은 가마니를 달라며 손을 뻗었고, 마을 입구 너머의 언덕에서 민요가 들렸다. 빗물이 겁에 질려 힘을 잃었다. 구름이 환성에 밀려 슬그머니 해를 비췄다. 양자강의 물살은 여전히 거셌으나, 마을의 담과 가마니의 기세가 두려워 감히 쳐들어올 생각을 못했다. 비로소 사람들이 양자강 저편의 초록을 보았다. 나무와 풀이 그렇게 뚜렷할 수가 없었다. 양자강 물결은 두고 보자며 소란스럽게 떠들었지만, 그럴수록 사람들이 거만해졌다. 민창산이 막당의 가슴 앞으로 엄지를 세우며 소리쳤다.

"역시 신룡대협이로다!"

그러자 왕감독이 눈알을 부라리며 민창산을 구박했다.

"신룡대협이라니! 그 무슨 소리슈!"

"아니, 왕감독은 아까 그 모습을 보고도 신룡대협이라는 말이 나오지 않소? 나는 앞으로 이 녀석을 평생 신룡대협이라 부를 게요!"

민창산이 왕감독에게 삿대질까지 하며 화를 냈다. 마을 사람들도 민창산의 편을 들었다. 하지만 왕감독의 한마디에 모든 사람들은 생각을 바꿨다.

"대협은 무슨! 우리 막당은 신룡대협이 아니라 신룡(神龍) 그 자체요! 내 두 눈으로 똑똑히 봤수다! 신룡이 장강의 물결을 뚫고 승천하다가 이 마을을 위해 몸과 꼬리를 내려놓는 것을!"

"누가 뭐라던가! 이제 보니 그 말이 맞구먼!"

민창산이 손뼉을 치며 크게 웃었다. 사람들의 웃음소리가 커질수록 대협의 이름이 가라앉았다. 이날 이후 마을에서는 막당을 향해 신룡대협이라 부르는 자가 없었다. 귀향공조차 막당을 향해 신룡이라는 호칭을 썼다. 이틀 후 마을을 찾았던 악책과 금영진이 왕감독에게 그 날의 이야기를 듣고 땅을 치며 아쉬워했다. 악책은 막당에게 그날의 위용을 다시 보여달라며 떼를 쓰다가, 금영진에게 체통 좀 지키라는 구박을 받았다. 막당의 덕으로 마을의 피해는 생각보다 크지 않았는데, 악책이 이를 자신이 한 것처럼 자랑스럽게 여겼다. 이날 이후로 악책은 막당을 '막 아우'라 부르지 않고, '용 아우'라 불렀다. 누군가 이유를 물으면 이날의 일을 직접 본 사람처럼 설명하며 가슴을 내밀기도 했다. 훗날 막당이 '사신룡(邪神龍)'이라는 별호를 달게 될 때까지 악책의 막내에 대한 호칭은 변하지 않았다.

"그럼 마을을 떠나는 겁니까?"

막당은 아쉬운 듯 팔자눈썹을 그렸다. 막당이 탈 백마의 고삐를 쥐고 있던 금영진이 서둘러야 한다고 말했다. 원래는 악

책이 금영진을 대신하여 막당을 정도맹까지 안내하는 것이
옳았다. 정도맹의 본부까지 가려면 아무리 빨라도 이 개월은
잡아야 가능하다. 중경의 총책임자가 육 개월이나 자리를 비
우는 것은 질책받아 마땅한 일이었다. 하지만 금영진은 직접
막당을 소개해 주고 싶었고, 소개장을 받았던 정도맹의 장로
도 그렇게 하기를 원했다. 팔기금문의 꽃이라 불리는 금영진
도 감당 못할 무공을 지닌 십오 세 소년이라는 소개 글이 장
로의 호감을 샀기 때문에, '막당에게 사소한 문제가 있어서
저도 동행해야 진면목을 볼 수 있습니다' 라는 내용을 인정한
결과였다.

"서둘러야지. 내가 언제까지 자리를 비울 수는 없잖니."
"하지만 악 형님은 어쩌고요. 심심하실 겁니다."
"그럴 틈은 절대 없어."
금영진이 막당의 손에 고삐를 쥐어 주며 웃었다. 악책은 지
금쯤 이를 갈고 있을 것이다. 수많은 업무가 악책의 품으로
쏟아졌다. 이렇게 될 것임을 미리 짐작했던 악책이기에, 금영
진이 최근 들어 업무량을 늘릴 때마다 꾀를 부리기도 했다.
금영진이 없으면 자신은 중경의 업무를 감당할 수 없다는 일
종의 시위였다. 하지만 금영진은 악책의 재주가 출중함을 진
작에 알고 있었다. 양자강의 범람으로 인해 사람들이 고통받
을 때 보여준 재난 대처 능력은 금영진도 혀를 내두를 정도였
다. 분명히 수많은 일거리들을 모두 정리하여 금영진이 할 때

보다 더 확실하고 좋은 결과를 만들어 내리라. 하지만 악에 받친 악책의 악담은 신경 쓰였다. 고삐를 받아 쥐는 막당의 손과 자신의 손이 스치자, 금영진이 급히 물러섰다.

"자자, 어서 가자."

"인사는 드리고 가야겠습니다."

"그래, 어서 인사하고 와."

금영진은 마을 사람들을 향해 달려가는 막당의 뒷모습을 보며 한숨을 뱉었다. 술을 좋아하는 남녀가 긴 여행을 떠났으니 반드시 일이 벌어질 거라고? 금영진이 신경질적으로 말고삐를 당겼다. 자신의 흑마가 겁을 먹고 한 발 물러섰다. 악책이라면 자신이 있으나, 막당은 솔직히 불안했다. 아직까지 금영진은 막당이 무슨 생각을 하며 사는지 모르는 상태였고, 그 무공의 수위가 어느 정도인지도 가늠한 적 없었다. 게다가 최근 들어 막당의 수련에 날카로움이 더해져 소름까지 끼쳤으니 자신의 무위와 크게 비교될 것이다. 막당이 취해 덤비면? 금영진은 어깨를 움츠리며 전신을 한 번 떨었다.

"소름 끼쳐."

그렇게 말한 금영진이 갑작스레 자신의 뺨을 때렸다. 미소 짓고 있음을 깨달았던 이유다. 금영진은 스스로를 설득하듯 중얼거렸다.

"막당이 그럴 애가 아니라는 건 내가 잘 알지. 나 혼자 그런 걱정을 하고 있다면 이보다 부끄러운 일은 없다. 흥! 악 형은 쓸데없는 소리를 지껄여서……."

모든 사람들을 다 찾아내어 인사를 하는 것인지, 막당은 좀처럼 다가올 생각을 하지 않았다. 오히려 초구가 먼저 다가와서 흑마에게 시비를 걸었다. 금영진이 초구를 보며 한숨을 뱉었다. 사 개월이면 충분할 거리를 육 개월로 잡은 이유는 순전히 초구 때문이었다. 막당이 초구를 두고 갈 리 없는 건 둘째 치고, 초구가 막당을 곱게 배웅할 리도 없을 것이다. 또한 금영진으로서는 정도맹의 장로에게 초구도 소개하고 싶었다. 어쩌면 동물을 좋아하는 동방진양이 직접 막당을 찾아올지도 모르는 일이다. 금영진은 또 한 번 자신의 뺨을 때렸다. 동방진양의 이름을 떠올리는 순간, 미소를 지었을 뿐 아니라 얼굴도 붉혔기 때문이다.

"금 누님! 할아버지께서 무공을 가르쳐 주어 늦었습니다!"

막당이 활짝 웃으며 달려왔다. 무슨 무공이냐고 물었더니 '가르쳐 주면 담을 부수겠다고 하셨습니다.' 라며 고개를 젓는다. 금영진이 하늘 향해 웃음을 터뜨리곤 고삐를 쥐어주었다. 막당이 금영진의 동작에 맞춰 말을 탔다가 반대쪽으로 미끄러졌다. 반대편에서 초구가 백마에게 시비 걸 듯 다가갔기 때문에 벌어진 일이었다.

다각. 다각. 두가닥! 닥닥닥!

말의 속도는 일정하다가도 급작스레 빨라질 때가 있었다. 말을 모는 사람의 의사와는 관계없었다. 초구가 말을 몰았다.

가끔 말 등에 타고 싶다고 조를 때도 있었지만, 둘 다 최선을
다해 무시했다. 여정은 길었으나 힘들지 않았다. 호북성을 가
로질러 하남성의 북부까지 가야 하는데 앞으로 나아가는 말
발굽의 소리가 아쉬울 정도로 세상이 즐거웠다.

"와! 와!"
막당은 새로운 세상을 접할 때마다 탄성을 아끼지 않았다.
나무들의 색이 바뀌었으며, 사람들의 옷차림도 바뀐다. 하늘
이 비를 내리는 것도 새로운 물방울을 꺼내는 것처럼 신기하
기만 했다. 운양을 지나쳤을 때는 기념할 만한 물건을 찾느라
분주할 정도로 날뛰었다. 산길을 따라 호북성의 첫 길에 들어
섰을 때까지만 해도 산지가 많은지라 어쩌다 한 번씩 감탄사
를 내놓던 막당이었다. 하지만 본격적인 평원에 이르러서부
터 금영진이 귀를 막아야 할 지경이 되었다. 막당의 감탄은
양번(襄樊)에 이르러 절정에 달했다. 수많은 사람들이 돌아다
니는 양양성(襄陽城)의 골목에서 금영진이 막당의 멱살을 쉬
고 눈물까지 찔끔거렸다. 금영진은 양양객잔의 객실 안에서
처음으로 후회했다. 악책에게 그냥 넘길걸.
"이야아아아! 우와! 우아악!"
객잔 밖에서 막당의 함성이 터져 나온다. 시끄럽다며 호통
치는 음성도 들렸다. 금영진이 너털웃음을 흘리며 몸을 일으
켰다. 또 나갔니? 금영진은 창밖으로 고개를 내밀어 막당의

이름을 꾸짖듯 불렀다. 하지만 곧 포기하고 객실 의자에 앉았
다. 바깥에서는 사자춤이 한창이었기 때문이다.

"금 누님! 내일도 사자춤을 춘다고 합니다! 하루만 더 묵어
야 합니다!"

객실로 뛰어드는 동생을 향해 금영진은 발길질을 하는 경
지에 올랐다.

"우리는 놀러 온 게 아니란 말야! 내일 아침에 떠날 테니 그
렇게 알아!"

"하루만 더 묵어주십시오!"

"내일 떠난다. 알았지?"

"예, 금 누님. 내일 떠나겠습니다."

막당이 시무룩한 얼굴로 대답할 때 금영진은 안심하며 용
정차를 들이켰다. 하지만 곧 뱉었다. 막당이 바로 객실을 뛰
쳐나가며 '그럼 저는 오늘 당장 사자춤을 보여달라고 조르고
오겠습니다!' 라고 외쳤기 때문이다. 콧김을 세차게 뿜으며
뒤따라 달려가는 초구의 꼬랑지를 보는 순간, 금영진이 힘껏
손을 뻗었다.

"안 돼! 알았어, 알았다고! 내일 하루만 더 묵을게!"

그 말에 막당이 되돌아와 고맙다며 몇 번이나 머리를 숙였
다. 금영진은 창밖 하늘이 붉게 물든 것을 보며 한숨을 뱉었
다. 정도맹의 총본부가 이 년 전처럼 사천성에 있었다면 얼마
나 좋았을까. 막당과 달리 금영진은 호북과 하남을 좋아하지

않았다. 상업이 활성화된 지역일수록 마음에 들지 않는 인물들이 많았기 때문이다. 특히 이곳 양양성이 그랬다. 제법 거리가 떨어진 곳이기는 했으나, 양양성은 어디까지나 무당파의 영향을 가장 많이 받는 지역이다. 일부 무당파 제자들이 이룬 무도장은 양양성을 기점으로 조직적인 체계를 갖추고 있었는데, 그것을 이용하는 상인들이 많았다. 금영진에게 가장 거슬리는 존재가 금산회(金山會)였다.

"여긴 빨리 뜨고 싶었는데……."

금산회의 회주 위창만(威昌萬)은 무당파 계열의 무도장 연합에게 거금을 주며 그 힘으로 세력을 키우는 자였다. 그렇게 얻은 힘은 고리대금업이나 도박장을 열어 합법적으로 주민들의 재산을 갈취하는 데 이용했다. 말이 합법적이지, 실제로는 강도가 하는 짓과 다름이 없었다. 무사들을 시켜 억지로 돈을 빌리게 한다던가, 도박으로 돈을 날릴 때까지 도박장에 가둬두는 일을 서슴지 않는 자가 위창만이었다. 그 일을 뻔히 알면서도 어쩌지 못하는 것은 정도맹의 장로 두 명이 위창만에게 매수된 상태였기 때문이다. 위창만은 증인과 증거를 남기지 않는 재주가 있었다. 분명 살인도 망설이지 않는 자이리라. 금영진은 위창만의 이름을 떠올리자 머리가 쑤셨다. 다른 곳이라면 몰라도 양양은 빨리 벗어나고 싶었다. 아까 사자춤도 분명 위창만이 뭔가 수작을 부리기 위해 열었던 축제의 일환이리라. 양양의 축제를 사람들이 싫어하는 이유는 그 뒤에 반드시 손을 내미는 위창만이 있기 때문이었다.

콰장창!

밖에서 들리는 소란에 금영진이 깜짝 놀라 몸을 일으켰다. 혹시나 하는 마음에 객실을 나와 아래층을 보니 자신의 걱정이 틀리지 않았음을 알게 되었다. 막당 앞에 두 명의 사내가 신음하고 있었다.

"무, 무슨 일이야! 막 아우, 지금 거기서 뭐 해?"

금영진이 창백한 얼굴로 물었다. 막당은 고개를 기울이며 고민하다가 금영진에게 '모르겠습니다.' 라고 대답했다. 금영진이 신형을 날려 막당의 곁에 섰다. 막 몸을 일으키던 사내에게 금영진이 포권하며 물었다.

"무슨 일인지 제게 말씀해주실 수 있겠습니까?"

"으윽!" 사내는 눈을 부릅뜨며 삿대질했다. "이놈이 먼저 우리를 놀렸다! 곧 내 친구들이 올 테니 목숨을 부지할 수 있을 거라 생각지 마라!"

금영진은 코웃음을 쳤다. 사내의 복장을 보니 가슴에 금(金) 자의 문양이 있었다. 금산회임을 의미하는 문양이다. 마침 잘됐다 싶어서 금영진이 고까운 어투를 던졌다.

"제 아우가 남을 놀릴 리 없습니다. 혹여 그쪽이 먼저 시비를 건 것은 아니신지요?"

"뭐라고?"

사내가 더욱 눈을 부릅뜨며 이를 갈았다. 그때 옆에 있던 자가 옆구리를 부여잡고 간신히 일어서며 말했다.

"저놈이 매일매일 사자춤을 추며 놀았으면 좋겠다고 말했는데 우리를 놀린 게 아니라 할 셈이냐?"

"네?"

금영진이 하도 어이가 없어 천장을 보며 웃음을 터뜨렸다.

"아하하하하! 그게 어떻게 돼서 놀린 거라 하십니까! 이제 보니 그쪽이 저를 놀리고 있군요."

"우리 대인께서 죽은 것을 기뻐하여 추는 춤인데 놀린 게 아니면 무어냐! 사자춤을 춘 놈이며 그것을 즐긴 놈이며 하나같이 무사할 줄 아느냐? 대인은 목숨을 잃었으나 그렇다고 금산회가 무너진 것은 아니다, 이놈들아!"

그 순간 금영진의 얼굴이 굳었다. 놀라서 굳기는 했지만, 너무 즐거워서 입가가 절로 씰룩거렸다.

"위창만이 죽었다고요?"

"모르는 척하지 말아라! 절대 용서치 않겠다! 동료들이 오면 이곳의 놈들을 모두 쓸어버리고 그 초엽 대협인지 뭔지 하는 계집을 박살 내고 말 테다!"

20장

한보가 만나다

한보가 만나다

공작천에서 양양성까지 오는 길은 그야말로 천 길 절벽에 놓인 거미줄 다리를 건너는 기분이었다. 주향상은 쫓기던 와중에노 청성파 장문에게 이 사실을 알려야 한다며 발끝을 비틀었다. 일심 법사가 알려준 내용은 놀라웠다. 또한 적들의 손길이 공작천까지 뻗어 있다는 사실도 충격적이었다. 일심 법사와 만나는 순간부터 공작천에서는 일대 전투가 벌어졌는데, 적의 삼 할이 공작천 제자였다. 공작왕의 제일제자 황아련이 아니었다면 일심 법사뿐 아니라 한보 일행 또한 그곳에서 목숨을 잃었을 가능성이 높았다. 세 번의 전투를 마친 끝에 적들을 공작천에서 쫓아 보낸 사람들은 급히 네 개의 탈출대를 조직했다. 동쪽으로 탈출한 한보 일행은 여러 번 길을 뒤틀어 적의 눈길을 피하는 데 성공했다.

"청성파에도 첩자가 있다는데 주 도사님이 무사할지 모르겠어요."

한보가 양양성의 골목을 지나며 중얼거렸다. 녹지현은 퀭한 눈으로 한보를 돌아보며 반쯤 입을 벌렸다. '남 걱정할 때가 아닙니다, 아가씨. 우리도 여기까지 오면서 아홉 번이나 목숨을 잃을 뻔했지요. 절벽 너머에서 놈들이 우리를 발견하고 소리쳤을 때, 도망가기는커녕 '잘 만났다, 이놈들!' 하며 다시 발을 되돌려 싸웠던 당신이 기억에 남습니다. 제가 그놈들 편에 들어가서 당신에게 칼질하고 싶었던 마음 알죠?' 녹지현은 주향상을 걱정하는 한보에게 끊임없이 원망의 눈길을 보냈다. 다행히 한보는 녹지현을 쳐다보지 않았다. 보았다면 철권을 꺼냈을 것이다.

"그놈들이 계속 쫓아올까요, 한 소저?"

"모르겠어요. 어쨌건 동방세가에 도착할 때까지는 안심해선 안 될 거예요."

놈들을 따돌린 곳은 평정산(平頂山)이었다. 오 장 거리까지 쫓아왔을 때 산으로 뛰어든 것은 현명한 선택이었다. 산지의 움직임에 능한 한보가 길 안내를 맡아 놈들을 모두 따돌리는 데 성공했다. 하지만 그 덕에 녹지현은 평생에 할 고생을 젊어서 다 했다며 노골적으로 한보에게 적대감을 드러냈다. 말끝마다 비아냥이고 수틀리면 도망이다. 녹지현이 지금까지 한보의 곁에 남을 수 있었던 이유는, 겁이 많아서였다. 한보를 떠나도 두 명 이상의 무리를 만나면 반드시 돌아왔다. 그럴 때마다 수상한 사람을 봤으니 어서 해치워 달라고 졸랐지만, 한보가 보기에 수상한 사람이 결코 아니었다.

"이렇게 사람들이 많으면 놈들이 은근슬쩍 다가와서 칼로 쑤시고 사라질 텐데……."

녹지현은 수많은 사람들을 일일이 훑어보며 걱정했다. 반면 한보는 묵을 곳을 찾고 있었다. 오랜 도주 생활로 지쳤음은 둘째 치고 옷이 땀에 절어 지독한 냄새가 나는 것을 참기 어려웠다. 번화하지도 않고, 그렇다고 구석진 곳도 아닌 대단히 일반적인 위치의 객잔을 찾느라 반나절을 소비했다. 적들이 언제 양양까지 올지 모르니 신중할 필요가 있었다. '포양객잔(包陽客棧)'이라는 이름을 가진 허름한 건물에 들어갔을 때, 녹지현은 계단에서 주저앉았다. 눈물까지 글썽거리며 땅이 꺼져라 한숨을 쉰다. 한보는 두 개의 방을 잡고 곧바로 객잔을 나왔다. 자신의 체형에 맞는 사내 옷을 구한 한보는 몸을 씻자마자 사내로 분장했다. 자신의 복색이 특이하여 변장이 필요했는데, 여인의 옷은 만약을 대비한 싸움에 불편했기 때문이다.

"내일 새벽에 떠납시다."

식사를 하며 녹지현에게 계획을 말했다. 녹지현은 대답 대신 음식이 가득한 탁자 위에 자신의 발을 올려놓더니 버선을 벗었다. 물집 잡힌 발바닥이 시위하자, 한보는 쓰게 웃으며 그중 가장 큰 물집을 젓가락으로 찌른 뒤 점소이를 불렀다.

"새 젓가락을 주세요."

"예이. 아, 그리고, 손님."

점소이는 통곡하는 녹지현을 흘겨보면서 한보에게 넌지시 말을 건넸다.

"만두 드시겠습니까?"

"아뇨. 이제 충분해요."

한보가 멋쩍게 웃으며 고개를 저었다. 하지만 점소이도 고개를 저었다.

"하나만이라도 드셔야죠."

점소이의 말투가 이상하여 한보가 눈살을 찌푸렸다. 점소이는 더 이상 묻지 않고 정말로 만두와 젓가락을 가져왔다. 이상하게 여긴 한보가 은침으로 만두를 찔러봤지만 독의 흔적은 찾을 수 없었다. 이번에는 젓가락을 사용해 만두를 반으로 찢었더니 유독 색이 다른 만두에서 쪽지 한 장이 들어 있었다. 녹지현이 눈물을 소매로 닦으며 눈매를 찌푸렸다. 한보는 녹지현의 잔뜩 긴장한 얼굴에 눈살을 찌푸려 주의를 주고는 쪽지를 펼쳤다. 쪽지는 개문의 정보원이 보낸 것이었다.

"뭐라고 써 있습니까, 한 소저? 역시 도전장인가요?"

"개문이 우리를 돕고 있었네요. 지금 당장 정도맹으로 가서는 안 된답니다."

"헉! 왜요?"

"길목을 지키는 자들이 많다고 하네요. 그리고……."

"그리고?"

"객잔을 잘 꾸려줘서 고맙다고 녹 도사님께 전해달래요."

녹지현이 비로소 안심이 되었는지 가슴을 쓸었다. 그리고 스스로를 자랑스럽게 여긴 듯 턱을 세웠는데, 이미 한보가 객실로 올라가는 중이었다. 녹지현이 급히 뒤를 따르며 물었다.

"그럼 우린 이제 어떻게 해야 합니까?"

"일단 아까 그 점소이에게 개문의 정보원과 연락을 취할 방법을 알아봐야죠. 아마도 우리를 도울 방법을 알려줄 거예요."

"그런 건 그 쪽지에 미리 적어주면 되는 거 아닌가?"

녹지현의 투덜거림에 한보가 쓰게 웃었다.

"그러게요."

라고 대답하며 고개를 끄덕거리던 한보는 갑자기 생각난 듯 급히 쪽지를 펼쳤다. 계단에서 한동안 뚫어져라 쪽지를 보던 한보가 갑자기 녹지현을 돌아보며 웃었다.

"만두 기름으로 인한 얼룩인 줄 알았더니 아니었어요. 녹 도사님 덕에 암호를 풀 수 있었네요."

"엥?"

"오늘 밤 자시가 되었을 때 만나자는 내용도 있었어요. 얼룩이 진 글자들만 따로 살피니 그런 내용이네요.”

곧 녹지현이 자신은 이미 짐작하고 있었다며 호탕하게 웃었다. 내용 또한 짐작했다며 앙천대소할 때 한보는 이미 객실 안에 들어간 뒤였다.

한보와 만난 개문의 정보원은 야간 순찰을 맡고 있는 병졸이었다. 자신의 이름조차 소개하지 않은 그자는 양양에서 이십 일을 묵으라는 명령을 내렸다. 그리고 무림맹에서 가장 믿을 만한 인물에게 연락하겠다는 약속을 했다. 한보가 쾌히 응했다. 정보원은 곧 한보에게 친근하게 굴며 일심 법사가 알려준 내용이 뭔지를 물었다.

“그것은 알려줄 수 없습니다.”

한보가 냉정하게 거절했지만 정보원은 조금도 마음 상하지 않은 듯 웃음으로 작별했다. 직업상 물었을 뿐이니 의심하지 말아달라는 인사를 남기고.

그날 이후 한보는 포양객잔에서 장기 투숙했다. 녹지현은 술 대작을 하기에 어울리지 않는 사람인지라, 하루하루가 무료했다. 결국 남장을 한 채 양양 시내를 돌아다니게 되었는데, 특별하게 눈에 띄는 사람이 한 명 있었다. 어찌 보면 미친 사람처럼 보이기도 했는데, 펼치는 논리를 들으니 미친 사람은 결코 아니었다.

“제발 이곳에 들어가기 전에 한 번만 더 생각해 보십시오. 이 안에 들어가면 슬픔을 안고 나온다는 것을 누구보다 당신이 더 잘 알고 있지 않습니까."

사람마다 붙잡고 애원하는 사내는 주변의 험상궂은 자들에게 눈총을 받았다. 한보가 주변을 살피니 그 사내의 뒤에 있는 건물이 도박장임을 알 수 있었다.

"저 사람은 도박이 나쁘다는 것을 알리려고 노력하는구나."

그 사내를 처음 보았을 때는 혼잣말로 칭찬하며 웃어넘긴 한보였다. 하지만 두 번째, 세 번째 그 사내를 볼 때마다 한보에게 궁금증이 일었다. 사내에게 설득당하여 도박장에서 발걸음을 돌리는 자들도 있었고, 사내를 피해 몰래 숨어서 들어가는 사람도 있다. 게다가 도박장 입구에는 험상궂은 얼굴과 거구의 덩치들이 서 있었는데, 누구도 사내에게 해코지를 하지 않았다. 한보는 사내의 정체가 궁금해졌다.

"내일 일찍 와서 저 사내와 얘기 좀 해봐야겠다."

한보는 그렇게 중얼거리며 객잔으로 돌아왔다. 하지만 생각보다 일찍 그 사내를 만나고 말았다.

"불이야! 불이야!"

사람들이 떠드는 소리에 잠을 깬 한보가 급히 창을 열었다. 서쪽 하늘이 벌겋게 달아오르는 중이라 심상치 않았다. 한보는 서둘러 옷을 입고 객잔을 나왔다. 불이 난 곳을 찾아 달려가니 도박하지 말라며 애원하는 사내가 있던 자리였으며, 불이 난 건물이 바로 그 도박장이었다.

"흠. 저런 건물이면 활활 타버려라."

한보는 쾌재를 부르며 몸을 돌렸다. 불 끄는 일을 돕기 위해 달려왔지만, 그 건물이 도박장임을 알았으니 도울 마음이 나지 않았다. 그러나 한보의 발은 몇 걸음을 내딛기 전에 급히 멈췄다. 익숙한 고함 소리가 귓전에 울렸기 때문이다.

"받으시오!"

한보가 급히 고개를 돌렸다. 도박을 말리던 사내의 뒷모습이 보였다. 그 사내는 불붙은 건물을 향해 달려가고 있었다. 어깨에 불이 붙었는데 달리느라 정신이 없었는지 끌 생각도 하지 않는다. 한보는 그 사내가 지금 무슨 짓을 하고 있는지를 알고 눈을 찌푸렸다. 그 사내에 의해 목숨을 구한 자가 다른 사람의 품에 안겨 있었다. 한보는 스스로를 질책하며 불붙은 건물을 향해 달려갔다.

"바보같이! 건물을 보느라 사람을 못 보다니!"

콰라락! 쾅! 쿼르르!

입구 근처에 도달했을 뿐인데도 불길이 괴성을 지르며 위협했다. 사람들의 아우성이 끊임없었다. 두 사람이 불붙은 문을 뚫고 나왔는데 사람이 아니라 돈이 든 상자를 지고 있다.

"물! 물을 줘!"

돈 상자를 든 사내 중 한 명이 외쳤다. 어떤 노인이 몸을 잔뜩 움츠린 채 걸어와서 손에 쥔 물통을 내려놓았다. 돈 상자를 든 사내가 그 물통을 자신의 몸에 뿌리며 '아, 뜨거워서 죽는 줄 알았다.' 라고 한숨을 쉬었다. 한보는 거칠게 머리를 긁적였다. 매캐한 연기가 문과 벽을 통해 튀어나오며 구경꾼들을 공격했다. 이제는 열기가 더욱 강해져서 한보가 서 있는 곳에서도 화상을 입을 지경이었다.

"선인 어른 죽은 거 아냐?"

뒤에서 속삭이는 소리가 들렸다. 한보가 고개를 돌려보니 두 명의 젊은 남자가 걱정스러운 얼굴로 대화를 주고받는 중이었다. 한보는 두 사람에게 급히 걸었다. 하지만 말을 채 걸기도 전에 그자들이 검지를 힘껏 뻗으며 '나왔다!' 라고 외치는 바람에 뒤를 돌아봐야 했다.

"선인 어른!"

"선인님!"

여기저기서 사람들의 고함이 터져 나왔다. 불길 때문에 자세히 알아볼 수는 없었으나 분명 도박을 말리던 그자였다. 어깨에 한 사람을 짊어지고 나온 그 사내는, 불똥이 달라붙어 연기가 흐르던 산발머리의 일부를 손으로 움켜삽은 뒤 한숨을 뱉었다. 사내는 미친놈처럼 주변을 살피더니 돈 상자를 들고 있던 자에게 달려갔다.

"열쇠를 주시오! 열쇠 어디 있소?"

"무, 무슨 소리요?"

상자를 든 자가 당황하며 주춤 물러섰다. 하지만 득달같이 달려드는 사내의 손을 피하지는 못했다. 화상을 입었는지 얼

굴의 살이 시뻘겋게 달아오른 그 사내가 눈물을 흘리며 윽박
질렀다.

"열쇠 말이오! 당신들이 지하에 가둔 두 명이 살려달라고
아우성이오! 어서 열쇠를 주시오!"

"아, 거참!"

상자를 든 자가 짜증 내며 어깨의 힘으로 손을 뿌리쳤다.
그 순간 한보의 손이 날아가 녀석의 목을 옥죄었다.

"열쇠… 있어?"

"이… 있……."

상자가 바닥에 떨어져 은자를 사방에 뿌렸다. 은자 위 허공
으로 사내의 발이 이리저리 흔들렸다. 한보는 한 손으로 사내
의 목을 쥐어 들어올린 채 다른 한 손을 내밀어 열쇠를 요구
했다. 숨통이 막힌 사내가 파르르 떨리는 손으로 자신의 허리
춤을 가리킨다. 한보는 사내의 허리에 있는 열쇠를 뜯어냈다.
그와 동시에 한보의 손에 쥐어진 열쇠를 누군가 낚아챘다.

"헛!"

도박을 말리던 사내. 구경꾼들이 선인이라 부르는 그 사내
는 화염이 가득한 도박장으로 달려가고 있었다. 구경꾼들이
일제히 비명을 지르며 선인이라는 자를 말렸다. '타 죽습니
다!', '이미 늦었습니다!' 수많은 아우성이 선인의 옷자락을
붙들려고 노력했으나 실패했다. 도박장의 입구를 막고 있던
화염의 불씨와 검은 연기조차 선인을 막지 못했다. 한보는 망

설이지 않고 구경꾼들이 들고 있던 물통 중 하나를 빼앗았다.

촤아악!

온몸에 물을 뿌리자 한보의 굴곡이 불빛을 받으며 선명하게 드러났다. 한보는 물통을 내던지며 도박장 안으로 달려갔다.

쾨르르! 쿠학!

"이봐요! 어디 있어요?"

한보가 도박장 안에 들어가자마자 고함을 질렀는데 대답이 없다. 천장에 화염의 파도가 넘실거리며 한보의 등장을 기뻐했다. 뱀처럼 '쓰우우우우!' 하고 휘파람을 불며 어디론가 도망치는 불길도 보였다. 일순 연기들이 구석으로 몰렸는데, 그 모습이 마치 한보를 향해 도약하려고 잔뜩 웅크린 표범 같았다. 한보는 본능적으로 위협을 느끼고 얼굴을 가렸다.

쓰카! 카확하!

불길과 연기가 살아 있는 것처럼 한보를 일제히 덮쳤다. 한보는 급히 쌍수를 휘둘러 주변 공기를 후려쳤다. 일시에 몰려오던 불길이 한보의 전신을 원형으로 감쌌다가 급히 물러섰다. 그리자 이번에는 검은 연기와 하얀 연기가 태극의 형상을 그리며 구름처럼 쳐들어왔다.

"이야아아하!"

꽈아앙!

한보는 강한 진각의 도움을 받아 주먹으로 연기를 후려쳤다. 일순간 한보의 주먹에서 연기가 뭉칠 듯하더니 급작스레 펼쳐지며 커다란 구멍을 만들었다. 한보는 그 속으로 급히 빠져나와 선인의 흔적을 살폈다. 낮은 기침 소리가 한보의 신경을 건드렸다.

"이봐요! 어디냐니까!"

"쿨럭! 또 한 명이 있었군. 쿨럭쿡! 기다리시오! 내가 곧 구해주리다!"

기침에 숨넘어가는 목소리가 한보를 실없이 웃게 만들었다.

"누가 누구를 구한다는 거예요? 어디에 있는지 말씀이나 해주세요!"

"으어어어억!"

대답 대신 들린 비명에 한보가 마른침을 삼켰다. 연기가 다시 몰려들었다. 한보는 쌍장을 크게 휘둘러 연기를 내쳤는데, 그때뿐이었다. 연기는 한보의 몸을 뱀처럼 감싸며 주변에서 물러나려 하지 않았다. 게다가 연기 자체에 머물러 있는 열기 또한 만만치 않아서 한보의 살갗이 빨갛게 달아올랐다. 한보는 신음성이 들리는 곳을 찾아 급히 달렸다. 아쉽게도 벽이었다.

"퉤이!"

한보는 혀에 고인 마른침을 뱉고서 상의의 끈을 풀었다. 가슴부터 복부까지 둘둘 말아놓은 무명 복대가 화염의 적색 기

운을 일부 비추고 있었다. 한보는 망설이지 않고 복대를 풀렀
다.

떨컹!

쌍철권이 복대 안에서 튀어나와 바닥에 떨어졌다. 한보는
길게 풀어져 가슴만을 가린 천을 대충 묶어버린 뒤 급히 옷매
무새를 갖췄다. 그리고 바닥에 떨어진 쌍철권을 주워 들었는
데, 화기가 가득한 곳에서도 한기가 서려 있었다. 아니, 오히
려 이전보다 더 차가운 기운을 발산했다.

"으여업! 혹시 벽에 붙어 있으면 피하세요!"

한보는 크게 고함친 뒤 우철권으로 급히 입을 막았다. 말을
할 때마다 검은 연기가 가차 없이 몰려들었다. 눈이 시큰거려
서 눈꺼풀을 열기도 힘들다. 한보는 잠시 눈을 감고 호흡을
조절했다가 쌍철권을 힘껏 마주쳤다.

껑!

"하이야!"

꽈아아아앙!

불붙은 벽이 심하게 비틀렸다. 한보의 좌우철권이 미친 듯
벽을 난타했다. '콰잉!' 히머 벽이 부서지는 순간 한보의 신!
형이 매섭게 날아갔다. 벽 구멍 너머로 또 하나의 벽이 보인
다. 이번에는 회칠까지 한 견고한 벽이었다. 그래도 한보의
우철권은 뒤로 당겨지고 있었다.

꽝! 꽈아아항!

어디에 있는지 알 수는 없었으나 알 필요도 없었다. 그저 소리가 들리는 방향으로 한보는 일직선의 길을 택했다. 벽은 이제 벽이 아니었다. 한보는 그저 앞으로만 나아가며 소리가 가까워지는 것에 만족했다.

"이봐요! 대답 좀 해봐요! 다친 겁니까?"

"아니외다! 자물쇠가 달궈진 터라 손이 달라붙어서 비명을 질렀을 뿐이오! 이제 문이 열렸으니… 쿨럭쿨럭!"

"어라? 아래쪽이네?"

한보는 우철권을 치켜들었다.

꽈콰쾅!

쿠드드드득!

한보의 주먹이 보이지도 않을 만큼 빠르게 바닥을 내질렀다. 불길이 천장과 바닥과 벽을 타고 달려오다가, 한보의 위세에 놀라 깃을 세우지 못하고 몸을 낮춰 쿨렁거렸다. 매서운 주먹질에 연기조차 물러났다. 하지만 한보가 막상 바닥을 뚫어버리는 순간, 그 모든 위협들이 일시에 아우성치며 몰려들었다. 한보는 사방에서 폭풍처럼 몰려드는 화염을 보고 눈을 치켜떴다. 화룡들이 한보를 집어삼킬 듯 매섭게 날아들고 있었다.

휙! 콰라라라라라라!

바닥의 구멍으로 뛰어내리는 순간, 한보가 있던 자리는 폭발하듯 거친 불꽃으로 엮였다. 또한 한보가 뛰어내린 자리도 안전하지 않았다. 철권에 의해 뚫린 구멍으로 화염이 미친 듯 쏟아졌다. 한보가 몸을 굴려 피한 뒤에 돌아보니 불로 만들어진 기둥이라도 세워진 듯했다. 기둥의 바닥이 되는 지점에서 '불의 구름' 같은 형상이 이루어지며 한보가 어디 있는지를 찾기 시작했다. 한보는 급히 일어나 주변을 살폈다. 음습한 곳이어서 열기는 적었으나 매캐한 연기가 자욱했다.

"저기다!"

한보는 문이 반쯤 열린 곳을 향해 달려갔다. 세 명의 사내가 서로 엮인 채 바둥거리던 중이었다. 한보는 가장 상태가 심각해 보이는 자를 부축했다. 그러자 놈이 뿌리치며 말했다.

"나는 괜찮으니 이쪽 사람을 도와주시오!"

가장 위태로워 보이는 자가 선인이었다. 한보는 너털웃음을 흘리며 사내 한 명을 업었다. 선인이 턱짓으로 출구의 방향을 알리며 비척비척 걷기 시작했다. 한보가 뒤따르며 물었다.

"불이 왜 난 건지 아세요?"

"이 도박장에서 재산을 탕진한 사내가 앙심을 품었소이다. 말리려고 노력했으나 분신하여 뛰어드는 것을 막지 못했소."

선인이 침통하게 중얼거리다가 무릎을 꿇었다. 출구라 말한 곳이 화염에 뒤덮여 있다. '콰다득!' 하며 천장의 목재가 일부 무너지니 아예 길이 막힌 꼴이 되고 말았다. 선인이 그제야 한보를 보며 허탈하게 웃었다.

"혹시 나를 도우러 들어온 사람이오?"

한보가 고개를 끄덕이자 선인은 미안하다며 머리를 조아렸다. 그 꼴을 보니 더 이상 살길이 없다고 여기는 듯했다. 한보는 쓴웃음을 한 번 짓더니 업고 있던 사내를 내려놓았다. 그리고 쌍철권에 기를 모았다.

"둘을 같이 데려올 수 있겠어요?"

"뭐, 뭘 하시려고? 쿨럭!"

"불에는 불이죠."

한보의 쌍철권이 좌우로 힘껏 뻗는가 싶더니 가슴 앞으로 매섭게 모였다. 쩌헝! 불씨가 놀라 떨어질 만큼 엄청난 굉음이 터져 나왔다. 한보의 철권은 몇 번 더 서로를 부대끼며 불꽃을 일으켰다. 선인의 눈이 동그래졌다. 또 하나의 불꽃이 광채를 발하며 한보의 몸을 휘감았다. 푸른 불꽃! 주변을 뒤덮던 붉은 화염들이 일시에 주춤했다.

"저럴 수가."

선인은 신음했다. 자신이 본 것을 믿을 수 없었다. 마치 화염이 생명을 얻어 한보를 마주하는 것만 같았다. 찰나의 순간이었지만 이글거리던 불길이 시간의 흐름을 무시한 채 정지하듯, 또는 침묵하듯 두려움을 내비쳤다. 푸른 불꽃에 휘감긴 자가 불길에 막힌 입구를 향해 달리기 시작했다.

"따라와요!"

콰아항!

앞을 비스듬히 막았던 나무 기둥이 두 쪽으로 부서졌다. 철권을 따라 몰아쳤던 푸른 불꽃은 나무 기둥을 팽개치며 위협적으로 혀를 내밀었다. 선인은 급히 사내들을 부축했는데, 한 사내가 손을 젓더니 억지로 무릎을 쥐며 일어섰다. 입에서 침이 흐르고 코에서 콧물이 흐르는 꼴이 숨통 막혀 고생하는 듯하다. 하지만 한보의 불꽃을 보고 힘을 얻은 듯 끝내 홀로 섰다.

"저… 저는 혼자 가겠습니… 쿨럭쿨럭! 선인님, 가십시다!"

"예!"

선인은 사내와 함께 한보의 뒤를 따라갔다. 모퉁이를 돌아 계단이 놓여진 곳에 이르니 한보의 뒷모습이 보였다. 선인과 사내가 입을 쩍 벌렸다가 연기를 들이마시고 기침했다. 눈이 매워 제대로 뜰 수 없었다. 하지만 한보의 모습을 조금이라도 더 보고 싶어 끝내 눈꺼풀을 열었다.

꽈꽈쾨쾅!

무너진 다섯 개의 목재가 일시에 흩날렸고, 눈송이처럼 수많은 불똥들이 사방에 나풀거렸다. 검은 연기의 위협과 희뿌연 안개 같은 독무의 위세는 푸른 불꽃에 의해 와해되었다. 계단을 오르면서 홍염(紅炎)은 패퇴하고, 청룡(靑龍)의 비늘이 아울러 기염을 토했다. 선인이 흥분하여 외쳤다.

"거기서 오른쪽으로 돌고… 쿨럭쿨럭! 세 걸음쯤 가면 왼쪽으로 도는 길이 있습니다! 그쪽에서 또 왼쪽으로 가면……."

"그냥 따라오세요!"

꽈아앙!

"쿨럭쿨럭! 무, 무슨……."

앞서 가는 자는 길이 필요없었다. 벽이 무너졌다. 천장의 목재가 불을 담고 떨어졌으나 철권의 불꽃을 이기지 못해 조각조각 부서졌다. 한보는 도박장의 골목을 무시한 채 자신이 기억하고 있던 문의 방향으로 직진했다. 철권 앞에 벽이 없고, 불꽃 앞에 위협이 없었다. 두 번째의 벽이 무너지는 순간, 출구가 보였는데 괴이하게도 주변의 불길과 연기가 거의 보이지 않는다. 오직 한보의 몸을 감싼 푸른 불꽃만이 위세를 보이며 높은 천장을 향해 승천하고 있었다.

"살았군요! 살았습니다!"

선인과 사내가 기뻐했다. 하지만 한보는 우수를 옆으로 곧게 뻗으며 앞으로 나서지 말 것을 요구했다. 정면은 출구다. 하지만 주변의 기운이 심상치 않아서 함부로 발을 내딛기 어려웠다. 한보는 말했다.

"각오하세요."

"예?"

크수우우우후!

바닥에서부터 연기가 스멀스멀 다가왔다. 쩡! 한보가 철권을 맞부딪치며 불꽃을 일으켰다. 쿠류르르르! 기이한 소리가 벽에서부터 흐르며 반쪽의 공처럼 부드러운 형상의 불길 무리들이 접근한다. 한보는 또다시 철권을 맞부딪쳤다. 선인과 사내들도 주변의 위협을 느낀 듯 몸을 움츠렸다. 기이한 공기가 가슴을 답답하게 만들었다. 한보가 쌍철권을 뒤로 당기며 중얼거렸다.

"쓰지 말라고는 했지만… 사람을 상대하는 것이 아니니 괜찮겠지."

"예?"

"엎드려요!"

콰아아아아아아!

조금 전의 주변 상황이 꿈이라도 되는 양, 급작스레 엄청난 불길이 솟구쳤다. 모든 벽에서부터 화염이 대폭풍을 일으키며 나찰 떼처럼 몰려들었다. 한보는 뒤로 당긴 철권에 탄력을 주었다. 한보의 눈동자가 고양이처럼 가늘어지며 팔방의 홍염을 모두 노려봤다.

"저기다!"

혈(穴)! 불꽃의 혈을 향해 쌍철권이 날아갔다. 천하를 덮을 듯 광오하게 몰아치는 홍염의 폭풍과 일직선으로 쏘아지는 청룡의 위세가 서로 충돌했다. 그 순간 선인과 사내는 귀를 막아야겠다고 생각했다. 엄청난 굉음으로 인해 자신들의 귀가 상하지 않을까 걱정되었다. 그만큼 두 개의 불꽃은 소름 끼치는 위세를 보이며 충돌하고 있었다.

"……."

　아무 소리도 나지 않았다. 오히려 주변에서 가끔씩 '티틱!' 거리던 목재들의 비명조차 죽어들었다. 세상천지를 뒤덮었던 홍염의 벽이 푸른 불꽃과 부딪치는 순간부터 원형의 검은 구멍을 만들며 조금씩 찢어졌다. 일 점에서 시작된 균열은 점차 사방으로 퍼져 나가더니 급기야 주변을 감싼 모든 지역의 불길에게 대공세를 펼쳤다. 뒤늦게 한보의 고함이 터져 나왔다.

　"카아아아!"

　콰라라라라라라라!

　"맙소사……."

　선인도, 사내도 입을 다물지 못했다. 자신들이 엎드린 바닥이 화상을 입을 만큼 뜨겁다는 것도 느끼지 못했다. 천장까지 괴곡선을 그리며 솟구치는 푸른 불꽃이, 일순간 도박장 내부를 보랏빛으로 뒤바꿨다. 그 모습이 마치 청룡 하나가 주변 불길을 호령하는 듯하여 경외감마저 느껴졌다. 푸른 불꽃이 모두 승천하여 도박장의 천장에 머물다 흩어졌다. 한보가 급히 몸을 돌려 사내 한 명을 부축했다.

　"됐어요! 빨리 나갑시다!"

　선인은 뒤늦게 정신을 차렸다. 여자로구나! 세상에 어떤 여자가 이 정도의 위세를 보일 수 있단 말인가! 오외천 마령화(魔靈花)라면 이 정도일까? 선인은 창백한 얼굴이 된 채 머뭇

거리다가 뒤늦게 몸을 일으켰다. 지하를 향해 뛰어갈 때까지
만 해도 온몸을 괴롭히던 통증이 놀라움으로 인해 모두 가라
앉았다.

콰드두두두!

한보와 선인, 그리고 두 명의 사내가 도박장을 나온 지 얼
마 안 되어 건물 반쪽이 무너져 내렸다. 사람들은 선인의 주
변에 몰려들어 울음을 터뜨렸다. 그 모습에 한보가 만족하며
미소를 지었는데, 누군가의 따가운 시선이 느껴졌다. 고개를
돌리니 녹지현이 붉으락푸르락한 얼굴로 한보를 노려보고 있
었다.

"한 소저는 왜 이렇게 안 죽습니까! 다시 한 번 들어가 보십
시오!"

녹지현의 호통에 한보가 뒤통수를 긁적거렸다. 철권을 벗
어 품에 넣은 한보는 자신의 머리카락이 흐트러진 것을 알고
가볍게 추슬렀다. 녹지현이 뭐라뭐라 쨍쨍거렸지만, 사람들
의 신음 소리와 불길의 뒤늦은 아우성 때문에 들을 수가 없었
다. 아니, 그보다 먼저 한보의 귀가 주변의 소리를 받아들이
려 하지 않았다. 녹지현은 무릎을 꺾는 한보에게 급히 손을
내밀었다. 옷이 벌써부터 엉망이다. 남자 옷이라는 게 영 마
음에 들지 않았으나 색이 고와 칭찬했던 옷인데 아깝기만 했
다. 녹지현은 혼절한 한보를 부축한 채 객잔으로 걷기 시작했
다. 그 때 누군가 뒤에서 녹지현을 불렀다. 녹지현이 고개를

돌리니 바닥에 쓰러진 채 고개만 돌린 자가 손짓하고 있었다.

"그쪽 분을 따로 뵙고 싶습니다. 제가 꼭 은혜 갚음 할 터이니, 어디에 묵고 계신 지 알려주십시오."

녹지현은 갑자기 우쭐해져서 턱을 치켜들었다.

"이분이 바로 초염 대협 한보십니다. 포양객잔에 묵고 있으니 은혜 갚음을 하시려면 내일 찾아오십시오."

녹지현의 말에 사람들이 탄성을 질렀다. 장삭파를 무너뜨린 여걸의 이름은 양양성을 뒤덮은 지 오래였다. 몇몇 사람들이 한보의 얼굴이라도 보기 위해 몰려들었지만, 녹지현이 거드름을 떨며 비키라 했다. 객실에 한보를 눕히고 일층에서 술을 시킨 뒤에야 녹지현은 자신의 실수를 깨달았다. 도망자 주제에 신분과 위치를 밝히면 어쩌란 말인가! 녹지현은 잠자던 점소이를 깨워서 초염 대협이 오늘 새벽에 객잔을 나갔다는 소문을 돌리라고 명령했다. 점소이가 알았다고 고개를 끄덕인 뒤 다시 잤는데, 아무래도 몽중대답(夢中對答)인 듯하여 불안했다. 녹지현의 예감은 정확했다. 아침이 되자 한 무리의 사람들이 녹지현과 한보를 기다렸던 것이다.

"앗! 저기 있다! 저 도사님이시다!"

일층에서 녹지현을 발견한 사내가 검지를 뻗었다. 녹지현이 기지개를 켜던 자세 그대로 자연스럽게 몸을 돌렸다. 그리고 성큼성큼 걸어서 자신의 방으로 들어갔는데, 뒤에서 쫓아오는 소리가 심상치 않았다. 방에 들어가자마자 녹지현은 한보의 객실이 있는 방향으로 합장을 한 번 한 뒤, 잽싼 동작으로 창문을 열었다. 막 한 발을 창밖으로 내밀었을 때 문밖에서 소리가 들렸다.

"도사님! 저희가 도사님과 은공을 뵙기를 청합니다!"

은공이라는 말에 녹지현이 탈출하는 것을 멈추고 고개를 돌렸다. 조심스레 문을 열어 틈새로 밖을 살피니 한보가 이미 복도에 나와서 사람들과 대화 중이었다. 한보는 세안부터 하고서 대화하자며 사람들을 일층으로 보냈다. 그리고 녹지현의 객실을 향해 성큼성큼 다가왔다. 녹지현이 급히 문을 닫고 이번에는 자신을 위해 합장했다.

쾅!

"잘못했소이다, 한 소저!"

퍽!

코피가 튀었다. 한보가 시뻘건 얼굴색을 지우지 않고 고함쳤다.

"당신이 도사야?"

우권이 뒤로 당겨지자, 녹지현은 아예 복지부동하며 애원했다.

"제 실수입니다! 부디 용서하십시오, 한 소저! 저 사람들이 하도 물어서 한 소저의 정체를 밝힐 수밖에 없었습니다. 빈도를 너무 탓하지 마시고, 저 사람들부터 벌하심이 옳습니다!"

그 순간 바닥에 달라붙은 녹지현의 코가 납작해졌다. 한보가 녹지현의 뒤통수를 밟은 채 코웃음 쳤다.

"지금 그게 문제야? 오늘 새벽에 나한테 무슨 짓을 한 거지? 왜 내 복대가 다 풀어진 거야! 바른대로 말해, 이 추잡한 도사 놈아!"

그 순간 녹지현의 몸이 굳었다. 잠시 침묵하던 녹지현은 우수를 휘저어 자신의 뒤통수를 밟고 있던 한보의 발목을 툭툭 쳤다.

"이거 치워보세요."

"뭐?"

"아, 치워보라니까. 제가 뭘 어쨌다고요? 한 소저의 그… 복대? 지금 그걸 제가 풀렀다고 생각하시는 겁니까?"

"그럼 아냐?"

"전 한 소저를 침상에 눕힌 죄밖에 없습니다. 아, 이 발 좀 치워보라니까!"

그제야 한보가 녹지현의 머리통을 자유롭게 만들었다. 한보는 팔짱을 껴서 스스로의 가슴을 가린 채 녹지현을 매섭게 노려봤다. 녹지현이 턱을 세우며 공격적인 모습을 보였다.

"내가 미치지 않고서야 한 소저에게 그런 짓을 하겠습니까? 물론 한 소저를 부축해서 여기까지 데려온 건 사실이고, 침상에 눕힌 것도 사실입니다. 거 엄청 무겁더만요. 하지만 그것뿐입니다. 그 이후 저는 일층에서 술 한 잔 걸치고 곧장 제 방에 들어와 잤습니다. 이래 뵈도 제가 대 청성파의 대 도인 대 녹지현입니다! 그동안 저를 어떻게 보셨기에 그런 오해를 하실 수 있는 겁니까?"

한보가 중얼거렸다.

"그럼 내가 풀렀나? 하긴 좀 갑갑하다고 생각은 했었지."

녹지현이 박수를 치며 떠들었다.

"맞아요! 전에도 그랬죠? 왜 그때 있잖습니까! 한 소저가 객실 뛰쳐나오며 누가 내 웃옷을 벗겼냐고 난리 치셨을 때! 이런 제기랄! 그때도 제가 맞을 뻔했었죠! 그 버릇 못 고치면 제가 제 명에 못 살겠습니다! 너무하시는 것 아닙니까?"

"알았어요. 미안해요."

한보는 퉁명스레 답하고는 객실을 나갔다. 녹지현이 씩씩거리는 숨소리를 내다가, 한보의 객실 문소리가 들리자 가슴을 쓸었다. 외부에 자신들의 신분을 노출시킨 잘못이 이렇게 덮어지자 기분이 좋아진 것이다.

"여긴가요?"

사람들의 뒤를 따라 찾아간 곳은 대문과 담장만 보더라도 상당한 부잣집임을 알 수 있었다. 하지만 막상 대문 안으로 들어갔을 때 녹지현의 입에서 실망이 담긴 한숨이 새어 나왔다. 방 하나 따로 있는 작은 건물을 제외하고는 대부분 폐가였다. 한보는 사람들이 이끄는 곳이 유일하게 정갈한 작은 건물임을 알고 고개를 기울였다. 방 안으로 들어가니 아무도 없었다. 한보는 깜짝 놀라며 자신을 데려온 자들을 경계했지만, 사람들의 눈빛에서 살기가 느껴지지 않았다.

"이곳입니다."

얼굴에 수염이 덥수룩한 사내가 방바닥을 더듬더니 사각으로 된 통로를 열어 보였다. 한보뿐 아니라 녹지현도 깜짝 놀라며 검은 구멍을 응시하기만 했다. 사람들이 먼저 통로 안으로 들어가며 '안전하니 걱정 말라' 고 했다. 먼저 한보가 들어갔다. 녹지현은 끝내 들어가지 않고 밖에서 지키겠다며 고집 부렸다.

"은공께서 오셨습니다."

제일 먼저 구멍에 들어간 사내가 눅눅한 공간만큼이나 음울한 목소리를 던졌다. 낮은 기침소리가 연신 들리더니 누군가 한보를 반긴다. 한보가 모퉁이를 돌자 희미한 불빛과 함께 한 사내가 누워 있는 것이 보였다. 사내의 전신이 붕대에 감겨 있었지만, 누군지 알 수 있었다. 새벽에 도박장의 불길 속으로 뛰어들었던 선인이 분명하다. 선인이 붕대 사이로 보이는 습포조차 가리지 않은 채 한보의 가슴 앞으로 포권했다.

"천하의 초염 대협께 은혜를 입었으니 이제 죽어도 여한이 없을 만큼 기쁩니다."

"당신은 누구죠?"

"이놈의 이름은 상언진(桑言眞)입니다. 대대로 양양에서 장사를 하며 살아왔습지요. 하나 제가 장사에 소질이 없어 제대에서 몰락하고 말았습니다."

상언진의 말에 주변 사내들이 일시에 손을 저으며 아니라고 했다. 주변 사내들 떠드는 것을 유심히 들어보니 상언진은 양양에서 선행을 베풀어 유명해진 자였다. 특히 양양성의 북서쪽 지역에서는 다수의 사람들이 상언진을 크게 떠받들었다. 상언진이 전 재산을 털어 이 지역에 상권을 형성했던 이유다. 원래 양양성 북서쪽 지대는 다른 지역에서 밀려난 빈민들이 터를 잡고 구걸과 하루 노역으로 생계를 꾸리던 곳이었다. 상언진은 그 지역 사람들을 위해 재산을 털어 각자의 일터를 마련해 준 자였다. 그렇게 되기까지의 과정에는 양양성 중앙에 있던 상언진의 상권이 붕괴된 사건이 큰 몫을 했다. 사건의 중심에는 금산회주 위창만이 있었다.

위창만은 상언진의 아버지에게 자금을 지원받고 금산회를 차렸다. 물론 위창만이 상술을 인정받았기에 가능한 일이었고, 빌려준 돈에 대한 이자도 따로 있었기 때문에 은혜라고 볼 수는 없는 일이었다. 하지만 사람들은 위창만이 취한 행동을 두고 배은망덕하다 외쳤다. 무가와 인연을 맺은 위창만이 세력을 확장하면서 이자는커녕 원금도 갚지 않았기 때문이다. 상언진의 아버지는 위창만의 금산회에 의해 상권을 잃고 괴로워하다가 스스로 목숨을 끊었다. 이것도 수상한 자살이었는데, 주변 사람들은 자살이 아니라 위창만의 수하들이 저지른 타살이라고 수군거렸다. 어릴 때 가업을 이어받은 상언

진은 자신의 능력으로 위창만을 떨치고 상권을 부흥하는 것
이 불가능함을 깨달았다. 이미 상언진의 주변에 머문 자들도
위창만의 수하가 많았다. 상언진은 자신이 물려받은 상권을
모두 위창만에게 팔아넘겼다.

"팔아버렸다고요?"

"예. 선인께서 아홉 살 때 이루신 업적입니다."

잡초가 무성한 마당을 거니는 동안, 한보는 많은 얘기를 들
었다. 이 집에 모여 있는 사람들은 무려 사십 명이나 되었는
데 그중 삼십 명이 부상자였다. 상언진을 선인으로 모시며 크
게 충성하는 덥수룩한 수염의 사내는 구만석(俱萬石)이라는
자였다. 나이가 서른네 살이었는데 자신보다 한 살 어린 상언
진을 대하는 모습이 부처를 대하는 불제자와 같았다. 구만석
은 험상궂은 얼굴에 뱃살이 많아서 외모만을 따진다면 산적
그 자체였으나, 한마디 한마디가 예의 바르고 공손했다. 한보
는 주변 사내들의 말보다 구만석의 말에 집중했다. 구만석이
대하기 편했으며 사정 얘기를 잘 정리하여 설명하는 편이기
때문이다. 구만석의 말을 듣던 중 한보가 놀란 듯 마당 산책
을 멈췄다.

"그럼 다 잃은 거예요, 그 재산을?"

"선인께서는 잃었다고 생각하지 않습니다. 이 지역에 모인
빈민들을 돕는 데 재산을 쓰신 것을 조금도 아까워하지 않았
습니다. 괜히 선인이라 할 수 없지요. 단지 배 주림을 채우는

도움이 아니었습니다. 앞으로 살아갈 길을 열어주는 도움이었으니 선인입니다. 빈민들에게 상권의 터를 마련해 주고 따로 이문을 챙기지도 않았습니다. 그저 상권의 한 지역을 스스로 구하여 만두를 팔았는데, 이제는 그것조차 하지 않고 있습니다. 보다 못한 저희가 스스로 나서서 교대로 만두 장사를 하고 있지요. 물론 선인님은 하지 말라고 애원을 하시지만."

"왜 만두 장사를 그만두신 거죠?"

"어제 불타 버린 도박장 때문입니다. 이 지역의 상권이 활발해지면서 금전이 나돌자, 위가 놈이 뛰어들었습니다. 도박장을 세우고 기루를 만들었지요."

"기루는 보이지 않던데……."

한보가 쓴웃음을 지으며 혼잣말했다. 주변에 모인 사내들의 얼굴을 보니 구만석이 꺼내놓은 믿기 어려운 말을 모두 인정하는 듯하다. 마당을 장악한 거친 잡초들도 고개를 끄덕이는 것만 같았다. 까마귀 한 마리가 지붕 위에서 울고 있었다. 어렴풋이 들리는 상인들의 외침이 까마귀 소리와 어울려 듣기 좋았다. 한보는 상언진의 외침을 떠올렸다. 도박장 앞에서 자신의 입을 통해 나오는 소리는 극히 서러웠을 것이나, 마당에 홀로 서서 스스로 이룬 상권의 왁자지껄한 소음은 듣기 좋았을 테지. 한보는 구만석을 돌아보며 다음 말을 재촉했다. 구만석이 마침 한보의 궁금증을 풀어주려 했다.

"기루가 망한 것은 선인 때문입니다. 선인께서는 기루 앞에서 사람들에게 애원하며 들어가지 말 것을 청했죠. 그 때문에 손님이 줄어들자, 위가 놈이 사람을 시켜 선인님을 구타했습니다."

"그랬을 것 같아요. 그래서요?"

"이 지역이 발칵 뒤집혔습죠. 다른 사람도 아니고 지역의 은공이신 선인을 구타하고 무사할 리 있겠습니까? 모두 다 연장 챙겨서 기루를 엎어버렸습니다. 지금은 그 건물에 금산회의 포목점이 자리잡고 있지요."

"그래서 상 대인이 도박장 앞에서 사람들 못 들어가게 말릴 때, 아무도 건들지 않았군요."

"그렇죠. 하지만 시일이 흐를수록 사람들은 선인을 피해 도박장을 들어갔습니다. 위가 놈의 수작도 한몫했지요. 선인께서 안 되겠다 싶었는지 만두 장사도 때려치우고 사람들을 말리는 데 집중하셨습니다. 선인께서는 이 마을이 그런 수작에 다시 몰락하는 꼴을 보고 싶지 않았던 것입니다."

"흥! 그놈의 도박장이 천벌을 받았던 것이군요!"

한보가 냉소하며 거친 발걸음으로 마당을 오갔다. 그러자 한보의 걸음을 쫓았던 구만석이 낮은 목소리로 귀띔했다.

"도박장에 불을 낸 것은 우리 선인 추모 연합회의 업적입니다."

한보가 깜짝 놀라 고개를 돌렸다. 묻고 싶은 것은 따로 있었는데, 쓸데없는 질문이 먼저 튀어나오고 말았다.

"추모가 무슨 뜻인지는 알고 붙이신 거예요?"

"높으신 분을 그리며 생각한다는 뜻으로 알고 있는데… 뭐 잘못되었습니까?"

한보는 너털웃음을 흘리며 말했다.

"높으신 분이 아니라 죽은 분을 그리며 생각하는 것이 추모예요."

그 순간, 한보와 구만석의 뒤쪽에 있던 사내가 신발을 벗어 패대기치며 '것 봐! 내가 뭐랬어!' 라며 신경질을 부렸다. 사내들이 한보의 곁에 바짝 붙으며 그것이 사실이냐고 물었다. 한보가 고개를 끄덕이자 당장 새 이름을 지어달라고 아우성이다. 한보는 잠시 고민하다가 아직까지 방에 앉아 있는 녹지현에게 부탁하면 될 것이라 말했다. 사람들이 방을 향해 우르르 몰려가자 녹지현의 비명 소리가 들렸다. 한보는 험상궂은 얼굴의 구만석이 앞장섰으면 어땠을까 생각하며 가볍게 웃음을 흘렸다. 그 생각을 떠올리고서야 자신의 곁에 아직도 구만석이 있음을 깨달은 한보는 급히 입을 열었다.

"도박장에 불을 내신……."

한보가 말을 끝맺기도 전에 구만석이 한숨 섞인 답을 꺼냈다.

"하아아. 성질 급한 친구가 홀로 분신하여 뛰어들었습니다. 예전에 선인께서 큰 도움을 준 친구였는데, 은혜 갚음을 하겠다고 그런 무리한 일을 벌인 듯합니다. 그 친구도 살기

는 살았으나 살았다고 보기 어렵지요. 게다가 선인께서
도……."

한보는 구만석이 말끝을 흐리자, 자신을 부른 이유가 다른
데 있음을 눈치 챘다. 단지 은혜에 대한 공치사를 하기 위한
부름은 아니었던 것이다. 한보는 불쾌했다. 용건을 돌려 말하
는 것은 한보의 취향이 아니다.

"문제가 뭐죠?"

"예?"

"저한테 부탁하실 일이 있으면 말씀하세요."

구만석이 호흡을 크게 하며 각오한 듯 눈을 부릅떴다.

"제 목숨이라도 내놓을 테니 약을 구하는 것을 도와주십시
오."

"예?"

"오늘 아침 양양성의 모든 약방과 의방이 문을 닫았습니
다. 위가 놈의 짓입니다. 뒤늦게 문을 열기는 했으나, 의원은
겁에 질려 왕진을 거부하고 약방에는 화상을 치료할 약이 하
나도 없었습니다. 이대로라면 선인의 목숨마저 위험합니다.
약을 구할 방법을 찾다 보니 어젯밤에 은공의 신위가 떠올라
이런 실례를 저지르게 되었습니다. 죄송합니다."

한보가 대답 대신 허리를 숙였다. 그리고 옷을 들춰 하얀
종아리에 맺힌 습포를 보였다. 잔털조차 보이지 않는 하얀
종아리라서 구만석은 눈이 부신 듯 눈매를 찌푸렸다. 한보가

급히 고개를 들어 구만석을 무안하게 만들더니 환하게 웃었
다.

"마침 저도 화상을 입었어요. 약은 어디 있죠?"

"위가 놈의 집에 있습니다. 하지만 그곳의 경비가 삼엄하
여 쉽게 구할 수 없을 것입니다. 게다가……."

"게다가?"

"무서운 자가 한 명 있습니다. 혹시 귀면신장(鬼面神將)이
라고 들어보셨습니까?"

이번에는 한보가 눈살을 찌푸렸다. 때마침 담장 밖에서 떡
을 파는 자의 목소리가 시끄러워 얼굴마저 일그러졌다. 한보
는 떡장수의 소리가 줄어들 때까지 침묵했다가 천천히 고개
를 끄덕였다.

"들어봤어요. 젊은 나이에 대단한 무공을 가졌다고 하더군
요. 그러나 협행의 소문만 들었기 때문에 그런 놈의 집에 있
다는 게 믿어지지 않아요."

"저쪽 큰방에 누워 있는 서른한 명의 동료가 부상을 입은
것이 바로 그 귀면신장 때문입니다. 수적 우세를 믿고 덤볐다
가 모두 저 꼴이 되어버렸죠. 두 명의 동료는 죽었습니다."

한보는 놀란 듯 눈을 치켜떴다가 '소문을 모두 믿을 것은
못 되는군요.' 라고 중얼거리며 길게 탄식했다. 그리고 힘차
게 기지개를 켜더니 복대의 철권을 두드리며 웃었다.

"제가 약을 가져올 테니 여기서 기다리세요."

"예? 무슨 소리십니까?"

"약을 구해달라면서요?"

구만석이 창백한 얼굴이 되어 급히 손을 저었다.

"아니, 그 말이 아니라… 저희가 약을 구하러 갈 때 도와달라는 뜻이었습니다. 저희가 아무리 패악해도 그곳에 은공을 혼자 보낼 리 있겠습니까?"

"같이 가자는 게 더 패악해 보여요. 저 혼자 갔다 오는 게 편합니다."

한보는 구만석의 어깨를 몇 번 두드리고는 거침없는 걸음으로 대문을 나섰다. 얼마 걷지 않아 한보를 부르는 소리가 들렸다. 고개도 안 돌리고 걸음을 빨리했지만, 경공술만큼은 녹지현이 한보를 앞섰다. 녹지현은 한보의 옷자락을 붙들자마자 '우라질!' 하고 욕설을 뱉었다. 한보의 싸늘한 눈매가 녹지현을 돌아보는 순간, 귀여운 강아지의 얼굴 같은 것이 반겼다.

"어딜 가시려고 그러십니까, 한 소저. 위험한 곳을 가실까 걱정이 되어 빈도의 애가 닳습니다. 아아. 걱정이 너무 되옵니다."

"기다리세요. 다녀올게요."

한보가 표독스러운 눈매를 풀고 웃었다. 녹지현이 바로 용기를 내어 눈을 부릅떴는데, 한보도 기다렸다는 듯 잽싸게 눈을 부릅떴다. 다시 강아지가 말했다.

"그러니까… 무릇 위험한 일에는 작전이라는 게 필요하지 않겠사옵니까? 계책을 세우는 일은 또 녹지현 도사 아닙니까. 한 소저께서도 저의 계책을 염두에 두지 않고 이렇게 걸음하신 스스로가 황당하시죠? 자자, 일단 저 집으로 돌아가서 약을 구할 방법을 고민해 봅시다."

"올 테니까 걱정 말아요."

한보는 구만석에게 했던 것처럼 녹지현의 어깨를 가볍게 두드리곤 몸을 돌렸다. 녹지현이 뒤에서 소리없이 주먹질을 했다. 하필 한보가 향하는 곳이 서북쪽인지라 녹지현의 주먹질하는 그림자가 훤히 보였다. 한보가 잠시 걸음을 멈추고 쌍철권을 꺼내자 녹지현은 청성파의 진정한 경공술을 선보이며 집으로 돌아갔다.

"젠장."

한보가 위창만의 집 앞에 도달했을 때는 이미 아수라장이 된 상태였다. 사람들에게 물어 위창만의 집을 알아내느라 시간을 지체했었는데, 그사이에 구만석의 무리가 먼저 뛰어들었던 것이다. 한보는 구만석의 무리와 싸움질하는 자들을 다짜고짜 갈겨대며 주변을 살폈다. 특출하게 뛰어난 무공을 사용하는 자는 보이지 않았다. 대문 밖의 싸움인지라 귀면신장이라는 자는 나서지 않은 듯했다. 몇 번의 철권이 몇 개의 이빨을 자유롭게 만들자, 대문 밖은 진정됐다. 하지만 구만석을 포함하여 선인을 따르는 사내들 중 다섯이 심상치 않은 부상을 입었다. 녹지현이라도 있었다면 치료를 부탁했을 텐데, 이런 자리에 있을 턱이 없다. 한보는 부상을 입지 않은 사내들에게 부상자의 처리를 맡기고 대문 안으로 뛰어들었다.

콰앙!

부술 듯 문을 내치며 들어가자 대문 밖의 무사들보다 두 배는 더 많은 무사들이 앞을 막고 있었다. 한보는 쌍철권을 뒤로 당긴 뒤 숨을 들이켰다. 그리고 정면을 향해 내달렸다.

"막아라!"

무사들이 고함을 지르며 한보를 에워쌌다. 하지만 그뿐이었다. 세 명이 허공을 날았고, 나머지는 한보의 꽁무니를 쫓는 신세가 되었다. 일직선으로 달려가던 한보가 다시 몸을 돌리더니 대문 쪽을 향해 달린다. 누군가 외쳤다.

"피하지 마라! 어헉!"

네 명이 허공을 날았고, 한보가 대문 앞에 섰다. 다시 달렸다. 이번에는 피하지 말라는 소리도, 앞을 막는 자도 없었다. 모두가 주춤거리며 한보를 경계했다. 그 덕에 한보는 대궐같이 커다란 건물 앞에 설 수 있었는데, 주변에서 심상찮은 기운이 흘렀다.

"젠장."

한보는 낮게 투덜거렸다. 궁수들이 있었다. 한보와 맞섰던 무사들이 모두 흩어지자 사십 명은 넘을 듯한 궁수들이 철궁

으로 한보를 겨냥했다. 온 신경을 집중하여 활에 맞설 준비를
했지만, 사십 개가 넘는 화살을 피할 자신은 없었다. 한보는
정면의 마루에서 자신에게 활을 겨누는 자를 헤아렸다. 열두
명이다. 거리를 재봤더니 몇 발의 피해는 감수해야 할 것 같
았다. 게다가 좌우측 후면에서 화살을 겨눈 자들보다 정면의
궁수들이 좀 더 뛰어난 실력을 가진 듯했다.

"끌끌끌."

마루 우측의 방에서 혀를 차는 소리가 들렸다. 곧 문이 열
리며 세 명의 무사가 나왔고 그 뒤에 또 한 명이 걸어나왔다.
뱃살은 불룩한데 나머지는 멸치처럼 말라비틀어진 자였다.
하지만 의복이 호화로워서 이 집에서 큰 신분을 가진 자라는
것은 한눈에 알아볼 수 있었다.

"감히 누가 내 집에서 소란을 피웠을까? 목숨이 열 개라도
되나 보지?"

위창만이었다. 한보는 쌍철권을 마주치며 눈을 부릅떴다.

"다 필요없으니 약을 내놓아라. 성질 같아서는 온몸의 뼈
를 다 부수고 싶지만, 약을 주면 곱게 돌아가겠다."

"상황 파악을 못하는 놈이로군. 계집처럼 곱상하게 생겨서
똑똑할 듯싶었더니 천하제일의 멍청이로구나. 클클클."

위창만은 기름칠한 머리카락을 손끝으로 다듬으며 미소
지었다. 머리카락을 떠난 손끝이 급히 추락하자, 날카로운 소
리가 한보의 신경을 건드렸다. 한보는 급히 도약하며 자신의

다리를 노렸던 여덟 개의 화살을 모두 피했다.

슈슈슉!

한보가 허공에 몸을 띄우자 또다시 여덟 개의 화살이 날아들었다. 이제는 피할 수 없음을 깨달은 한보가 신형을 뒤틀어 철권을 휘둘렀다. 네 개의 화살을 내치고 두 개의 화살은 피했지만, 나머지 두 개가 한보의 살을 찢었다.

쿵!

오른쪽 허벅지가 일 촌쯤 찢기고 옆구리도 제법 찢어졌다. 바닥에 제대로 착지하지 못한 한보의 얼굴이 잔뜩 일그러졌다. 보통 궁수들이 아니었다. 전문적으로 궁술을 연마한 듯 화살에 힘이 실려 있고, 곡선을 그리는 재주마저 있었다. 한보는 이를 갈더니 혼잣말처럼 중얼거렸다.

"생각이 바뀌었다. 약을 줘도 죽여주지."

쩌헝!

한보가 상체를 세우는 순간, 철권이 매섭게 부딪쳤다. 위창만이 흠칫 놀라며 또다시 손을 흔들었다. 그 순간 정면의 궁수들이 일제히 한보에게 화살을 날렸다.

콰콰쾅!

한보는 우철권으로 바닥을 부쉈다. 돌덩이가 치솟으며 일부의 화살을 막았고, 몇몇의 화살이 쌍철권에, 나머지 화살은 허공을 마냥 날아가 대문에 박혔다. 잠깐의 틈이 있었으나 그것이 한보에게 기회가 되지는 못했다. 화살의 공격을 무위로 돌리는 동안 궁수들은 이미 새로운 화살로 시위를 당긴 상태였다. 한보는 고작 한 발짝만 앞으로 나섰을 뿐이다. 한보가 위창만을 죽일 듯 노려보며 이를 갈았다. 위창만은 조금 전에 한보가 보여준 위세에 놀랐는지 창백한 얼굴이었다.

"노, 놈……. 계집애같이 곱살하게 생긴 게 제법이구나. 이거 재미있는 구경이 되겠는걸?"

한보는 위창만의 말뜻을 알 수 없어 눈살을 찌푸렸다. 곧 위창만이 손뼉을 치며 자신이 나온 방으로 고개를 돌렸을 때에야 무슨 말을 하는지 알게 되었다. 위창만은 아직 방에서 나오지 않은 누군가를 불렀다.

"귀면신장! 나를 좀 도와주게! 클클클."

한보는 방에서부터 들리는 걸음 소리에 정신이 아득해졌다. 진각만으로도 심상찮은 기운이 느껴졌다. '이놈은 진짜다!' 한보가 잔뜩 긴장한 채 방문을 노려봤다. 곧 커다란 발이 앞서며 거구의 귀면신장이 모습을 드러냈다. 놈은 한보를 돌아보더니 빙긋 웃었다. 둔탁한 진각과 거구의 덩치에 어울리지 않게 귀면신장의 입술 틈으로 여인처럼 가느다란 목소리가 흘러나왔다.

"이런 재미있는 일이 기다리고 있었군."

한보의 얼굴이 창백해졌다.

"빌어먹을……."

위창만은 한보의 창백한 얼굴과 귀면신장의 미소를 즐겼다. 한보의 입술이 심하게 떨릴 때마다 위창만의 얼굴에 웃음이 맺혔다. 한보는 신음하듯 말했다.

"이런 빌어먹을 경우가……. 내 평생 네놈 따위는 다시 볼 일 없다고 생각했는데."

"그럴 수야 없지." 귀면신장이 위창만의 어깨에 손을 얹으며 능글맞게 웃었다. "늘 말했듯 넌 내 신부가 될 사람이잖아."

"시끄러 태목구! 결코 그런 일은 없을 거야, 이 지겨운 자식아!"

태목구의 커다란 손이 위창만의 목덜미를 잡았다. 태목구는 위창만의 귀에 입술을 가져가며 속삭였다.

"자, 혼담 얘기는 나중에 하고… 우리는 먼저 할 얘기가 있었지?"

"귀, 귀면신장!"

위창만이 목의 통증을 억지로 참으며 웃으려고 노력했다. 태목구의 부드러운 눈이 위창만의 창백한 웃음을 마주했다.

"사람들을 위해 헌신하여 뭇 세력의 질투를 받는다고 했었던가? 협사가 아니면 죽음을 택하겠다고도 했었지?"

"여, 여보게!"

우둑!

태목구는 단숨에 위창만의 목을 꺾고 그 몸뚱이를 한보에게 던졌다. 한보가 위창만의 몸을 내치는 순간, '꺽!' 하는 소리와 함께 위창만의 숨이 끊어졌다. 그와 동시에 태목구의 우장이 뒤쪽에 있던 궁수들을 한꺼번에 내쳤다. 너무 순식간에 벌어진 일이라 아무도 주인의 죽음을 막지 못했다.

21장

한보를 만나다

한보를 만나다

　한보는 주변 궁수들이 아직도 정신을 수습하지 못하는 꼴을 보고 스스럼없이 태목구에게 걸었다. 태목구 또한 한보에게 이를 드러내고 웃으며 걷는 중이었다. 마루를 경계로 하고 서로가 마주 섰는데 가뜩이나 키 큰 태목구가 마루 위에 있어 서로의 얼굴을 확인하기 힘들었다. 한보가 턱짓하며 내려오라고 했다. 태목구는 마루에서 내려오자마자 한보를 안으려 했지만, 철권에 배를 맞는 것으로 대신했다.
　"널 찾으려고 갖은 고생 다 한 놈에게 너무하는 것 아냐?"
　태목구는 장난스레 배를 쥐고 웃었다. 흘깃 눈길을 돌리니 궁수들이 정신을 차린 듯 조준하는 것이 보였다. 태목구는 한보에게 눈짓으로 위기를 알렸다. 한보도 살짝 고개를 끄덕이며 철권을 들어올렸는데, 그 순간 대문에서 시끄러운 소리가 났다.

"누가 감히 초염 대협에게 활을 겨누는 것이냐!"

한보가 고개를 돌리니 허름한 복색의 무인들이 십여 명 나타나서 녹지현의 목소리로 호통 치고 있었다. 궁수들은 대문에서 나타난 자들을 보고 놀랐으며, '초염 대협'이라는 별호를 듣고 또 놀랐다. 금산회의 무사들 모두가 초염 대협을 찾기 시작했고, 태목구도 '엇! 어디?'라 중얼거리며 주변을 살폈다. 한보가 빨개진 얼굴을 둘 곳이 없어 당황하다가 대문의 무인들 뒤에 숨어 있는 녹지현에게 호통 쳤다.

"입 좀 다물어요, 녹 도사! 여긴 왜 왔어요?"

"대 초염 대협님! 빈도가 개문의 제자들을 모시고 왔으니 이제 걱정하지 마십시오!"

태목구가 무릎을 꺾는 바람에 한보의 키와 비슷해졌다.

"네가 초염 대협이라고?" 태목구는 쓰게 웃었다. "웃기지 마라. 네 실력은 나도 알지만 장삭파를 궤멸시킬 정도는 아냐."

"그렇게 말하는 넌 뭐냐? 누가 귀면신장이야?"

"귀면신장이라니! 불면신장(佛面神將)이라 불러라."

태목구와 한보가 싸우는 동안, 궁수들의 화살촉은 땅을 향했다. 공작왕의 제자 장삭을 제압한 초염 대협과 감히 겨룰

욕심을 내는 자는 없었다. 게다가 개문의 제자들까지 나섰으니 수적으로도 우세라 할 수 없었다. 지금 보이는 자는 십여 명에 불과하나 저들이 언제 백으로 불어날지 모르는 일이다. 녹지현은 초염 대협의 별호를 떠들어대며 금산회의 무리를 구박했다. 회주가 죽은 지금, 금산회의 무사들은 뭘 할지 몰라 당황하고 있었다. 일부의 무사들은 급히 담을 뛰어넘어 도망쳤다. 개문의 제자 한 명이 한보의 앞으로 다가와 포권했다. 전에 순찰하던 병졸의 행색으로 한보에게 지시했던 자였다.

"창졸간에 벌어진 일이라 수습이 늦었습니다. 용서하십시오."

"용서는요. 생각지도 못한 도움을 받았으니 고마울 뿐이에요."

한보가 웃음으로 답했다. 그러자 너무 소란을 피우지 말아달라는 부탁이 돌아왔다. 한보는 쓰게 웃으며 개문의 제자에게 사과했다. 곧 개문의 제자들이 상황 진정을 확신하며 모두 돌아갔다. 대문을 나오니 상언진을 따르는 무리 몇몇이 한보를 빈겼다. 한보기 대뜸 물었다.

"약초가 어디 있는지 모르니 저 대신 찾아주세요."

"이미 구했습니다."

"예?"

"초염 대협께서 싸우시는 동안, 저희가 따로 움직여 약초를 훔치고 있었습니다. 아니, 훔쳤다고 할 수는 없겠습니다. 돈은 분명히 놓고 왔으니까요."

"아하하하하! 잘하셨습니다."

한보의 호탕한 웃음에도 상언진의 추종자들은 얼굴에 기쁨을 담지 않았다. 모두 다 태목구를 경계하며 어깨를 떨고 있었다. 태목구는 저들에게 포권하며 고개를 숙였다.

"당신들이 위창만을 급습하는 모습을 보였기에 공격했을 뿐입니다. 단순한 강도라고 여겼으니 제 실수가 큽니다. 용서하십시오."

태목구의 사과를 받고도 사람들은 경계를 풀지 않았다. 두 명의 동료가 그 사건으로 인해 죽음을 당했던 이유다. 하지만 태목구가 한보의 뒤를 쫓아 상언진의 집에 도착했을 때는 상황이 달라졌다. 사정 얘기를 들은 구만석이 상언진과 몇 마디 주고받더니 오히려 태목구에게 사과했다. 그리고 동료를 설득했는데 모두 고개를 끄덕일 수밖에 없었다. 으슥한 골목에서 위창만을 노리다가 일시에 공격을 가했고, 태목구는 그 상황만을 보고 약자를 도왔을 뿐이었다. 게다가 죽은 두 명의 동료는 태목구에게 부상을 입은 상태에서 위창만의 부하에게 확인 사살을 당한 자들이었다. 태목구의 얼굴에 자잘한 상처가 많고 굴곡이 심하여 '귀면'이라는 별호가 생겼지만, 그 행적을 면밀히 살피면 별호와 어울리지 않았다. 무공은 우악했으나 생을 빼앗은 일이 없었기 때문이다.

상언진의 집은 오랜만에 떠들썩했다. 상인들이 장사를 서둘러 마치고 상언진의 집을 찾았다. 위창만의 죽음을 크게 기뻐하는 자들이 가득하고, 많은 사람들이 초염 대협과 귀면신장을 칭송했다. 하지만 귀면신장에 대한 칭송은 누그러지고 초염 대협의 별호가 득세했다. 태목구의 외모가 험악하여 별호를 입에 담기도 무서웠기 때문이며, 한보가 여협임을 알고 더 큰 호감을 얻었기 때문이기도 했다. 많은 사람들이 한보에게 술을 권했고, 몇몇 용기있는 자들이 태목구에게 술을 건넸다. 밤이 깊었는데 사람들의 풍악이 상언진의 집을 떠나려 하지 않았다.

"그런데 꼭 죽여야 했냐?"

태목구가 한보의 곁에 앉아 술을 마시며 물었다. 한보가 단숨에 술잔을 비운 뒤 고개를 저었다.

"실수였어. 목이 꺾여서 죽은 줄 알았지."

"내가 목을 꺾어서 죽인 놈이 있었냐?"

"거참 실수라니까 그러네."

"좋아!" 태목구가 호쾌하게 웃으며 한보의 술잔을 채웠다. "네가 실수를 인정했으니 이제 혼인하자."

한보는 별이 가득한 하늘을 향해 큰 소리로 웃었다. 그리고 웃음소리를 지우지 않은 채 태목구의 얼굴에 술을 뿌렸다. 태목구가 합환주(合歡酒)라고 우겼지만, 한보는 웃음으로 끝내 거부했다. 한보의 웃음이 멎었을 때 태목구가 말했다.

“이제 돌아가자.”

“할 일이 있어.”

“막당을 찾는 일? 어림없다. 중원이 얼마나 넓은지는 너도 잘 알 거다. 고집 피우지 말고 어서 돌아가자. 사부님께서 오죽 화가 나셨으면 날 보냈겠냐?”

“웃기고 있네. 사부님이 정말로 널 보낸 거라면 저 항아리의 술을 단숨에 마시겠다.”

태목구는 ‘예리한 놈.’ 이라 중얼거리며 고개를 떨궜다. 다시 잔이 부딪쳤다. 한보가 말끝마다 불평을 담았지만, 태목구를 만난 것이 반가운 듯했다. 사람들 춤사위가 더욱 신명나고 한보의 곁에서 꾸벅꾸벅 졸던 녹지현이 방을 찾아 돌아갔을 때는 하늘에 새벽 빛이 담기고 있었다. 그때 한보가 태목구의 곁에 바짝 붙으며 속삭였다.

“태사부님은 아직도 거기 계셔?”

“음?”

태목구가 놀란 듯 한보를 돌아봤다가 얼굴이 너무 가까이 있음을 알고 급히 고개를 돌렸다.

“아마 그럴걸?”

“묻고 싶은 게 있으니, 일을 마치면 돌아가긴 해야겠다.”

“무슨 일이지? 막당 찾는 일 말고 아까 말했던 다른 일과 관련된 거냐?”

한보는 고개를 끄덕였다. 태목구가 용기 내어 한보의 귀에

입술을 가져가 질문을 속삭였다. 한보는 헛기침을 한 번 하더
니 태목구를 돌아보지도 않고 술잔을 들이켜는 척하며 말했
다.

"혹시 태사부님에게 천외천(天外天)에 대해 들어본 적 있
어?"

"천외천? 오외천이라면 들어봤지만, 천외천에 대한 얘기는
전혀 못 들어봤는데? 그렇게 엄청난 별호를 가진 사람이 있었
어?"

"만약 복마대종사 낙랑 교주가 나타나지 않았다면 진작에
그 사람이 강호를 통일했을 거라더라."

"그것 아깝군."

태목구가 투덜대며 술잔을 들었다.

"낙랑 그 어른은 여러 모로 강호에 몹쓸 짓을 한 셈이네."

한보가 고개를 저었다.

"일심 법사님 말씀으로는 다 죽여서 통일했을 거라던데?"

풉!

태목구가 마시던 술을 절로 뱉었다. 한보에게 농담이기를
바라는 시선을 던졌지만, 결코 아니라는 눈빛이 되돌아온다.
태목구는 헛웃음을 터뜨리며 새 술을 잔에 따랐다.

"별호답게 황당한 놈이군. 정체가 뭔데? 그 정도라면 구천
대제보다 강하다는 얘기잖아?"

"나도 잘은 모르겠지만, 동방강호를 통일한 자라고 하셨

어. 동방성의 검이 천외천과 무관하지 않은 것 같다는 말씀도
하셨고……."

태목구에게는 제일 놀라운 말이었다. 천외천의 나이가 몇
이냐고 물었지만, 한보는 검지를 입술에 가져가며 조용할 것
을 요구할 뿐 더 이상의 말을 하지 않았다. 별빛이 희미해질
즈음, 사람들이 하나둘 춤을 멈추고 대문을 나섰다. 한보와
태목구는 월광에도 꿋꿋하게 맞서는 샛별을 향해 술잔을 들
었다. 거나하게 취했으나 샛별을 가린 술잔은 조금도 흔들리
지 않았다. 태목구가 달빛 머금어 흑빛을 내세우는 술잔을 가
슴으로 당겼다. 뒤이어 한보도 술을 마시고 즐거운 탄성을 질
렀다.

<u>스스스스스!</u>

마치 산속에 있는 것처럼 풀잎들 스치는 소리가 났다. 한보
는 마당 잡초를 돌아보며 게슴츠레한 눈을 끔뻑거렸다. 바람
도 불지 않는다. 한보는 정신을 추스르듯 고개를 몇 번 휘젓
고 술 항아리를 들었다. 태목구가 고개를 앞으로 숙인 채 정
좌 상태로 잠을 청하고 있었다. 마당 저편에서 웃음소리가 몇
번 들리고 노랫가락이 힘겹게 맴돌았다. 곧 외로운 노랫가락
과 쓸쓸한 춤사위가 못마땅했는지 그조차 사라졌다. 이제 모
든 사람들이 방과 집을 찾기 시작했다. 몇몇이 한보와 태목구
의 앞에 서서 작별을 고했다. 태목구는 고개를 숙인 채 손만
흔들어 답했고, 한보는 술잔을 들어 답했다.

츠측! 스!

입술로 기울어지던 술잔이 급히 멈췄다. 한보의 눈매가 싸늘해졌고, 머릿속의 술기운이 씻은 듯 가셨다. 고개를 돌리니 태목구도 눈을 뜨고 있었다. 한보가 술잔을 내려놓자, 태목구의 입술이 가볍게 열렸다.

"우릴 부르는 것 같은데?"

"역시 그렇지? 저런 건 마음에 드네."

"어떤 놈들이야?"

"천외천."

"직접 왕림?"

"설마."

태목구가 먼저 일어섰다. 한보도 품에 손을 넣어 철권을 꺼냈다. 태목구는 싸늘한 눈으로 주변을 둘러보며 긴장된 목소리로 중얼거렸다.

"빌어먹을. 그렇게 둘둘 말아버리면 가슴이 작아진다고."

한보도 주변을 살피며 속삭였다.

"또 한 번 내가 철권 꺼낼 때 가슴 훔쳐보면 눈알을 뽑아버릴 거야."

"일단 나가자."

"그래."

한보와 태목구의 신형이 빠르게 움직였다. 한보가 먼저 대문에 다가가 소리가 나지 않도록 문을 열었다. 어둑하여 그림자만 가득한 골목에 귀뚜라미 우는 소리가 시끄러웠다. 하지만 그 속에서도 풀잎 스치는 소리는 뚜렷하게 들렸다. 한보와 태목구는 놈들이 유인하고 있음을 알고 기지개를 켰다. 놈들은 이곳에서 싸울 마음이 없는 것 같았다. 태목구가 미소를 머금고 중얼거렸다.

"따라가 볼까?"

"그래야겠지. 좀 이상하긴 하지만……."

"뭐가 이상해?"

"이제까지 날 쫓아오던 놈들과는 달라. 어딘지 너처럼 약아빠진 것 같은 기분도 들고……."

태목구는 '훌륭한 놈들이군.' 이라 중얼거리며 놈들이 유인하는 방향으로 걷기 시작했다. 한보도 망설이지 않고 태목구의 뒤를 따랐다. 둘 다 같은 생각을 하고 있었다. 놈들은 상언진의 집에 있는 다른 자에게 피해를 주기 싫은 것이다. 미리 함정을 파놓은 상태에서 유인하는 모양새는 아니리라. 한보와 태목구가 소리를 따라 걷고 있을 때, 뒤에서 가슴 내려앉게 만드는 목소리가 들렸다.

"어, 어딜 가… 히끅! 가십니까?"

녹지현이었다. 녹지현은 바지춤도 제대로 추스르지 못한 채 비틀거리며 둘을 향해 다가오고 있었다. 한보와 태목구가 인상을 찌푸렸다. 적들의 유인하는 소리도 멎은 상태다. 녹지현이 게슴츠레한 눈으로 자신의 바지춤을 보더니 흔들리는 몸을 간신히 주체하며 끈을 묶는다. 소피를 보려고 나왔다가 두 사람이 대문을 나서는 것을 본 모양이었다. 한보가 인상을 찌푸렸다.

"들어가 계세요. 어디 다녀올 데가 있어요."

녹지현의 게슴츠레한 눈이 더 가늘어지고 비틀어진 입매가 더욱 비틀어졌다.

"남녀가 어딜요? 으읍! 아아, 젠장. 빈도가… 읍! 같이 가면 안 되겠습니까?"

"검은 어쩌셨어요?"

"아니… 그냥 자다가 나와서… 아이고, 속이야. 아무튼 같이 갑시다. 밤길은 위험합니다, 한 소저."

태목구가 속삭였다. 내가 해결할 테니 걱정하지 말라는 내용이었는데, 한보가 기대하던 답이었다. 하지만 태목구는 원하는 것을 이루지 못했다. 녹지현이 만취한 상태에서도 정황 파악을 제대로 하여 급히 몸을 돌렸기 때문이다. 녹지현은 태목구의 발걸음 소리를 느끼자 뒤도 돌아보지 않고 우수를 흔들었다.

"에이. 관두렵니다. 속이 너무 좋지 않아서 함께 못 갈 것 같아요. 어딘지 모르지만 밤길은 위험하니 속히 다녀오십시오."

태목구는 쓴웃음을 지으며 걸음을 되돌렸다. 녹지현이 상언진의 집 안으로 모습을 감추자, 다시 유인하는 소리가 들렸

다. 한보와 태목구가 마른침을 삼키며 소리를 따라갔는데, 또
하나 거슬리는 소리가 귀를 자극했다. 녹지현이 몰래 뒤따라
오는 소리다.

"아, 쌍!"

한보가 참지 못하고 몸을 비틀더니 녹지현을 향해 득달같
이 달려갔다. 녹지현은 비명을 지르며 대문으로 도주하다가
발이 꼬여 엎어졌다. 한보가 녹지현의 등에 발을 얹은 채 도
시의 음습한 골목을 향해 소리쳤다.

"유인하려면 빨리 좀 가! 잡스러운 도사까지 꼬여서 짜증
난단 말이다!"

태목구는 길게 한숨을 뱉으며 고개를 저었다.

"그렇게 노골적으로 말하는 것도 예의가 아냐. 강호행을
하면 그 성질 좀 죽을 줄 알았더니 더 살았구나."

풀잎 스치는 소리가 잠시 멎었다. 곧 낮은 휘파람 소리가
어둠을 감싸며 한보와 태목구를 자극했다. 어둠 속 누군가가
태목구와 한보에게 웃음을 건넸다.

"죽고 싶다면 북쪽 성문으로 나와라."

한보가 녹지현의 등에서 발을 떼며 호탕하게 웃었다.

"하하하하하! 시원한 놈이군. 가자, 태목구!"

태목구와 한보는 급히 신형을 날려 도시의 어둠에 빠졌다.
녹지현이 바닥에 엎어진 채 고개를 몇 번 휘젓다가 길게 한숨
을 뱉었다. 적의 음성은 녹지현도 들었다. 그것이 청성파의

도사를 고민에 빠뜨렸다. 지금 당장 검을 들고 쫓아가서 도와 줘야 할까? 아니면 너무 취해서 아무 말도 듣지 못했으니 그 냥 방에 들어가 자야 할까. 녹지현은 딸꾹질과 함께 몸을 일 으켰다. 어둠을 향해 검지를 뻗으며 '나 녹지현 도사를 뭘로 보는 게냐!' 라고 호통 치는 호기를 부린다. 그리고 검을 놓아 둔 방으로 힘차게 걸어갔다. 방에 들어갈 때까지 '이놈들, 이 놈들.' 하며 위세를 부리던 녹지현은 방문을 닫은 뒤 일 다경 이 지나도록 소식이 없었다. 잠시 후 토악질 소리와 몇몇 사 내들의 비명 소리가 들렸을 뿐, 해가 뜰 때까지 별일없었다.

"뭐야, 이거? 여기로 부를 때까지는 정정당당한 것 같더 니……."

한보가 불평했다. 성문을 나서는 순간부터 사방에 살기가 흐르고 있었다. 한두 놈이 아니라 최소 사십 명은 될 듯하다. 태목구가 한보의 등에 엉덩이를 붙인 채 속삭였다.

"앞과 뒤가 다르지?"

"상당히. 난 기껏해야 세 명일 줄 알았어."

"난 두 명. 이거 정말 실망인데?"

성문을 통하는 일직선의 길을 제외하면 주변은 잡초가 무 성했다. 하지만 사람의 발목을 덮을 만큼 크게 자란 잡초도 아니다. 널찍한 평원에 살기가 가득한데 적의 모습이 전혀 보 이지 않았다. 어둠을 탓할 수도 없었다. 이제 월광도 희미해 지는 아침이 오는 중이다. 주변이 어둑하기는 해도 사물을 분간하지 못할 정도로 어둡지는 않았다. 한보와 태목구는 같은 생각을 떠올렸다. 인자(忍者)다!

"비겁한 놈들아! 능력이 안 되니 수로 밀어 붙이냐? 이따위 짓을 할 거면 애초에 유인도 하지 말았어야지!"

태목구가 평원을 향해 고함쳤다. 그러자 평원 어디선가 대답이 흘러나왔다.

"솔직히 말해서 정말 쫓아올 줄은 몰랐다."

한보와 태목구는 아득해졌다. 놈의 말을 듣는 순간, 자신들이 얼마나 멍청한 짓을 했는지 깨달았기 때문이다. 놈들은 한보와 태목구를 유인해서 싸우기 좋은 이곳으로 데려올 목적일 뿐이었다. 게다가 그런 유인 과정이 너무 평범해서 한보와 태목구가 멋대로 정정당당을 떠올린 것이지, 적들의 의도와는 전혀 관계가 없었다. 결과적으로 한보, 태목구는 가장 허술한 유인 작전에 걸려든 멍청이들이 된 셈이었다.

"일단 성안으로 되돌아가자."

태목구의 속삭임에 한보가 고개를 저었다. 놈들의 살기는 성문에서 가장 심하게 흘러나오고 있었다. 또한 성문 안으로 들어가 지형을 이용하는 것도 좋은 방법은 아닐 듯싶었다. 눈 앞에 펼쳐진 평지에서조차 모습을 보이지 않는 암살자들이니 도시 안에서도 만만찮게 괴로울 것이다. 한보가 철권을 끼우며 한숨을 쉬었다. 태목구가 돌아보니 후련한 표정이었다.

"어쨌건 다칠 사람 없으니 마음 놓고 싸워보자고. 그래서 여기까지 왔잖아."

"그건 그렇지만……."

태목구는 퀭한 벌판이 신경 쓰였다. 대체 어디에 숨어 있는 것일까? 이런 식의 대결은 한 번도 겪어본 적이 없는지라 걱정이 앞섰다. 풀벌레 우는 소리가 평소보다 적다. 외곽선이 음영 진 모습도 이젠 거의 뚜렷하다 싶을 정도로 잘 보일 만큼 날도 밝았다. 한보는 철권을 맞부딪치며 성문을 뒤로 한 채 달렸다.

"좋아, 이놈들! 신나게 놀아보자!"

그 순간 한보의 정면에 펼쳐진 대지가 일렁거렸다. 초원의 일부가 뒤틀어지더니 잡초가 끝을 세우며 한보를 향했다.

콰사사사삭!

수많은 잡초가 땅을 떨치며 한보에게 날아들었는데, 그 수가 헤아릴 수 없을 정도로 많았다. 한보는 '쫘앙!' 소리가 날 정도로 힘차게 진각하며 땅을 헤쳤다. 땅이 크게 패이며 한보의 신형이 멈췄다. 한보의 우철권이 진각으로 만들어진 구덩이를 향해 추락했다.

콰콰쾅! 콰투!

흙덩이가 잡초만큼이나 많이 튀어 오르며 한보의 주변을 막았다. 한보는 흙덩이를 철권으로 후려쳤다. 쾌속의 타격에 밀린 흙덩이가 잡초의 공세에 대항하며 새벽 하늘을 가득 메웠다. 흙덩이의 사이를 빠져나온 잡초들이 한보의 주변을 지나쳤다. 일부의 잡초들은 태목구가 한보를 따라 하여 떨어뜨렸다.

투르르르륵!

태목구가 말했다.

"풀잎이 아니었잖아?"

"뭐? 잡초가 아니었어?"

한보가 놀라며 땅을 흘기는 순간, 태목구가 멍한 얼굴로 '너도 풀잎으로 보였냐?' 라고 물었다. 바닥에 떨궈진 물건들은 아이의 손가락만큼이나 작은 수리검이었다. 한보와 태목구의 등에 식은땀이 흘렀다.

"환영인자(幻影忍者)다!"

콰스스스스!

다시 대지가 울렁거렸다. 태목구의 왼쪽에서 십여 개의 묘비가 솟아올랐다. 묘비들은 태목구를 향해 쾌속으로 달려갔는데, 일 장의 거리를 남겨두고 검신으로 변화되었다. 태목구는 주먹으로 부수려다 말고 대경하여 신형을 날렸다. 허공의 태목구가 땅을 디뎌야 할 지점에 새로운 묘비들이 솟아오르고 봉분도 나타났다. 봉분이 네 조각으로 쪼개지는가 싶더니 흑의복면인 세 명이 모습을 드러내며 묘비를 지휘했다. 태목구를 향해 활처럼 쏘아지는 묘비들이 곧 검으로 변화했고, 세 명의 복면인에 의해 천변만화한 곡선의 경로를 그렸다. 태목구는 인상을 찌푸렸다.

“제기랄! 이게 대체 뭐야!”

까라라랑!

여러 개의 검이 무언가에 부딪치며 엉뚱한 방향으로 날아가 버렸다. 덕분에 태목구는 검세에서 빠져나왔다. 한보가 마른침을 삼키며 외쳤다.

“내 철권 빨리 주워!”

“응? 아 참, 고마워.”

태목구가 뒤늦게 정신을 차리며 바닥에 떨어진 한보의 좌철권을 주우려 했다. 철권이 아니었다면 고슴도치처럼 검에 꿰였을지도 모른다. 태목구는 아직도 사라지지 않은 세 명의 복면인을 경계하며 철권으로 손을 뻗었다. 그 순간 땅에서 손이 슬그머니 나오더니 한보의 철권을 쥐고 같이 사라졌다. 태목구가 깜짝 놀라며 중얼거렸다.

“어쩌냐? 뺏겼다.”

“나쁜 놈아! 빨리 주웠어야지!”

“다시 빼앗아볼게.”

태목구는 발을 들었다. 때마침 세 명의 복면인이 춤을 추듯 두 팔을 휘젓던 중이었다. 하늘을 향해 흔들던 두 손이 일시에 앞으로 뻗어지자 날카로운 바람 소리가 태목구를 향해 쏘아졌다. 태목구는 이에 아랑곳 않고 땅을 짓밟았다.

구웅.

“으헉!”

한보가 돌개바람처럼 회오리치던 갈고리를 상대하던 도중
에 휘청거렸다. 덕분에 갈고리가 어깨를 건드렸는데, 운 좋게
도 꼬챙이 부분이 아닌지라 옷조차 찢어지지 않았다. 한보는
오른쪽 허벅지의 상처 때문에 중심마저 잃고 무릎을 꿇었지
만 태목구에게 불평하지 않았다. 짧은 순간이었으나 무대 뒤
의 적을 보았기 때문이다. 태목구가 다시 한 번 진각했다.

구우웅!

역사공 지상천자(地上天子)였다. 미약한 내공만으로도 주
변의 대지에 큰 영향을 미치는 강력한 진각이었는데, 그로 인
하여 풀벌레가 뛰고 적의 몸을 가리던 독특한 빛깔의 천들이
흐트러졌다. 인자들은 당황한 듯 대지를 울렁거리며 후퇴했
다. 그 틈을 타서 태목구와 한보가 성문을 향해 신형을 날렸
다. 성문을 이 장 앞에 두고 한보가 갑자기 달음질을 멈췄다.

"왜 그래?"

"잘 봐! 성문이 너무 앞으로 나왔어!"

"엥?" 태목구가 놀란 눈으로 성문을 보더니 농담했다. "우
리가 그렇게 반가웠나?"

콰스!

한보의 말을 듣자마자 성문이 일시에 무너지듯 가라앉았
다. 일곱 명의 복면인이 두 사람을 노리며 허공을 날았다. 한
보는 놈들을 향해 우철권을 뻗었지만, 태목구는 등을 보이며
도망쳤다. 퍼퍽! 두 명의 복면인이 한보에게 얻어맞았고, 두

명은 태목구를 놓쳤다. 나머지 세 명이 한보의 급소를 노리고 한꺼번에 달려들었는데, 철권을 끼지 않은 왼손이 수십 개의 잔상을 그리며 방어했다. 한보가 짧은 여유를 틈타서 태목구에게 외쳤다.

"어디 가?"

"잡았다, 이놈! 으하하하!"

우득!

목의 힘줄이 퉁기는 소리가 났다. 태목구가 즐기는 기술이다. 태목구는 한 놈의 목을 꺾어 기절시킨 뒤 한보의 좌철권을 들고 호탕하게 웃었다. 그런 태목구의 등 뒤로 검은 날개가 펼쳐졌다. 태목구는 고개를 돌릴 틈도 없이 '그워!' 하고 고함치며 무기를 휘둘렀다.

후아아아앙!

무게감이 실린 바람 소리와 함께 태목구의 무기가 흑빛 호선을 그렸다. 태목구의 뒤를 덮치던 자들이 똑같은 동작으로 팔을 뻗었는데, 그 방향은 태목구가 아니라 땅이었다. 땅의 흙이 가볍게 파이자마자 놈들은 공중제비를 펼치며 허공에서 방향을 바꿨다. 놈들은 태목구의 무기와 함께 새벽 하늘을 날아갔다. 가벼운 동작으로 땅에 착지한 복면인들이 고개를 돌렸다. 아직도 새벽 하늘을 날아가는 태목구의 무기가 신경 쓰였다. 기절한 자신의 동료가 비로소 포물선을 그리며 추락하기 시작했다. 몇몇이 동료를 받기 위해 신형을 날렸다.

"받아라, 한보!"

"던지지 마!"

한보의 빠른 외침 때문에 좌철권을 던지려던 태목구는 그것을 끝까지 쥔 채 팔만 휘두른 꼴이 되었다. 그 순간 한보와 태목구 사이의 땅이 폭발하듯 솟구치며 흑의복면인이 곱게 포물선을 그렸다. 중간에서 좌철권을 가로챌 생각이었던 것 같았다. 허탕 친 것이 부끄러웠는지 복면인은 다시 땅으로 사라졌다. 태목구는 좌철권을 든 채 한보에게 달려갔다. 그때 한보는 복면인의 공세를 막고 반격을 가하던 중이었는데, '그그극!' 소리가 나며 성문이 열리기 시작했다.

"음?"

"어엇?"

콰아아아!

열려진 성문에서 폭풍이 불었다. 한보와 태목구가 대경하며 측면으로 몸을 날렸다. 강한 바람이 두 사람의 곁을 지나치며 일부의 복면인을 후려쳤다. 하지만 암수를 담지 않은 바람인 듯, 복면인들에게 아무런 피해를 주지 않았다. 열려진 성문에는 한 명의 흑의복면인이 팔짱을 끼고 서 있었다. 어깨 뒤로 튀어나온 검의 손잡이가 인상적이다. 보통의 것보다 두 배는 더 긴 손잡이가 어깨 좌우에서 모습을 드러내고 있었는데, 마치 어깨 위로 튀어나온 나찰의 뿔처럼 보였다. 복면인이 말했다.

“수고했구나.”

갑자기 주변의 땅이 일시에 폭발하듯 솟구쳤다. 사십여 명의 흑의복면인들이 어느새 부복한 채 성문의 복면인에게 고개를 숙이고 있었다. 한보와 태목구는 성문에 서 있는 자가 무리의 대장임을 알고 두 눈에 이채를 띠었다. 태목구가 건네는 철권을 받아 좌수에 끼운 한보는 새벽 공기를 힘껏 들이켰다. 놈을 향해 첫걸음을 내딛는 순간, 낮은 웃음소리가 들렸다.

“크크크크크. 초염 대협을 드디어 만나는구나. 바다를 건넌 보람이 있었으면 좋겠다.”

놈은 오른손을 들어 검의 손잡이를 쥐었다. 그 순간 손잡이가 기계음을 내며 가볍게 흔들렸다. 마치 꿈틀거리는 뱀을 쥔 것 같은 모양새였다.

키리리릭!

검을 뽑는 소리가 아니다. 실제로 놈이 뽑는 검은 굵은 채찍처럼 기계적으로 비틀거렸다. 생전 처음 보는 괴이한 무기에 한보와 태목구가 마른침을 삼켰다. 놈의 웃음소리가 다시 들렸다.

“크크크. 내가 누군지 짐작하고 있겠지?”

“그럴 리가.”

한보가 투덜거렸다. 놈이 무기를 가슴 앞에 내세우며 한 걸음 나섰다.

“나는 포택광수(浦澤光秀). 일국 환락사(日國 幻樂寺)의 주지다. 오 년 만에 검을 잡으니 기쁘군.”

한보와 태목구는 서로의 시선을 교차했다. 불안감이 전신을 감싸고 있었지만, 그보다 먼저 뇌리를 스치는 것은 포택광수의 뒤쪽에 보이는 도시였다. 이제 사람들이 잠을 깨어 상점을 열 시간이다. 저놈만 뚫고 지나간다면 소란을 피워서 위기를 벗어날 수 있을 것이다. 양양성의 사람들을 이용한다는 것이 영 내키지 않았지만, 최대한 크게 소란을 피우면 피를 부르지 않고도 일을 해결할 수 있을 것 같았다. 한보가 먼저 가슴을 내밀었다. 태목구도 호흡을 가다듬고 놈을 향해 신형을 날렸다.

“크크크큭.”

놈의 웃음소리가 뱀의 웃음소리처럼 들렸다. 포택광수의 우수에 쥐어진 괴상한 검 때문이었다.

까르르르르!

포택광수의 금빛 무기는 검이라기보다 채찍에 가까웠다. 연검처럼 곱게 휘는 것이 아니라, 척추 뼈처럼 수많은 가닥들이 모여 절도있게 비틀린다. 예상보다 길게 뻗어 나오는 괴병기의 위세에 한보가 먼저 주춤거렸다. 용인가? 한보는 자신의 가슴을 노리며 입을 벌리는 용의 머리에 눈살을 찌푸리며 방어세를 취했다. 그사이에 태목구가 놈의 곁으로 접근했지만, 뒤에 있던 흑의인들이 구경꾼은 아니었다. 수리검의 매서

운 위세가 자신들의 대장을 염두에 두지 않고 태목구를 노렸
다. 태목구가 급히 신형을 돌리며 한보가 보여줬던 기술을 선
보였다. 땅을 부수어 그 조각으로 수리검을 막았는데, 그사이
에 포택광수가 또 하나의 괴병기를 꺼내어 태목구의 등을 노
렸다.

좌라락!

"크흑!"

쾅!

"크크크크."

태목구는 괴병기에 어깨를 스치고 비틀거렸으며, 한보는
용의 아가리를 철권으로 되튕겼다. 포택광수의 웃음소리가
아침을 반겼다. 한보와 태목구는 처음의 자리보다 더 물러선
꼴이 되고 말았다. 성문은 열려 있었으나, 포택광수라는 가공
할 문이 대신하여 뚫고 들어갈 엄두가 나지 않았다. 두 개의
무기가 살아 있는 것 같았다.

한보는 인상을 찌푸렸다. 암살자면 암살자답게 암살 기술
이나 열심히 익힐 것이지, 이 무지막지한 내공의 힘은 뭐란
밀인가! 두 개의 괴병기가 용처럼 꿈틀거리다가 포택광수의
목을 감싸며 똬리를 틀었다. 내공으로 무기의 형상을 조절하
는 게 분명했다. 한보는 마치 과거의 장삭을 마주 대하는 기
분이었다. 놈은 강했고, 일 대 일의 싸움도 아니다. 수많은 흑
의인들도 벅찬 와중에 저런 고수까지 합세한다면 그야말로

난감한 일이었다.

"곧 해가 뜨겠군." 포택광수가 하늘을 보며 중얼거렸다. "아쉽게도 볼 수는 없겠어."

콰라라랏!

두 개의 괴병기가 허공에서 지랄을 하더니 태목구와 한보를 향해 쏘아졌다. 그와 함께 매서운 바람 소리가 두 사람의 뒤를 병풍처럼 막았다. 흑의인들이 직접적인 공격을 하는 대신 수백 개의 수리검을 교환하는 재주로 퇴로를 막고 있었다. 망설일 상황이 아니었다. 한보와 태목구는 약속이라도 한 듯 자신을 향해 날아드는 병기와 맞섰다. 한보의 좌철권이 먼저 놈의 병기를 후려쳤고, 태목구가 우장에 내력을 집중하여 날이 서지 않은 부분을 공략했다.

카캉!

한보의 좌철권에 얻어맞은 병기가 '티티티틱!' 하며 관절을 꺾더니 철권을 급작스레 감쌌다. 또한 태목구의 우장에 맞서던 병기는 안개처럼 흐려지는가 싶더니 면과 날의 위치가 바뀌었다. 한보는 우철권을 휘둘러 병기의 측면을 내질렀고, 태목구는 우장을 회수함과 동시에 신형을 비틀어 위기를 모면했다. 그 과정에서 둘 다 한 발 앞으로 나서며 놈과의 거리를 좁혔다.

트후후후!

"억!"

“어엇?”

한보와 태목구의 동공이 크게 열렸다. 놈이 병기를 회수하나 싶더니 갑자기 세 명으로 늘어났다. 여섯 개의 병기가 날아든다. 그 공세는 물론이고, 무기에서 느껴지는 살기도 똑같이 존재했다. 한보와 태목구는 크게 당황하여 두 걸음을 물러섰는데, 수리검 하나가 태목구의 등을 스쳤다. 태목구가 급히 허리를 앞으로 당기며 인상을 찌푸렸다.

“으윽! 젠장!”

여섯 개의 금빛 무기는 용처럼 꿈틀거리며 두 사람의 바로 앞까지 다가왔다. 짧은 순간이었지만, 막을 방법이 없어 천년처럼 길게 느껴졌다. 포택광수의 ‘실망이군.’ 이라는 목소리가 들렸는데, 그것은 무기를 날리는 도중에 던진 음성이 아니라 셋으로 분열되면서 던졌던 음성이다. 한보는 쌍철권을 앞으로 뻗었고, 태목구는 하늘을 보았다. 아직 해가 뜨지 않았다.

쾅!

“뭐야!”

목 언저리까지 다가왔던 용의 아가리가 급히 물러섰다. 포택광수는 깜짝 놀라며 고개를 돌렸는데, 한 무리의 무사들이 매섭게 날아들고 있었다. 포택광수는 코웃음 쳤다.

“개문. 이 버러지들! 그동안 거슬렸는데 마침 잘됐구나! 다 같이 쓸어주마.”

　그렇게 큰소리를 치며 괴병기를 날렸건만, 첫 싸움은 포택광수의 열세였다. 환영인술에 대한 정보를 갖고 있는 개문의 무사들이 그에 따른 대비책을 갖고 응수했기 때문이다. 포택광수가 사용하는 금절검(金節劍)은, 기술을 사용하여 마디를 운용하는 방법과 내력을 사용하여 마디를 운용하는 방법이 있었다. 전자의 기술법은 강한 공격력을 보여주지만 움직임에 규칙이 있고, 후자의 내력법은 움직임이 다양하지만 내력의 한계 때문에 상대를 베는 것 이상의 공격을 보여줄 수 없었다. 상대방이 그 모든 것을 파악한 상태에서 수적인 우세까지 점한다면 실력이 뛰어난 포택광수라도 어쩔 수 없었다. 포택광수가 연신 밀리며 방어에 급급한 모습을 보이자, 흑의인들이 돕기 위해 몸을 날렸다. 그사이에 주변 정황을 파악한 한보와 태목구가 앞을 막아서며 위세를 부렸다. 때를 맞춰 개문의 제자 중 한 명이 한보와 태목구에게 거적을 던졌다.

　"그것으로 막으십시오!"

　한보와 태목구는 거적 속을 채운 솜이 보통의 솜과 다르다는 것을 알았다. 흑의인들의 수리검이 거적을 꿰뚫지 못했다. 개문 제자들을 공격하던 금절검의 속도가 둔화되는 이유도 몸을 감싼 거적을 스쳤기 때문임을 알 수 있었다. 각 마디의 날이 날카로운 금절검이었으나, 거적의 솜에 끄트머리가 걸릴 때마다 속도가 둔화되는 것이 틀림없었다. 열세에 몰렸다고 생각한 포택광수는 부하들을 향해 고함쳤다.

"앵화진(櫻花陣)을 펼쳐라!"

명령이 떨어지기가 무섭게 흑의인들이 허리띠에서 주머니를 풀었다. 찢어지듯 조각나는 주머니의 내부에서는 분홍빛의 가루가 흩날렸는데, 그 모습이 개문 제자와 한보, 태목구를 실망스럽게 했다. 환영인자에 대한 강호의 소문 중에서 가장 유명한 것이 앵화진이었는데, 저렇게 직접 가루를 뿌려서 꽃잎 세상을 만들 것이라고는 생각지 못했기 때문이다. 그래도 벚꽃처럼 보이기는 했다. 성문 앞이 온통 가을날 벚꽃의 잔치판이 되어 사방이 희고 붉었다.

"아!"

한보가 탄성을 질렀다. 벚꽃 잎이 흩날리는 순간 잡초 어디에선가 들렸던 풀벌레의 울음소리 때문이다. 짧은 음절을 몇 번 뱉었다가 길게 서러워하는 울음소리가 벚꽃 잎의 무리에 휘말리고 있었다. 소리가 달랐다. '뛰릿' 하던 짧은 음절이 '뚜이르이' 하며 늘어지는 기분이었다. 한보는 자신들이 겪고 있는 시간이 평소와 다르다는 것을 깨달았다. 손을 들어보려 했으나 원하는 속도가 나오지 않는다. 앵화진은 환술(幻術)이었다. 한보는 당황하며 태목구를 돌아봤다. 태목구의 입가에 머문 비웃음을 보니 아직 사태 파악을 못한 듯싶었다. 한보가 급히 외쳤다.

"태목구! 방심하지 마!"

태목구가 고개를 돌리다가 눈을 크게 떴다. 그 순간 시간이 원래대로, 아니, 어쩌면 평소보다 더 빠르게 흐르기 시작했다. 세상은 벚꽃 천지가 되었고, 하얀 꽃잎에 붉은 기운이 서렸다. 개문 제자들 중 누군가가 비명을 질렀다. 주변을 돌아보니 흑의인들뿐 아니라 포택광수조차 보이지 않았다. 언제 어떻게 없어졌는지 이해가 되지 않았다. 또 한 명의 개문 제자가 '크억!' 하며 외마디 비명을 지르고는 사라졌다. 주변의 벚꽃 잎이 더욱 붉어졌다.

"이, 일단 성안으로!"

개문 제자의 외침에 한보와 태목구는 급히 성문 쪽으로 몸을 돌렸다. '쿵!' 하는 소리와 함께 성문이 닫혔다. 물론 한보 일행이 성문 안으로 들어가서 닫아버린 것이 아니었다. 단지 돌아봤을 뿐인데, 성문이 속을 보이기 부끄러웠는지 스스로 닫혔다. 졸지에 평원의 낙오자가 되어버린 무리들은 벚꽃의 공세를 떨쳐야 할 처지가 되고 말았다. 한보가 거칠게 숨을 쉬다가 쌍철권을 힘껏 뻗었다.

"이야아아아!"

쩌헝! 콰르!

푸른 불꽃이 한보의 가슴에서부터 크게 퍼져 나갔다. 그 순간 몇몇의 수리검이 벚꽃 사이에서 모습을 드러냈다. 태목구가 급히 거적을 휘둘러 수리검을 막았고, 한보는 쌍철권을 미친 듯 두드렸다. 불꽃의 영역이 확장되며 놈들의 환술에 구멍이 생겼다.

"저기다!"

개문 제자들이 흐트러진 결계로 뛰어가더니 서로의 몸을 엮었다. 여제자도 몇 명 있었는데 남자의 손이 부끄러운 곳을 감싸도 망설이지 않는다. 한보는 불꽃의 영역에 들어간 개문 제자들이 뜨거움을 참고 탈출구를 모색하는 모습이 고마웠다. 쌍철권은 더욱 빠르게 맞부딪쳤고, 환술의 구멍은 더욱 커졌다. 그 순간 개문 제자들의 다수가 하늘을 날았다.

푸드덕!

마치 새가 날갯짓을 하는 소리처럼 들렸다. 허공으로 솟구친 십여 명의 개문 제자는 땅을 향해 침을 뱉었다. 그와 동시에 아직 땅에 남아 있던 개문 제자들이 그 침을 받아야 할 사람처럼 일제히 달렸다. 한보가 허공을 향해 외쳤다.

"거기서 놈들이 보여요?"

"꼬꼬댁!"

"네?"

"제 침을 치십시오! 꼬댁!"

허공에서 홰를 치는 모습에 웃음이 나왔다. 하지만 동료의 외침을 따리서 한보의 신형이 쏜살처럼 날아갔다. 침이 떨어지는 곳으로 우철권을 뻗는 순간, 검은 그림자가 빠르게 스쳤다. 한보는 좌철권으로 놈의 경로를 막으며 우철권을 비틀었다. 직선으로 뻗던 우철권이 반월의 선을 이루며 놈의 가슴으로 날아갔다. '쩌럭!' 하는 소리와 함께 포택광수의 금절검이 우철권을 휘감았다.

"개문 자식들!"

포택광수는 인상을 찌푸리며 세 걸음 후퇴했다. 한보 또한 우철권의 자유를 잃은 것이 불편하여 일 보 후퇴했다. 벚꽃 잎은 점차 사라졌다. 흑의인들이 다시 땅으로 몸을 감췄으나 허공으로 연신 숏구치며 홰치는 자들이 침을 뱉어 위치를 알린다. 태목구에 의해 두 명이 목을 꺾였다. 한보가 포택광수를 향해 미소 지었다.

"그렇군. 수직에 숨어 수평의 시야를 가리는 게 너희의 환술이었냐?"

"크크큭. 그렇게까지 무시하면 섭섭하다. 크크크크크!"

포택광수는 웃음소리를 지우지 않고 한보를 공격했다. 두 개의 무기가 괴곡선을 그리며 한보를 공략했는데, 넓게 펼쳐진 거적이 이를 막았다. 이제는 한보도 포택광수의 수법을 짐작한 상태라서 걱정이 없었다. 세 번의 공격이 거적에 의해 무위로 돌아가고, 날카로운 직선 공격이 철권에 의해 무마되었다. 포택광수는 당황하다가 한보의 일격에 목숨을 위협받았다. 일격으로 포택광수의 어깨 살을 찢어버린 한보가 우철권을 볼에 붙이며 미소 지었다.

"수작이 드러나니 볼 것 없는 실력인걸?"

"흥!" 포택광수는 냉소하며 하늘을 살폈다. "해를 보겠군."

"너는 못 봐!"

한보는 우철권을 힘껏 뒤로 당기며 외쳤다. 그 순간 포택광수가 우수에 쥐어진 검을 퉁기더니 두 개 모두 좌수로 옮겼다. 동시에 한보의 앞으로 검은 물체가 날아들었다. 신형을 뒤틀어 피하기는 했으나 느낌이 이상했다. 한보는 좀 더 속도를 높여 검은 물체에게서 떨어졌다.

쾅아앙!

한보의 뒤쪽에서 고막을 터뜨릴 듯 커다란 폭음이 울렸다. 동시에 포택광수가 외쳤다.

"폭살(爆殺)이다!"

꽈아아앙!

외침과 동시에 폭음이 울렸다. 개문 제자가 비명을 질렀다. 누군가가 '비켜! 으아악!' 하고 처절하게 외치더니 곧 폭음과 함께 난자되었다. 태목구가 당황하며 눈살을 찌푸렸다.

"동귀어진(同歸於盡)? 미친놈들!"

흑의인들의 가슴에서 불꽃이 빛을 발했다. 모두 다 악귀의 눈이 되어 함께 죽을 자를 찾기 시작했다. 한보는 망설이지 않고 외쳤다.

"도망가요! 모두 도망가요!"

한보의 외침이 끝나기도 전에 '북행(北行)'을 알리는 자가 있었다. 개문 제자들과 한보, 태목구는 발광하듯 달려드는 흑의인들을 피하며 북쪽으로 달리기 시작했다.

쾅! 쾅아!

몇몇의 자살 공격을 가까스로 피하며 한보가 최선두를 달렸다. 흑의인들의 상당수가 태목구를 노렸는데, 태목구도 그렇게 해주기를 바라고 있었다. 덩치가 다른 이들보다 한 배 반은 될 것 같아서 그만큼 느릴 것이라고 여겼지만, 흑의인들 중 누구도 태목구를 끌어안고 자살하지 못했다. 일부러 동작을 굼뜨게 하여 달리다가 결정적인 순간에 빛살처럼 빠르게 움직이는 태목구였다. 십여 명의 부하를 자살로 보낸 포택광수는 동귀어진을 중지하라고 명령했다. 그리고 성문을 열고 나오는 부하들과 합류하여 총 삼십여 명의 무리로 추격을 시작했다.

"북쪽의 강가에 집이 있습니다!"

한보의 뒤쪽에서 개문 제자가 외쳤다. 한보가 계속 앞서 달리며 '거기서 뭘 어쩌자고요?' 라고 묻자, 개문 제자는 대답 대신 힘껏 속도를 높였다. 속삭여도 들릴 정도로 가까워지는 순간, 개문 제자가 낮은 음성으로 말했다.

"그곳에서 시간을 끄는 방법이 있고, 또 한 가지는 강을 통해 빠져나가는 방법이 있습니다."

"좋군요!" 한보가 중얼거렸다. "그럼 서둘러요!"

도망치는 무리는 열여섯 명이었고, 쫓아오는 자들은 포택광수를 포함하여 서른세 명이었다. 신법은 쫓아오는 자들이 더 뛰어났다. 한보가 짐짓 뒤처져서 태목구와 함께 후방을 막았지만, 목적지에 도달했을 때 세 명의 개문 제자가 떨어져

나갔다. 하지만 목적지에는 아홉 명의 개문 제자가 있었으니 오히려 수가 많아지고 방비할 집도 구한 꼴이 되었다.

"크큭. 기껏 도망 온 곳이 여기냐?"

집 밖에서 포택광수의 숨 찬 웃음소리가 들렸다. 집이라고 해봤자 그저 판자와 골재로 사방을 막은 건물일 뿐, 내부는 퀭한 바닥에 불과했다. 한보가 '불을 지르면 어쩌죠?' 라며 걱정스러운 얼굴을 하니, 개문 제자 중 한 명이 앞으로 나서며 고개를 저었다. 불이 붙지 않는 집이라며 가슴을 두드린다. 하지만 다른 개문 제자들은 각자가 들고 있는 거적을 열심히 벽에 붙이고 있었다. 한보가 두 번째로 던지려던 질문에 대한 해답이었다. 불붙지 않는 판자지만 화살은 감당할 수 없는 듯했다.

"이쪽에 작은 문이 있습니다. 여기는 바로 강과 연결되니 기회를 봐서 빠져나갑시다."

개문 제자가 한보의 등에 대고 속삭였다. 거적을 살짝 들어 바깥 정황을 살피던 한보가 뒤를 돌아보지도 않고 고개를 끄덕였다. 하지만 또 다른 개문 제자가 '불가합니다.' 라고 외치는 바람에 고개를 돌리고 말았다. 작은 문을 반쯤 열었던 개문 제자가 울상이 된 얼굴을 보이고 있었다.

"저기를 보십시오. 놈들의 세력이 합류했습니다."

"으윽!"

강으로 도망치자고 제안했던 개문 제자는 작은 문을 통해 수면을 보더니 인상을 찌푸렸다. 수면에서 잦은 파문이 일며 황의복면인이 가끔 모습을 드러냈다.

"남해의 일파입니다. 저들과 물에서 싸운다면 결코 이길 수 없습니다."

"일단은 그쪽도 거적으로 막고 시간을 끌어보죠."

개문 제자는 한보의 제안을 받아들이듯 고개를 끄덕이며 자신이 가지고 있던 거적으로 문을 덮었다. 이제는 완전히 고립되어 옴짝달싹 못하는 처지가 되고 말았다. 다행인지 불행인지 놈들이 더 이상 접근하지 않는다. 집 안의 무리들은 잔뜩 긴장한 채 바깥의 정황을 살피는 데 집중했다. 바깥에는 아무도 보이지 않았으나 그것이 더 수상하여 움직일 수 없었다. 한보가 개문 제자에게 속삭였다.

"벽력탄(霹靂彈)을 던지면 어쩌죠?"

"싸워야겠죠." 개문 제자가 창백한 얼굴로 대답했다. "왜 안 던지고 있을까요?"

"싸우게 되니까요."

한보는 길게 한숨을 쉬었다. 앞날이 까마득해졌다. 놈들은 지금 싸움을 원하지 않는 것이 분명했다. 그 말은 곧 놈들도 시간을 끌기를 바란다는 의미이며, 새로운 놈들이 또 합류한다는 뜻이기도 했다. 태목구가 말했다.

"우리 쪽 지원은 언제입니까?"

"모르죠."

"예?"

"언젠가는 옵니다."

"여긴 대체 왜 왔습니까?"

태목구의 불평에 개문 제자가 잠시 고민했다. 얼마 지나지 않아 개문 제자가 머리를 숙였다.

"죄송합니다. 적을 막는 데 용이하고 강을 통해 빠져나갈 수 있다는 생각뿐이었습니다. 게다가 정기적으로 이곳을 찾는 사람도 있고, 바닥 창고에 음식이 많으니 걱정없다는 생각으로……."

난감했다. 언제 놈들이 인원을 충당할지 모르는 일이다. 고립된 스물두 명은 수시로 바깥 정황을 살피며 긴장을 늦추지 않았다. 해가 뜨고 해가 진다. 놈들의 움직임은 없었고, 풀벌레는 울지 않았으며 새도 침묵했다. 결국 한보의 제안으로 열한 명이 교대로 잠을 자기로 했다.

'우우우우웅. 우우. 룽!'

태목구를 포함한 열한 명이 잠을 청한 지 얼마 되지 않아 묘한 음률이 들렸다. 모두가 잠에서 깨어 긴장했다. 그저 알 수 없는 음률만 주변을 메울 뿐 별다른 일은 없었다. 소리는 오랫동안 지속됐다. 바깥 상황을 알아보기 위해 개문 제자 한 명이 살짝 문을 열었다.

파학!

수리검이 문에 박히고, 개문 제자가 엉덩방아를 찧었다. 어쩔 수 없이 모두가 답답한 공간 속에 갇힌 채 저들의 음악을 들어야 했다. 한보는 태목구를 돌아보며 계속 잠을 자라고 말했다. 열한 명이 다시 잠을 청했다. 그제야 집 안의 사람들은 저들의 음악이 무엇을 요구하는지 알게 되었다.

"잠이 오지 않아."

태목구가 인상을 찌푸리며 불평했다.

콰앙!

아침을 알리는 소리는 벽력탄의 폭발음이었다. 밤을 새운 스물두 명이 깜짝 놀라며 몸을 일으켰는데 폭음 이후로 아무 일도 벌어지지 않았다. 문을 열면 반드시 수리검이 날아왔다. 오후가 되자 한보가 제안했다. 차라리 우리 쪽에서 집을 부수고 싸우자는 제안이었는데, 개문 제자들과 태목구가 일심동체의 마음가짐으로 진정시켰다. 다행히 집 안에서의 지루함이 지속되지는 않았다. 지붕에서 실이 내려오더니 독물이 떨어진다. 한보가 신형을 날려 지붕 한쪽에 구멍을 뚫었는데, 이미 도망치고 없었다. 일 다경쯤 지나니 뚫어진 구멍으로 스무 마리 남짓의 독사가 기어 들어왔다. 개문 제자들이 크게 기뻐하며 단숨에 죽여 껍질을 벗기고 구워 먹었다. 벽력탄이 구멍 안으로 굴러 들어왔다. 그것이 바닥에 떨어지기도 전에 한보가 우수로 내쳐서 구멍 밖으로 보냈고, 개문 제자 중 한 명이 거적으로 구멍을 막았다.

해가 지고 달이 떴으며 음악이 흘렀다.

"진정한 사면초가(四面楚歌)란 이것인가?"

태목구가 투덜댔다. 괴이한 음악 소리는 결코 잠을 자는 것을 용납하지 않았다. 피곤하고 어지러웠으나 눈을 감아도 세상과 정신의 선을 끊지 못했다. 모두 다 선잠을 자는 기분이었다. 한보가 다시 제안했다. 집을 부수고 싸우자고.

"어쨌건 밤은 위험해. 그리고 집은 부수지 말고 그냥 나가서 싸우자."

태목구가 한숨을 쉬며 답했다. 모두가 태목구의 말에 고개를 끄덕이며 다수결의 위력을 한보에게 과시했다. 한보도 수긍하듯 고개를 끄덕이고는 바깥을 향해 이를 갈았다.

"시작하자."

해가 떴을 때, 한보는 제일 먼저 문을 뛰쳐나갔다. 수많은 수리검들이 한보를 향해 날아들었는데, 앞에 내민 거적에 의해 떨쳐졌다. 포택광수가 갑작스레 나타나며 한보를 상대했다. 뒤이어 앵화진이 펼쳐지고, 벽력탄을 몸에 안은 자들이 자살 공격을 감행했다. 아니, 분명히 말하자면 감행하는 척만하여 상대의 움직임을 방해했다.

"다시 들어가!"

고작 일 다경도 싸워보지 못한 채 일행 모두가 집으로 후퇴했다. 양쪽 모두 단 한 명의 사상자도 나오지 않았지만, 승패가 분명히 갈렸다. 하루가 또다시 그따위로 흘러가고 말았다. 개문 제자들과 태목구는 지겨운 음악을 들으며 다음날을 위한 작전을 세웠다. 서로의 위치와 할 일을 정확히 배정하고 새로운 아침을 맞이하자는 결의를 맺었는데, 그 희망찬 결의는 수포로 돌아갔다. 새벽이 되기 직전에 놈들이 문 앞에 함정을 깔아놓아서 그것을 제거하는 데에만 하루를 보냈기 때문이다.

"부순다!"

깊은 밤, 한보가 성질을 부렸다. 이젠 개문 제자들도 한보의 말을 거부하려 들지 않았다. 좌절감보다는 치욕감이 앞섰다. 삼 일을 지새워 충혈된 눈에 살기가 어렸다. 전원이 핏발 선 눈으로 새벽을 기다리고 있었는데, 그 눈을 허무하게 끔벅거리도록 만드는 소리가 있었다.

"그대의 환영인술에 실망했다, 우라사와 노부히데! 더는 네게 맡기고 싶지 않으니 물러서라!"

밖에서 들리는 독특한 억양에, 집 안 사람들 모두가 기겁했다. 적들이 먼저 새로운 세력과 합류해 버린 것이다. 모두 다 낙담하며 바깥의 소리에 귀를 기울였다. 몇 명일까? 얼마나 더 많은 인원들이 합류했을까?

"죄송합니다, 주공! 하지만 실패한 것은 아닙니다. 이제 곧……."

"닥쳐라! 이곳의 상황을 알리던 놈을 죽이고 오는 길이다. 이대로 시간을 끌어 이길 것이라고 생각했더냐? 곧 놈들의 세력도 합류할 텐데 그때는 어쩔 셈이냐!"

바깥의 외침에 개문 제자들의 얼굴에 화색이 돌았다. 포택 광수가 떨리는 목소리로 '정말입니까?' 라고 묻고, 새로운 목소리가 '농담이다.' 라고 답할 때까지 모두 다 기뻐했었다. 한보가 잔뜩 흥분하여 지금 당장 문을 부수겠다고 날뛰었다. 같은 마음을 가진 자들이 많았지만, 태목구를 중심으로 하여 한보를 말리는 자가 더 많았다. 바깥의 대화를 들어보니 합류한 자는 한 명뿐인 듯했다. 하지만 환영인자들의 수장이 주공으로 모시는 자라면 녹록한 자가 아닐 것이다.

"너희는 일단 물러서라. 이제부터는 내가 직접 해결하겠다. 이렇게 시간을 끌었으니 주군께서 우리를 문책하실 것이 뻔하다."

새로운 수장은 어조가 딱딱 끊어져서 듣기에 거슬리는 말투를 썼다. 게다가 한마디 한마디에 자신감이 넘쳐 불안했다. 새벽빛이 거적 틈으로 스며들었다. 한보가 거적을 들춰 바깥 정황을 살피다가 뒤를 돌아보니, 태목구와 개문 제자들은 새로운 작전을 짜느라 여념이 없었다. 해가 뜰 때까지 작전은 온전히 세워지지 못했다.

"어쩌지?"

태목구가 난감한 듯 뒤통수를 긁적이며 한보를 바라봤을 때였다. 한보가 태목구를 향해 미소 지으며 우철권을 당기고 있다.

"그만둬!"

콰아앙!

한보의 우철권이 끝내 벽을 내질렀다. 다시 한 번 태목구가 그만두라고 외쳤지만, 한보의 철권은 사정없이 집을 부쉈다. 한쪽 벽면이 완전히 박살나며 집 안 사람들을 모두 드러냈다. 한보는 쌍철권을 힘차게 부딪치며 충혈된 눈으로 주변을 훑었다. 널찍하게 펼쳐진 곳에 비단옷을 입은 노인 한 명이 서 있었고, 그 주변에는 아무도 보이지 않았다.

"흐흐. 네가 바로 초염 대협이구나."

쩌헝!

"할아버지는 얼마나 형편없는지 두고 보겠어요!"

한보가 쌍철권을 힘껏 부딪치며 웃었다. 우철권을 뒤로 당김과 동시에 신형을 날렸는데, 급작스레 노인이 사라졌다. 그리고 하늘에서 노인의 웃음소리가 들렸다.

"흐흐흐흐흐. 환술왕 이만수(幻術王 李萬壽)에게 죽는 것을 영광으로 알아라."

결이 느껴지는 음성. 그리고 웃음소리. 한보는 눈을 끔뻑거리며 주변을 살폈다. 집도, 강도 보이지 않았다. 심지어 조금 전까지 바닥에 있던 잡초조차 사라지고 없었다. 자신의 발이 모래를 밟고 있었다. 한보는 당황하며 뒤로 물러섰는데, 갑자기 정면의 모래가 솟구치며 누군가가 튀어나왔다. 한보의 철권이 망설이지 않고 적을 향해 날았다.

"이놈!"

구동준이 고함을 질렀다.

"사부님?"

한보는 당황하며 급히 철권을 회수했는데, 구동준은 공세를 멈추지 않았다. 매서운 일격이 한보의 가슴을 노렸다. 구동준과 실전 연습을 한 경험이 많은지라, 한보는 어렵지 않게 피할 수 있었다. 하지만 당혹감에 젖은 심장이 끊임없이 요동쳤다.

"이 정도의 환술도 존재할 수 있는 건가?"

"흐흐흐흐흐."

다시 하늘에서 웃음소리가 들렸다. 구동준의 뒤쪽에서 모래가 솟구치더니 어린 막당이 순진한 얼굴을 내세우며 꽃을 던진다. 한보는 이를 갈며 상체를 비틀었다. 꽃잎이 가슴 앞을 지나치는데 나풀거리는 모양새와는 다르게 매서운 살기가 느껴졌다. 한보가 하늘을 향해 외쳤다.

"환술에는 감탄했지만… 할아버지 바보죠?"

하늘에서 대답을 하기 전에 구동준과 막당이 동시에 달려들었다. 한보는 쌍철권을 휘저으며 둘에게 맞섰다. 구동준의 매서운 주먹이 한보의 볼을 스치는가 싶더니 우철권의 끄트머리에서 둔탁한 소음이 들렸다. 뒤이어 한보의 어깨가 막당의 복부를 향해 맹렬히 날아들었다.

퍼텅!

콰르르르!

구동준과 막당은 바닥에 쓰러져 신음하다가 고개를 떨궜다. 곧 세상이 뒤틀어지더니 정면에 이만수가 보였다. 이만수의 곁에서 두 명의 흑의인이 쓰러져 있었다.

"흥! 사부와 연모하는 자에게 망설임없이 살수를 쓰는구나. 독한 것이다."

"그러니까 할아버지가 바보라는 거예요."

한보가 허탈한 웃음을 던지며 이만수를 향해 달렸다. 이만수가 '글쎄다.'라고 중얼거리더니 자신을 향해 달려드는 한보를 향해 한 걸음 내디뎠다.

쓰웅!

"검?"

한보는 깜짝 놀라며 다리에 힘을 줬다. 달리던 속도를 급히 억제하며 뒤쪽으로 신형을 되돌렸는데, 날카로운 바람이 허벅지를 스쳤다.

"까아욱!"

한보는 착지를 제대로 하지 못해 한쪽 무릎을 꿇었다. 베인 허벅지에서 금세 핏물이 흐르며 풀잎을 적셨다.

"검은 보지 못했… 는데……."

이만수의 우수에 쥐어졌던 검이 다시 사라졌다.

"나는 환술 따위 모른다. 하지만 환술의 기재를 좌우 호법으로 두고 있지. 흐흐흐흐흐. 나의 검술과 내 호법들의 환술이 얽히면 재미있는 일이 많이 벌어진단다."

한보가 쓴웃음을 지으며 억지로 몸을 일으키려 했다. 그 순간 몇몇 사람들의 비명 소리가 들렸다. 개문 제자들이 피를 흘리며 바닥을 뒹굴고 있었다. 때마침 태목구는 한 명의 흑의인을 어깨로 내질러 날려 보내는 중이었는데, 뒤에서 또 다른 흑의인이 공세를 취하고 있다. 태목구는 기다렸다는 듯 자세를 바꾸지 않고 하체의 운용만으로 역공세를 취했다. 어깨를 내민 자세 그대로 뒤를 향해 튕겨지자 태목구의 등이 '텅!' 소리를 내며 뒤쪽 흑의인을 내질렀다. 그 순간 흑의인이 폭발했다.

콰콰쾅!

"태목구!"

"아, 안… 죽었어."

태목구가 바닥에 엎드린 채 신음성으로 중얼거렸다. 그 위로 두 명의 흑의인이 신형을 날렸지만, 개문 제자들 세 명이 급히 달려들어 막싸움으로 버텼다. 한보는 창백한 얼굴이 되어 태목구를 향해 다가갔다. 절룩거리는 자신의 몸을 주체하기 어려웠다. 일검의 상처가 심하지 않았으나 이상할 정도로 고통스러웠다. 이만수의 음성이 들렸다.

"지금 친구를 신경 쓸 때가 아닐 텐데?"

마치 검을 든 것처럼 자세를 취한 이만수가 한보를 향해 걷고 있었다. 한보는 눈을 부릅뜨며 상체를 돌렸다. 움직이지 않고 우철권만을 뒤로 당긴 한보에게 이만수가 빠른 속도로 달리기 시작했다. 좁은 보폭으로 빠르게 움직이면서도 상체가 전혀 흔들리지 않는다. 한보는 놈이 일검필살(一劍必殺)을 연마했음을 깨달았다. 어디에 있는지 보이지도 않는 좌우 호법은 주인의 일검필살이 더욱 완벽해질 수 있도록 환술로 도움을 주는 것이 분명했다.

홰액!

퐁!

"누구냐!"

화살 하나가 사정을 바꿨다. 이만수는 다른 자에게 일검을 방해받은 것이 불쾌한 듯 인상을 찌푸렸다. 화살이 날아온 기운만으로도 개문 제자의 솜씨가 아닌 것은 분명했다. 고개를 돌리니 상당히 먼 거리에서 두 사람이 모습을 드러내고 있었다. 여인이 또 하나의 화살을 겨누고 있다. 그 옆에서 사내 한 명이 만세를 불렀다.

"와아! 한보, 아니… 보아다아."

한보의 눈이 동그래졌다. 환영인가? 아니다! 환영 속 인물이 나이를 먹을 리 없다! 한보는 외쳤다.

"당아야!"

"보아다아!"

막당의 기뻐하는 목소리가 고마웠다. 어떻게 자신을 한눈에 알아볼 수 있었을까? 한보의 충혈된 눈이 더욱 붉어졌다. 그러나 곧 동공이 커지며 한보의 아미가 찌푸려졌다.

"오지 마! 도망쳐, 당아야!"

한보를 향해 달려오던 막당이 급히 달음질을 멈췄다. 그러나 도망치지는 않았다. 막당은 제자리에 서서 어쩔 줄 모르다가 조심스레 손을 들었다.

"와아." 막당은 만세를 불렀다. "보아다아."

죽어든 목소리가 우스워서 한보의 입술이 일그러졌다. 그 순간 두 명의 흑의인이 막당에게 달려드는 것이 보였다. 한보가 몸의 허벅지의 고통을 참고 벌떡 일어서며 '위험해!' 하고 외쳤는데, 그 순간 시간이 거꾸로 돌아갔다. 막당에게 달려들던 흑의인들은 달리던 경로 그대로 되돌아갔다. 자세조차 바꾸지 못한 채 뒤로 날아가는 꼴이 신기할 정도였다. 막당이 조심스레 눈치를 보다가 뒤쪽에 있는 여인에게 말했다.

"보아한테 가고 싶습니다."

신성육장(新星六牆)

금영진이 헛웃음을 터뜨리며 '누가 말려? 빨리 가봐.' 라고 말했다. 막당이 한보를 돌아보며 들었냐는 듯 시늉을 취하더니 거침없이 걸었다. 이제는 한보도 말리지 않았다. 하지만 바람이 막당에게 위협적으로 날아들며 살기가 담긴 풀잎을 쏘았다. 막당은 무성신법을 펼쳐 가볍게 피한 뒤, 금영진을 돌아보고 '누가 말립니다.' 라며 울상 지었다. 그런 와중에도 흑의인들이 막당을 향해 공세를 취하고 있었는데, 금영진의 화살이 한 놈의 어깨를 꿰뚫어 경고했다. 흑의인들은 물러섰고, 막당은 다시 걸었다.

"막아라."

　이만수의 명령을 따른 자는 포택광수와 열한 명의 흑의인이었다. 포택광수는 흑의인 중 한 명에게 눈짓하여 선공을 취하라는 명령을 내렸다. 포택광수도 한보처럼 막당이 무슨 무공을 사용했는지 감지를 못한 듯싶었다. 선두에 나선 흑의인이 바짝 긴장하다가 네 개의 수리검을 날렸다.

　츠차차!

　막당의 발바닥이 대지를 당길 듯 과격하게 스쳤다. 얼핏 보면 불규칙한 곡선으로 발을 끄는 것 같았는데 움직임이 너무도 자연스러웠다. 네 개의 수리검은 막당의 옷자락조차 스치지 못하고 마냥 날아가 버렸다. 그중 하나를 금영진이 활로 내쳤다. 바닥에 떨어진 수리검을 보고 초구가 코를 킁킁대다가 곧 외면하며 시큰둥하게 엎드렸다.

　쉬이이잇!

　흑의인은 막당에게 몸을 날리며 쌍수에 쥐고 있던 중검을 휘둘렀다. 하지만 중검은 원하는 만큼 휘둘러지지 않았다. 막당의 권이 먼저 가슴을 찍었기 때문이다. 일직선의 단조로운 공격이라서 포택광수가 분노했다.

　"바보 같은 놈! 그래서야 저놈의 수법을 알 수가 없잖아!"

　막당이 다시 걷기 시작했다. 이번에는 두 명의 흑의인이 막당 앞을 막더니 급작스레 사라졌다. 그와 동시에 '윽!', '억!' 하는 비명이 터져 나왔다. 바닥을 뒹구는 흑의인을 보고 금영진이 깜짝 놀라 외쳤다.

"막 아우! 방금 어떻게 한 거야?"

막당이 놀라며 고개를 돌렸다. 그 틈을 타서 흑의인이 수리검을 날렸지만, 막당은 보지도 않고 피했다.

"뭘 말입니까?"

"방금 말야. 저놈들이 사라졌는데 어떻게 때렸어?"

"무슨 말인지 모르겠습니다."

"아니, 어떻게 때렸냐고?"

"싸우는 중인 것 같아서 때렸습니다."

"그건 나도 알아!"

금영진이 화가 나서 스스로의 가슴을 두드리며 호통 쳤다.

"어떻게 때렸냐고! 이젠 이 정도 말도 못 알아듣는 바보가 된 거야?"

"싸우는 중인데 품 안에 손을 넣고 보자기를 꺼내서 때리기 쉬웠습니다."

"그게 보였단 말야?"

금영진과 포택광수와 한보와 흑의인들이 다구동성으로 고함쳤다. 막당은 모두를 이해할 수 없다는 듯 고개를 기울이면서 한보가 있는 곳으로 다시 걷기 시작했다. 창백한 얼굴로 자신을 바라보는 한보의 얼굴이 반가웠는지 또 한 번 만세를 부른다. 그제야 포택광수가 출수했다.

"보통 놈이 아니다! 너희도 덤벼!"

흑의인들과 포택광수가 일시에 막당에게로 날아들었을

때, 금영진도 말 위에서 곧장 신형을 띄웠다. 그 광경을 흘기고 있던 이만수는 아무도 보이지 않는 공간으로 우수를 뻗더니 차가운 목소리를 뱉었다.

"우호법이 도와라."

"존명!"

공간 속에서 대답이 들렸다. 곧 회오리바람이 이만수의 주변을 감쌌다가 매서운 속도로 막당을 향했다. 그 짧은 순간에 네 명의 흑의인이 바닥을 구르고 있었다. 한보뿐 아니라 개문 제자들의 얼굴에도 화색이 돌았다. 개문 제자 중 누군가 소리쳤다.

"맙소사! 누군지 알겠어! 팔기금문의 극락화야!"

"뭐?"

"살았다, 살았어!"

개문 제자들이 환호성을 지르며 힘차게 나섰다. 이만수는 당황하기 시작했다. 극락화 금영진이라면 보통 인물이 아니다. 일문의 문주가 되고도 남을 만한 실력이며 정도의 무공을 철저하게 수련한 자가 아닌가. 상대를 현혹시키는 기술로 평생을 살아왔던 포택광수라면 분명 고전하게 될 것이다. 정도맹의 병기술만으로 세력을 크게 이루었던 팔기금문이야말로 환영인자들에게는 천적이나 다름없었다. 이만수가 한보에게서 좀 더 거리를 두고 고함쳤다.

"아이들에게 동귀어진을 시키고 너는 물러서라!"

“예.”

포택광수의 대답이 시원찮았다. 신경이 거슬려 고개를 돌려보니 엉뚱한 일이 벌어지고 있었다. 정작 금영진은 몇몇 흑의인들을 제압하는 보조 역할을 하고, 진짜 싸움은 정체불명의 청년이 도맡는 중이었다. 신법을 보면 정도맹의 무공이 아니었으니 천적이라 할 수는 없다. 하지만 네 명의 흑의인과 포택광수가 진땀을 흘리며 방어에만 급급하고 있었다. 특히 포택광수가 가관이다.

“이런! 쿡! 이럴 수가!”

막당을 향해 뻗었던 두 개의 금절검이 자신을 공격하는 중이다. 성질나서 금절검을 버리고 싶을 지경이었다. 막당의 신법은 기이할 정도로 빨랐으며 움직이는 방향을 예측하기 어려웠다. 게다가 한 번 공격을 가하면 그 타점이 기가 막힐 정도로 정확했다. 막당은 금절검의 관절 부위를 일곱 번이나 맨손으로 후려쳤는데, 단 한 번도 검날에 상처를 입지 않았다. 이것은 천적이니 뭐니를 따질 문제가 아니었다. 역력한 실력의 차이였다. 이만수가 반쯤 입을 벌렸다면, 한보는 아예 쩍 벌렸고, 태목구는 보기 싫은 듯 엎어진 채 침묵했다.

“히요!”

포택광수가 금절검의 공격에 눌려 중심을 잃는 순간이었다. 회오리바람이 괴성을 지르더니 막당과 포택광수의 사이를 막았다. 동시에 흐릿한 운무가 주변을 가리더니 바닥의 잡초가 희미해졌다. 회오리바람이 인간의 형상으로 변하며 중얼거렸다.

"곧 네가 가장 소중히 여기는 자를 만나리라. 후우……."

낌새가 이상하여 화살로 도움을 주려던 금영진이 눈살을 찌푸렸다. 동방진양이 훤칠한 이마를 드러내며 웃음 짓는다. 동방진양이 어째서 이곳에 있을까? 가짜다! 그렇게 생각하기까지 촌각이 필요했다. 뒤늦게 고쳐 잡은 활시위는 이미 늦었다. 동방진양의 모습을 한 자가 막당을 향해 반월형 괴병기를 휘두르고 있었다.

"위, 위험!"

금영진은 고함을 지르다가 급히 입을 다물었다. 괴병기보다 빠르게 막당의 주먹이 날아가고 있었기 때문이다.

콰우우후!

"휴욱!"

놈은 휘파람 소리를 내며 뒤로 신형을 날렸다. 복면의 틈새로 드러난 놈의 주름살이 짙어졌다.

"망설이지도 않다니. 가장 소중히 여기는 자에게 정조차 갖지 않았단 말이냐!"

막당은 대답 대신 신형을 날려 놈을 쫓았다. 맹렬한 바람 소리가 두 번 흐르더니 놈이 급작스레 모습을 감췄다가 비명을 질렀다. 그리고 아무것도 없던 허공에서 급히 추락하여 바닥에 엎어졌다. 막당이 또 한 번 고개를 갸웃거렸다.

"왜 싸우다 말고 딴 짓을 하는지 모르겠습니다."

금영진이 이마를 감싸 쥐고 웃기 시작했다.

"뭔지는 모르겠지만, 막 아우가 환술에 제일 쉽게 당할 줄 알았더니 거꾸로였군. 푸하하하하!"

이만수는 싸움을 포기했다. 좌호법에게 명령하여 우호법을 챙기라 하더니 막당에게 달려들었다. 보이지 않았던 검도 뚜렷하게 드러났다. 막당은 피하려 하지 않았고, 이만수도 베지 않았다. 이만수는 막당의 곁을 지나치며 창백한 얼굴로 중얼거렸다.

"내 공격이 허초라는 걸 간파하고 있었다. 대체 저놈은 누구냐? 일문의 문주인 내가 저런 어린것에게 이렇게까지 치욕을 겪을 줄이야!"

그렇게 중얼거리며 달릴 때, 가장 가까이 있던 자가 금영진이었다. 금영진은 놈의 도주를 막는 대신 조롱했다.

"잡스러운 기술이 정통을 이기지 못하는 이유다. 암살문파 주제에 정면 승부를 벌인 것 자체가 버릇없는 짓이지. 호호호호호."

이만수뿐 아니라 흑익인들도 분기탱천하며 도주했다. '두고 보자'라는 통속적인 말조차 남기지 못했다. 주변의 위험이 전혀 느껴지지 않자, 막당은 다시 기뻐하며 한보에게 달려갔다. 그리고 망설이지 않고 끌어안았다.

"보아야아!"

한보도 기뻐하며 막당의 몸을 힘껏 안았다. 엎드려 있던 태목구가 각혈하더니 기절했다.

"대체 여긴 어떻게 나타난 거야?"

"보아를 찾아왔어."

막당이 환하게 웃으며 한보의 말에 답했다. 한보가 무슨 수로 찾아왔느냐고 묻기도 전에, 금영진이 먼저 질문을 던졌다.

"막 아우, 아무리 생각해도 알 수가 없어. 다른 사람도 아니고 네가 어떻게 망설이지 않았지?"

막당이 한보의 어깨에 손을 올린 채 금영진을 돌아봤다. 반문 대신 고개를 갸웃한다. 금영진은 막당의 얼굴이 귀여워 잠시 웃었다가 재차 질문했다.

"그 환술 말야. 막 아우는 소중한 사람이 보이지 않았어? 전혀 망설이지 않던데."

"무슨 말씀인지 모르겠습니다."

금영진이 빨개진 얼굴로 화를 냈다.

"난 그… 여하튼 소중한 사람이 보였었다고! 막 아우는 보이지 않았느냔 말야. 마지막에 때려눕힌 녀석이 뭘로 보였지?"

"아!"

막당이 생각난 듯 고개를 끄덕였다.

"린 사저의 얼굴과 비슷했는데 사부님 수염이 달린 괴상한 자였습니다."

"수염 달린 여자로 보였다고?"

금영진은 멍한 얼굴로 반문했다가 결국 고개를 설레설레 저으며 막당의 어깨를 밀쳤다. 한보와 마주한 금영진이 가볍게 포권하며 웃었다.

"팔기금문의 금영진이라고 합니다. 형제께서 막 아우와 친분이 있으신 듯하니 저 또한 반갑습니다."

그러자 한보가 포권 대신 자신의 머리를 먼저 풀었다. 길게 흐트러진 머리를 정돈하고 옷매무새를 갖추자 금영진이 눈살을 찌푸렸다. 그제야 한보가 웃으며 포권했다.

"한보예요. 당아와는 둘도 없이 친한 친구입니다. 그렇지, 당아야?"

"응! 응!"

막당이 기뻐하며 외쳤다. 금영진은 한보의 목을 유심히 살피다가 '역시 여자군요!' 라고 외치며 함박웃음을 터뜨렸다. 주변에서 개문 제자들이 모여들었다. 모두 다 기쁨 가득한 얼굴로 즐거워하고 있었다.

"이렇게까지 쉽게 물리칠 것이라고는 생각도 못했습니다! 역시 극락회라 아니할 수 없군요! 초염 대협에, 극락화까지! 정말 영광입니다! 게다가 여기 계신 대협은 또 누구십니까?"

"신룡대협이라고 들어보셨어요?"

금영진의 소개에 개문 제자들이 활짝 웃던 얼굴을 잠시 고정하며 고민했다. 적어도 별호만큼은 최강이었는데 들어본 적이 없었다. 그사이에 금영진이 한보의 손을 맞잡고 어린애처럼 기뻐했다. 자신이 그토록 보고 싶어하던 초염 대협을 직접 만난 것이 너무도 즐거운 듯했다.

"영광입니다, 신룡대협!"

개문 제자 중 누군가 막당에게 포권하며 머리까지 숙였다. 막당도 포권을 마주하며 웃었다. 사람들이 웃고 떠들었다. 초구가 개문 제자의 시체 한 구에 머물며 코를 킁킁거리자, 비로소 몇몇이 슬퍼했다. 시체와 부상자를 거두기 시작할 때에야 비로소 모두가 귀면신장도 있었음을 깨달았다.

금영진은 짐을 가져오겠다며 객잔으로 갔고, 나머지는 상언진의 집을 찾았다. 상언진이 몸에 천을 두른 채 맨발로 뛰쳐나오며 한보를 반겼다. 집 마당에 또다시 술판이 벌어졌다. 금영진까지 합세하니 대문 밖에서 사람들이 끝없이 기웃거렸다. 천고의 기재들이 모두 모였다는 과장된 소문에 상점이 일찍 문을 닫고 얼굴 구경을 하려고 몰려들었다. 한보, 막당, 금영진은 주변 사람들의 시선에 아랑곳 않고 술을 마셨다. 등에 큰 부상을 입어 치료 중이던 태목구도 달빛이 절정에 이르렀을 때 나타나 술잔을 내밀었다. 구경꾼들에게 돈이라도 받을까 고민하던 녹지현이 술자리에 참여했다. 다섯 무인은 서로의 술잔으로 달빛을 조롱하며 마음껏 마셨다.

"그런데 보아가 왜 여자야?"

한참 지나서 막당이 물었다. 금영진이 술을 마시려다 힘껏 뱉더니 웃음을 터뜨렸다.

"아까 한 대협께서 머리를 풀러 여인임을 알렸을 때 가슴이 덜컥 내려앉는 줄 알았습니다. 막 아우가 그렇게 스스럼없이 여인을 끌어안았음을 알았으니 곧 혼인하겠구나 싶었지요. 아하하하하! 결국 막 아우도 한 대협이 여인임을 몰랐다는 얘기입니까?"

"예. 유목 생활을 할 때는 치마를 입는 게 불편하고 싸움이 있을 때 여자는 주변을 정리하는 일을 맡았으니 어쩌겠어요. 어릴 때부터 남자 행색을 해서 지금도 그것이 더 편합니다."

"그런데 어째서?"

"여자라서 편한 것도 있더군요. 미처 몰랐는데 저도 미인에 속하더라고요. 하늘이 준 장점을 덮어두기는 아깝잖아요. 이거 보실래요?"

한보가 말을 마치자마자 녹지현을 향해 살풋 미소 지었다. 녹지현은 순간적으로 가슴이 동하여 술을 뿜었다. 손뼉을 치며 좋아하는 한보에게 녹지현이 너무하다며 투덜댔다. 금영진도 웃음을 멈추지 못하고 깔깔대다가 똑같은 표정을 막당에게 보였다. 막당이 덤덤하다, 금영진은 미소를 지우고 '내가 미쳤지.' 라며 투덜댔다. 태목구는 적응이 되지 않는 듯 술만 들이켰다.

사람들도 모두들 방에 들어갔고, 어쩌다 한 번씩 상언진이 산책하듯 나와서 말을 건넸다. 다섯 명은 연신 건배하며 잔뜩 쌓인 술을 비웠다. 항아리가 모두 비워질 즈음, 한보가 막당의 무공 내력을 다시 물었다. 결과는 같았다. 막당의 대답은 한결같았으며 뭐 하나 챙길 것이 없었다. 그래도 확실한 것은 막당의 무공수위가 상상 이상으로 뛰어나다는 점이었고, 강호에 육모탕이라는 구천대제급 은거기인이 존재한다는 사실이었다.

"술 떨어졌네요."

한보가 이리저리 항아리를 흔들다가 말했다. 한보의 시선이 녹지현을 향하자, 술에 취한 도사는 코웃음을 쳤다.

"녹 도사님, 청성 장문인의 명을 거역할 셈이에요? 저와 동행할 때의 직책이 뭔지 벌써 잊으신 건 아니죠?"

술에 취한 한보가 익살맞게 웃었다. 녹지현이 벌건 볼을 구기며 몸을 일으키더니 한보에게 삿대질했다.

"아, 그래도 왜 빈도가 가야 합니까! 여기 다른 사람도 많잖습니까! 제가 누군지 아십니까? 이래 뵈도 한때는 말이죠! 녹상문 천산녹왕의 장자로서……."

녹지현이 가문의 내력을 큰 소리로 떠드는 동안, 한보는 술잔에 남은 몇 방울의 술로 건배를 권했다. 금영진이 곧 응수하며 크게 웃었고, 태목구가 등이 아픈 듯 인상을 찌푸리면서도 술을 들이켰다. 하지만 막당은 멀뚱히 녹지현을 바라보다가 활짝 웃으며 몸을 일으켰다.

"제가 녹 도사님과 같이 술을 구하러 갔다 오겠습니다!"

“뭐? 에이, 괜찮아. 녹 도사님 혼자서도 충분하니 넌 여기서 애기나 계속하자. 아직 정도맹에 대한 애기가 끝나지 않았다고.”

“금방 다녀올게, 보아야.”

막당이 어쭙잖은 손놀림으로 한보의 머리를 쓰다듬었다. 한보가 까르르 웃다가 다시 표정을 굳히더니 막당을 쏘아봤다.

“애기의 주제가 너란 말야. 혹시 알고 있어? 네가 도중에 날 만나지 않았다면 넌 정도맹 동방세가에 도착하는 즉시 죽음을 당했을지도 모른단 말야.”

“응. 그러니까 술을 가져올 테니 마시면서 애기하자.”

한보가 답답한 듯 가슴을 치며 다시 설득하려 했으나, 이번에는 금영진이 말렸다. 막당이 저렇게 한 가지 일을 결정해 버리면 그 누구도 막을 수 없다는 걸 알기 때문이었다. 금영진이 다녀오라고 말하며 웃음 짓자, 막당은 재빨리 녹지현의 곁에 붙으며 호들갑을 떨었다.

“저희가 술을 가져오면……”

모두의 시선이 막당과 녹지현에게 향했다. 막당이 얼굴에 웃음을 담은 채 말을 이었다.

“여기 사람들 다 의형제의 연을 맺었으면 합니다.”

다극.

금영진이 몇 방울 남은 술로 입술을 축이다가 실수로 술잔을 깨물었다. 태목구마저 놀란 눈으로 막당을 올려다봤다. 막당은 천진난만한 웃음으로 모두를 상대하고 있었다. 금영진이 무릎을 쥐고 몸을 일으키며 물었다.

"의형제의 연이라고?"

"예, 중경에 계신 악 형님께서도 크게 기뻐하실 겁니다."

다들 멍한 표정이었는데, 특히 녹지현이 제일 멍했다. 스스로를 추켜세우길 좋아하는 녹지현이었지만, 아직 한 번도 한보나 금영진과 어깨를 나란히 할 생각을 가진 적이 없다. 막당의 제안이 황당하여 뭐라고 답을 해야 좋을지 몰랐다. 그 생각은 금영진과 한보, 태목구도 같았다. 금영진은 녹지현이 마음에 들지 않았고, 한보와 태목구는 녹지현에 대한 희망 자체가 없었다.

"저기……."

한보가 고민 끝에 입을 열었다. 그러자 막당이 '다녀오겠습니다!' 라고 외치며 녹지현의 팔을 붙잡고 달리기 시작했다. 그 모습이 꼭 '난감한 녹지현이 막당을 데리고 도망가더라' 에서 막당과 녹지현을 뒤바꾼 꼴이다. 두 사람의 뒷모습이 대문을 넘어설 때까지 세 사람 모두 멍한 얼굴이었다. 녹지현이 어둠 속으로 사라지기 전에 고개를 돌리며 '나 어쩌죠?' 라고 묻는 듯한 표정을 지었다. 녹지현의 얼굴이 사라지자 세 명이 뜨거운 한숨을 뱉었다.

"어째야 할까요?"

금영진이 먼저 입을 열었다. 한보가 단호하게 말했다.

"안 돼요! 금 언니와 의형제의 연을 맺는 것은 좋지만, 태목구 따위와 녹 도사는 마음에 들지 않아요!"

"자, 잠깐만! 왜 나까지 안 된다는 거야!"

태목구가 화냈다. 한보는 혀를 삐죽 내밀며 '넌 엉큼해서 안 돼.' 라고 말했다. 태목구는 입술을 비틀며 빈정거리는 말을 뱉으려다가 먼저 맞았다. 둘이 싸우는 꼴이 재미있었는지 금영진이 웃으며 손을 저었다.

"그만 싸우고 어떻게 거절할지를 고민해 봅시다. 일단 의형제의 제안을 꺼낸 사람이 막 아우라는 게 문제입니다. 거절할 방법이 있을까요?"

한보가 대수롭지 않게 중얼거렸다.

"안 된다고 말하면 수긍할 거예요."

"막 아우가 옛날엔 그랬습니까?"

"물론이……."

웃으며 답하던 한보의 얼굴이 갑자기 굳었다. 마당 저편에 초구가 어슬렁거리며 걷는 모습이 보인다. 한보는 잠시 고민하다가 침통한 얼굴이 되고 말았다

"어느 정도 비중을 두느냐에 따라 다르죠. 비중이 높다면 천하의 일심 법사님도 내공을 써서 돼지를 살려야 할 거예요."

한보의 비유 때문인지 금영진이 무릎을 치며 웃음을 터뜨

렸다. 곧 금영진은 웃음으로 인한 눈물을 닦으며 말했다.

"그 정도까지는 아니겠지만, 제가 아는 막 아우는 고집이 셉니다. 게다가 설득이 통하지를 않는 일면도 있으니 고민입니다. 간단하게 설득하면 싫다 하고, 논리적으로 설득하면 절대 알아듣지 못하니……."

"알아들을 수 있을 정도의 논리를 찾는 게 우선이죠."

"잠깐만. 어쨌건 지금 하는 얘기는 녹 도사만 문제가 아니라 나도 문제란 얘기잖아."

"농담이었어, 이 자식아. 너와는 고원에 있을 때부터 의형제나 다름없었잖아."

"남편이나 다름없었억!"

"싸움은 나중에 하고 일단 고민부터 합시다."

막당과 녹지현이 술을 지고 나타났을 때, 세 명의 얼굴은 기대감에 차 있었다. 막당이 술 항아리를 기울이더니 각자의 술잔을 채웠다. 그리고 활짝 웃는 얼굴로 소리쳤다.

"저는 보아가 좋고 태 형님이 좋습니다! 그리고 녹……."

"자, 잠깐!"

금영진이 급히 외쳤다.

"일단 앉아봐, 막 아우."

막당이 술잔을 바닥에 내려놓으며 슬그머니 앉았다. 주변의 눈치를 보는 도중에 녹지현도 자신의 자리를 찾아 앉았다. 녹지현의 얼굴을 보니, 내심 형제의 연을 맺기를 기대하는 듯했다. 한보가 꿈도 꾸지 말라는 의미의 미소를 지었다.

"다른 사람은 몰라도 녹지현 도사님은 안 돼."

금영진이 냉정한 얼굴로 말을 꺼내서 녹지현을 흥분시켰다. 직접 반박하지는 않았으나 얼굴이 붉어지는 것이 노기가 충천한 모양새다. 막당이 왜냐고 묻기도 전에 금영진이 말을 이었다.

"우리는 형제의 연을 맺고 많은 적과 싸울 거야. 그렇게 되면 수많은 위협이 우리를 노릴 것이고, 그 위협에서 살아남으려면… 잠깐. 혹시 여기까지는 이해했니?"

"무슨 말인지 모르겠습니다."

금영진이 고개를 떨구자, 한보가 뒤를 이었다.

"당아야, 형제의 연을 맺자."

"응!"

"맺으면 많이 싸우게 될 텐데, 괜찮아?"

막당이 왜냐고 묻자, 한보는 '원래 그런 거야.' 라며 단호하게 결정지었다. 그것으로도 충분히 수긍시킬 수 있다는 확신을 가지고 있었다. 하지만 막당이 만만찮게 단호한 얼굴을 보이며 '그렇지 않아.' 라고 말했다. 한보가 고개를 떨구자, 금영진이 갑자기 화색을 띠며 고개를 들었다.

"아니다, 막 아우! 우리가 형제의 연을 맺으면 많이 싸운다. 그 이유는 많은 사람들을 살리기 위해서다."

그러자 막당이 '아!' 하고 탄성을 지르더니 그 말이 맞다며 손뼉을 쳤다. 한보와 금영진이 서로를 마주 보며 감격으로 눈시울을 붉혔다. 둘은 다음 작업에 들어갔다.

"그렇게 싸우려면 무공이 뛰어나야 해. 무공이 뛰어나지 않으면 오히려 죽는다."

가급적 간단하게 말하려 노력한 보람이 있었는지 막당이 쉽게 수긍하며 고개를 끄덕였다. 그때 녹지현의 붉어진 얼굴색이 바뀌었다. 녹지현도 스스로 수긍했던 것이다. 의형제를 맺어 자신의 위치를 높이는 것도 좋겠지만, 안전하게 인생을 사는 것이 더 좋았기 때문이었다. 그 순간부터 녹지현은 이들과 의형제를 맺기가 싫어졌다. 그 마음을 아는지 한보가 힘껏 검지를 뻗어 녹지현의 가슴을 가리켰다.

"그런데 녹 도사는 우리보다 무공이 뛰어나지 않아! 그러니 우리와 의형제를 맺고 싸우면 죽을 거야!"

막당이 이상하다는 듯 고개를 기울였다. 금영진이 급히 말했다.

"녹 도사님은 무공이 약해서 싸우면 죽는다. 죽지 않으려면 싸우지 않아야 해. 막 아우. 여기까지 알아듣겠니?"

"예. 알아듣겠습니다."

한보와 금영진뿐 아니라 잠자코 있던 태목구와 녹지현까지 안도의 숨을 뱉었다. 그와 동시에 막당이 웃으며 말했다.

"그러니까 형제가 되자마자 저희가 녹 도사님에게 무공을 가르쳐 주면 됩니다!"

“옳거니!”

녹지현이 저도 모르게 손뼉을 쳤다. 한보가 잠시 표독스러운 눈으로 녹지현을 흘겼고, 금영진은 ‘이젠 끝났어.’ 라 중얼거리며 술잔을 들었다. 태목구가 참다못해 외쳤다.

“간단하게 말해서 난 녹 도사와 형제의 연을 맺지 않겠다는 얘기다, 이 바보야!”

“전 태 형님이 좋은데 왜 저희와 형제의 연을 맺지 않겠다는 겁니까?”

“맺자.”

태목구가 포기한 듯 고개를 떨구며 흐트러진 음성으로 말했다.

“다 같이 맺자. 저기 돼지새끼도 불러와서 다 형제 하자. 나만 빼놓지 않으면 된다. 그래 맺자. 흘하하. 네 눈에는 내가 누구보다 못하다는 얘기지?”

막당을 제외한 모두가 불안한 눈으로 태목구의 숙여진 정수리를 응시했다. 침묵하던 태목구가 예상대로 솟구쳤다. 두 눈이 시뻘게져 웃는 얼굴이 심상치 않았다.

“으하하! 너 이 자식! 오늘 사생결단을 내자! 나한테 한 번 이겼다고 내가 그렇게 우습게 보였냐? 그리고 그게 이긴 거냐?”

한보와 금영진이 말렸기에 가까스로 싸움을 면했으나, 그로 인하여 막당 쪽 의견이 큰 힘을 얻었다. 분위기를 진정시키기 위해서라도 모두가 의형제를 맺어야 할 판이었다. 한보가 길게 숨을 뱉더니 녹지현을 돌아봤다.

"녹 도사는 어때요? 의형제 맺고 싶으세요?"

"의형제는 좋지만……."

녹지현이 오만상을 찌푸리며 중얼거렸다.

"가급적 세상을 좋게좋게 살아가는 의형제 쪽이……."

"일단 맺죠!"

한보는 술잔을 힘차게 들었다. 금영진이 정색하며 '일단'이라는 말은 용납할 수 없다고 했다. 그러자 한보가 힘껏 녹지현의 등을 두드리며 외쳤다.

"앞으로 녹 오빠라 부를게요! 아하하하!"

드디어 다섯 명은 술잔을 높이 들었다. 조금 전의 실랑이가 마치 '눈을 뜨면 잊혀졌을 꿈'이라도 되는 양, 모두의 얼굴에 웃음이 번졌다. 녹지현은 중경에 있는 악책보다 나이가 많아 맏형이 되었다. 금영진이 누구보다 술잔을 높게 들며 말했다.

"혈무력 구십오년 구월 둘째 날이거늘 아직도 강호에 혈풍이 그치지 않습니다. 동방성의 검이 무엇을 원하는지 알지도 못한 채 구십오 년이나 강호는 피를 흘렸습니다. 저와 녹 도… 녹 오라버님, 그리고 악 오라버님께서는 정도맹 소속입니다만, 우리 형제들의 길이 정도맹이라 할 수 없습니다. 혈풍을 잠재워 강호의 큰 담이 될 길에 정도맹의 길이 더 빠르기 때문일 뿐입니다. 악 오라버님께서도 그것을 알고 정도맹을 입에 담지 않으셨습니다. 우리는 강호를 지킬 담이 될 것이며, 서로의 우애를 잊지 않을 것입니다! 미안하다, 막 아우. 조금만 참아라. 자! 잔을 높이 들어 맹세합시다! 이제 우리가 여섯이 되었으니 육장이라 할 것입니다!"

"하하하. 강호에 새로운 별이 떴습니다."

가슴을 높여 말하던 금영진이 뜻밖의 웃음소리에 고개를 돌렸다. 상언진이 있었다. 천에 덮여 확인할 수 없는 얼굴이었으나, 미소를 짓고 있음을 쉽게 알 것 같았다. 상언진은 뒷짐을 진 채 다섯 명의 주변을 맴돌다가 하늘을 보며 말했다.

"이렇게 별빛이 강한 하늘은 처음입니다. 하늘이 별에 묻혀 어둠을 찾을 수 없고, 땅에 다섯 별이 반짝이니 눈을 뜰 수 없군요. 어딘가에 계실 또 한 분의 별을 합하여 신성육장이라는 이름을 갖는 것이 어떻겠습니까?"

"좋군요!"

한보가 호쾌하게 웃으며 자신이 마시던 술잔을 상언진에게 건넸다. 상언진이 허리 숙여 잔을 받더니 단숨에 들이켰다. 상언진의 말대로 하늘에는 별빛이 강했다. 여섯 명이 별을 향해 술잔을 치켜들었고, 별에게서 눈을 떼지 않은 채 술을 마셨다. 웃음소리가 한동안 마당에 머물렀다. 한참 뒤 상언진이 방으로 돌아갔다. 한보는 그제야 금영진을 향해 얼굴을 굳혔다.

"갑작스런 의형제의 결의 때문에 미처 말을 못했어요. 금

언니께서 꼭 알아야 할 문제가 있거든요.”

“나도 마침 그것을 물어보고 싶었다. 막 아우와 정도맹이 무슨 관련이 있는 거지?”

“일심 법사님께 들어서 자세한 내막은 모르겠지만, 금 언니라면 아실지도 모르겠네요. 당아는 정도맹에 의해 멸문한 상관문의 사위가 될 사람이었어요.”

금영진의 눈빛이 금세 변했다. 차가운 눈빛이었다. 그 눈을 보고 한보는 자신이 말실수를 한 것은 아닐까 걱정했다. 잔뜩 긴장한 채 금영진의 눈치를 살폈는데, 곧 냉소가 흘러나왔다.

“흥! 내가 왜 정도맹의 뜻을 떠나 강호의 안녕을 논했는지 이제 알겠나?”

“무슨 말이에요?”

“상관문주이자 정의신검으로 크게 이름을 떨치신 상관호 대협은 내가 어릴 때부터 크게 존경하던 분이셨다. 그런 분이 딴마음을 품고 있었을 리가 없지. 무를 논한다면 나는 언제나 정도맹을 존중하겠으나, 협을 논한다면 사도맹만 못한 곳이 정도맹이야. 작금의 싸움이 이미 이루어진 협의 바닥에서 무를 가르는 것이 아니냐. 한 매가 말하지 않았다면 큰일날 뻔했다. 이대로 막 아우를 정도맹에 데려갔다면 정말 큰 낭패를 겪었을 거야.”

한보가 안심하며 물었다.

“그럼 어쩔 생각이에요?”

“정도맹에서 막 아우의 얼굴을 아는 자가 누구지?”

“법사님의 말씀으로는 동방천, 동방인, 동방진상과 정도맹의 백도사왕이 당아의 얼굴을 봤다고 했어요.”

“그래?”

금영진은 안도의 숨을 쉬었다.

“그럼 잘됐다. 막 아우가 얼굴로 들킬 리는 없겠구나. 하하하.”

“무슨 말이에요?”

“그분들 모두 막 아우가 정도맹에 가더라도 쉽게 만날 수 있는 사람들이 아니다. 모두 신분도 높고 무공이…….”

말하던 중 금영진이 고개를 갸웃거리며 막당을 흘겼다. 한보가 이유를 묻자, 금영진은 이해할 수 없다는 듯 고개를 저으며 중얼거렸다.

“근데 어떻게 살았지? 그 사람들에게 신분을 들켰다면 막 아우가 아무리 무공이 뛰어나도 목숨을 부지할 수 없었을 텐데.”

“일심 법사님께서 막아주셨다고 들었어요.”

“그래도 말이 안 된다고. 아무리 일심 법사님께서 구천대제라지만, 상대는 동방가의 형제 세 명과 백도사왕이야. 백도사왕이 없다 해도 막 아우를 죽이려고 마음만 먹었다면 끝이었을 거라고.”

“그렇게까지 강해요?”

이번에는 한보가 놀란 듯 눈을 치켜떴다. 금영진은 고개를 끄덕이다가 ‘아무튼 살았으니 잘된 거지, 뭐.’ 라고 중얼거렸다. 금영진은 잠시 침묵한 채 고민에 빠졌다. 언제까지 막당의 모습을 숨길 수는 없는 일이니 그에 따른 대책이 필요할 것이다. 막당이 정도맹의 수뇌부를, 특히 동방가의 형제들을 만나는 것도 그리 오랜 시간이 걸리지 않으리라. 강호에서 갑작스레 명성을 날리는 초염 대협과 귀면신장, 그리고 자신과 악책이 형제의 연을 맺었다는 소문을 듣게 된다면, 정도맹주 동방량까지 마음이 동할 게 분명했다. 금영진의 생각이 맞다면 신성육장이 결성된 지금, 이를 능가할 새로운 후기지수의 모임은 존재하지 않았다. 금영진은 결심한 듯 말했다.

“일단 내가 막 아우와 정혼할게. 우리 가문과 정혼한 남자라고 하면 상관세가와의 연관성을…….”

“절대 안 돼요!”

한보가 얼굴이 빨개져 소리쳤다. 한보는 금영진의 놀란 얼굴도 무시한 채 자신의 가슴을 세차게 두드리며 말했다.

“차라리 저와 어릴 때부터 정혼한 남자로 하는 게 좋아요! 서로 외진 마을에 살던 사람이니…….”

“절대 안 돼!”

이번엔 태목구가 소리 질렀다. 태목구의 곁에서 녹지현도 힘차게 고개를 끄덕거렸다. 금영진이 상당히 곤혹한 표정으로 주변을 훑어보다가 긴 한숨을 뱉었다.

"하아아아. 내 말은 그렇게 해서 위기를 넘긴 다음에 파혼의 단계를 거쳐 막 아우를 자유롭게 해주자는 얘기야."

"그래도 싫어요!"

"한 매는 막 아우를 좋아해?"

"당연하죠!"

"절대 당연하지 않아!"

"넌 닥쳐, 태목구!"

얌전히 술을 마시던 막당이 결국 술잔을 내려놓으며 조심스레 말했다.

"왜들 싸우십니까?"

그 말을 듣고 녹지현이 쓰게 웃었다. 녹지현은 거나하게 취하여 거의 인사불성의 상태였다. 말은 제대로 꺼내고 있었으나 은근히 혀가 꼬부라진 억양이 흘렀다.

"나 참 우스워서. 저런 막 아우를 놔두고 이 형님의 의형제 자격을 논했단 말야? 흭! 이 천하의 녹지현 도사께서 저 바보만 못하다 이거지? 웃겨 죽겠구만. 니희 다 그러는 거 아니다."

"오라버님 재워라, 태 아우."

금영진이 엄지로 관자놀이를 짓누르며 말했다.

한보가 눈을 떴을 때는 해가 중천에 있었다. 한보는 녹지현

을 제외한 모두가 마당에서 잠을 잤다는 걸 알았다. 개문 제
자들이 사용하는 거적을 각각 덮고 있었는데 다행히 냄새는
나지 않았다. 묵직한 솜 덕인지 아무도 감기에 걸린 자가 없
었다. 방에 들어가서 잠을 잤던 녹지현만 몸살기가 있다며 불
평했다.

구월하고도 십 일째의 날이다. 한보는 금영진이 일어나자
마자 자신이 정도맹의 무사가 될 생각이 없다고 말했다. 금영
진은 그것이 당연하다 말하며 웃었다. 한보는 태목구를 발로
걷어차 깨웠다.

"넌 이제 집으로 돌아가. 난 당아랑 정도맹에 다녀올게."

태목구가 눈을 비비는 동안, 금영진은 한보가 왜 정도맹에
가야 하는지를 물었다. 여인 둘이 많은 얘기를 나눴지만, 일
심 법사가 말했던 중요 사항은 대화에 없었다. 한보는 솔직하
게 '큰 비밀이 있으나 일심 법사와 약속을 했으니 말해줄 수
없다.' 라며 사과했다. 금영진이 비밀 따위 안중에도 없다는
듯 웃으며 막당에게 해가 되지 않도록 정도맹주를 만날 방법
을 논의했다.

떡 줄 사람은 생각도 않는데 김칫국부터 마시는 꼴이었다.

다섯 명 모두가 정도맹의 총본산인 동방세가로 향했는데,
목적지에 도달하기도 전에 큰 난관을 맞이했다. 정도맹주를
만나기는커녕 동방세가의 근처도 접근할 수 없는 상황이었다.

혈무력 구십오년 구월 이십일에 사마연합은 마교주 이후 식의 뜻에 따라 동방세가를 공격했다. 동방세가가 있는 정주뿐 아니라 하남성 영역의 대부분이 정도맹의 영역이었으니, 눈으로 보고도 믿어지지 않는 사태였다. 정주의 북부 대하림(大河林)은 사마연합이 장악하고 남쪽 지역의 일부도 안전하지 않았으니 동방세가는 포위된 꼴이었다. 그나마 정주에 많은 무인이 있어 내부의 세력만으로도 시간을 끌 수 있었다. 다섯 형제가 평정산에서 그 소식을 듣고 방향을 바꿔 낙양으로 갔다. 낙양에서 결성된 지원군은 구월 삼십일에 출발하게 되었다. 한보와 태목구는 정도맹에 들어갈 생각이 없었으나, 한보가 일심 법사와의 약속을 지키기 위해 임시로 편입되었다.

"제 생각엔 첩자 정도의 문제가 아닐 것 같아요."

한보가 오열을 맞춘 군사를 훑기며 중얼거렸다. 금영진을 제외한 모두가 아직 정도맹의 직위를 얻지 못한 상태였다. 수뇌부로서 전술, 전략에도 참여하고 있던 금영진이 고개를 끄덕였다. 정주는 하남성의 북부 중심지에 있는 도시다. 게다가 성도이기 때문에 주변의 도시들이 모두 활성화되어 사람들이 많았다. 기습 자체가 불가능한 요충지를 단숨에 포위할 수 있다는 것은 상식적으로 말이 되지 않았다. 금영진이 고개를 저으며 품을 뒤적거렸다. 얼굴을 보니 조금 전 회의실에서 다른 지휘관과 말다툼을 벌인 듯했다. 늘 있는 일이었는데 오늘은 좀 더 심했는지 오만상을 찌푸리고 있었다. 게다가 품에서 꺼 낸 건 곰방대였다.

"더러워서 곧장 동방세가로 가던가 해야지."

금영진이 담배 연기를 뿜으며 중얼거렸다. 삼 일 후가 삼십 일이다. 당장 출발 준비를 해도 부족할 판에, 지휘관들의 의 견이 모두 달랐다. 정도맹은 십간 십이지(十干 十二支)로 서열 을 정하고 있었는데, 수시로 위치가 변했다. 금영진의 현재 직책은 병계(丙系)의 묘위(卯位)에 있었다. 평소 금영진이 맡 았던 중경 책임자의 위치와 비교한다면 세 번째 단의 네 번째 순위로 높다 할 수 없다. 그렇게 순위가 정해진 이유는 낙양 의 총책임자가 팔기금문을 멀리하는 팔기총사(八器總寺)의 지 주 기문 대사(奇聞大師)기 때문이었다. 기문 대사는 자신과 친 분이 있는 자들을 우선순위에 두었으며, 병사들을 구성하는 것도 실전에 앞서 이전의 직책을 염두에 두어 배치했다.

"이번엔 뭐래요?"

"이길 수 있으니까 그냥 가자더라. 내가 보기엔 작전 회의 로 서로 싸우는 게 지겨워서 의기투합한 것 같았어."

"설마요."

"그래도 나랑 뜻이 맞는 사람이 몇몇 있으니까 말릴 수 있 는 거지, 어쩌면 정말 '그냥' 갔을걸?"

한보가 쓴웃음을 지었다. 동방세가의 건물은 벽이 높지 않 았으나 위치가 높아 수성전이 가능할 정도였다. 사마연합이 무슨 생각을 하고 있는지는 알 수 없었으나, 저들은 시간을 끄는 중이었다. 어찌 보면 저들이 노리고 있는 것이 동방세가가 아니라 지원군이 아닐까 생각될 정도였다. 금영진이 회의실에서 수도 없이 그 말을 꺼냈으나 경시당했다. 사마연합이 지원군을 공격하면 동방세가의 군사들은 가만히 구경이나 하겠냐는 질책과 세상에 어떤 바보가 적진 깊숙하게 들어와 퇴로도 없이 시간을 끌겠냐는 물음도 있었다. 그것은 금영진도 인정했다. 아무리 생각해도 여러 가지 궁금증을 많이 남기는 상황이었다. 어떻게 들어왔고, 왜 시간을 끌고 있는 것일까? 솔직히 금영진도 일단 그곳에 가서 생각해 보고 싶은 심정이었다.

금영진과 한보가 회의실에서 이루어지지 못했던 현실성 있는 작전 회의에 열을 올릴 때, 누군가 들어왔다. 녹지현이 뒷짐을 진 채 미소를 띠고 들어왔다가 금영진이 담배 피우는 모습을 보고 기겁했다. 금영진은 곰방대의 재를 털며 물었다.

"녹 오라버님께서 어쩐 일이세요?"

"어, 응." 녹지현이 어색하게 웃었다. "진짜 피우는 거야?"

금영진이 곰방대를 내밀며 '피우시겠어요?' 라고 묻자, 녹지현은 도사는 담배를 피우지만 진짜 도사는 그런 걸 멀리한다며 손을 저었다. 한보가 방에 들어온 용건을 묻자, 녹지현이 뒤늦게 생각난 듯 말했다.

"정도맹에서 사람이 왔다더라. 이젠 그 사람이 군을 지휘

한다던데?"

"엥?"

금영진은 의외라는 듯 눈을 동그랗게 치켜떴다. 한보가 먼저 녹지현에게 다가가 물었다.

"누가 왔는데요? 대단한 인물이라도 왔나 보죠?"

"응. 대단히 대단한 인물이지."

녹지현은 마치 그 인물이 자신이라도 되는 양 거들먹거렸다. 그러자 금영진이 고혹적인 눈매로 녹지현을 흘기며 애교가 가득 담긴 음성으로 말했다.

"아잉, 녹 오라버님. 빨리 말씀해주시지 않으면 손바닥을 담뱃불로 지져 버릴 거예요."

"도도, 동방진상이 왔다더라! 지금 다들 무장에 모여 있으니 너희도 냉큼 와."

녹지현이 급히 답하고 밖으로 나갔다. 방 안에 잠시 침묵이 흘렀다. 한보가 먼저 중얼거렸다.

"동방진상이면… 동방신검을 말하는 거죠? 동방가의 셋째."

"응. 그렇지. 그분이 오셨다면 군을 이끄는 게 당연하지만……."

금영진은 자신의 머릿속을 계속 맴도는 무언가를 잡으려고 노력하는 중이었다. 한보도 그랬다. 지금처럼 수뇌부가 마음에 들지 않는 상황에서 동방진상 같은 인재가 왔다면 이유

불분하고 기뻐하는 게 정상이다. 하지만 뭔가 빠진 것 같았다. 기뻐해선 안 될 무언가가 분명히 있었다. 금영진이 일단 가보자며 문을 향해 걸었을 때, 한보가 손뼉을 치며 외쳤다.

"맞아! 동방진상이라고 했잖아요!"

"응?"

"우리 당아 얼굴 아는 사람!"

"아, 맞아!"

그제야 금영진도 속이 시원했는지 활짝 웃었다. 둘의 웃는 얼굴이 곧 창백해졌다. 방 안에 벽력탄이라도 굴러가는 것처럼 둘 다 빠르게 신형을 날려 방을 빠져나갔다.

"만세!"

"만세!"

"동방세가 만세!"

숱한 무사들이 일제히 만세를 불렀다. 눈물까지 흘리는 자들도 있다. 동방진상은 양털로 만든 하얀 부채로 얼굴을 반쯤 가린 채 무리 앞에 서 있었다. 낙양에서 가장 넓은 연무장이었으나, 사람들이 발을 디딜 수 없을 정도로 가득 찬 상태였다. 한보와 금영진은 간신히 연무장에 들어서며 사람들을 헤치고 주변을 둘러봤다. 키가 큰 자들이 너무 많고 쓸데없이 만세까지 부르느라 형제들을 찾기가 어려웠다. 까마득히 먼 곳에 단상이 보이고 그 단상 위에 동방진상과 낙양군 수뇌부

몇몇이 서 있었다. 동방진상은 멀리서도 쉽게 눈에 띄는 인물이었다. 빛나는 백의에 눈이 부실 지경이다. 양털 부채가 허공으로 치솟자 사람들의 만세 소리가 급히 줄어들었다. 일순 고요해진 틈을 타서 금영진과 한보는 막당을 찾기 시작했다. 그 때 동방진상이 말했다.

"이곳에 신성육장이 계시다는 소문을 들었습니다. 혹시 여기 계십니까?"

금영진의 가슴이 덜컥 내려앉았다. 형제의 연을 맺은 지 얼마나 됐다고 벌써 소문이 났단 말인가! 금영진은 허리를 살짝 굽히며 한보의 멱살을 잡아끌었다. 코가 서로 닿을 정도로 얼굴이 가까워지자, 금영진이 식은땀을 흘리며 속삭인다.

"이 년도 더 된 일이니까 못 알아보지 않을까?"

한보가 구슬처럼 예쁜 눈알을 열심히 굴리더니 조심스레 고개를 끄덕인다.

"그럴 가능성이 커요. 당아에게 특별히 눈에 띄는 특징이란 게 없잖아요. 뺨의 용문도 저분을 만난 이후에 생겼다고 했으니 오히려 더 도움이 될 거예요."

"역시 그렇지? 그럼 나가도 되는 걸까?"

"그래요. 언제까지 숨어 있을 수는 없잖아요."

"그래도 좀 불안한데… 우리 그냥 이걸로 결정할까?"

금영진이 품 안에서 주사위를 꺼냈다. 한보가 너털웃음을 흘리며 좋은 생각이라 말했다. 금영진은 홀이 나오면 막당을 숨기고, 짝이 나오면 다 같이 나가자는 말을 꺼낸 뒤 주사위를 던졌다. 주사위가 금영진의 손에 잡혀 손등 위에 올려지는 순간, 동방진상의 목소리가 들렸다.

"다른 분들은 어디 계십니까?"

"제가 불렀으니 곧 올 겁니다. 하하하."

녹지현의 목소리다. 그리고 막당이 인사하는 소리도 들렸다. 금영진은 주사위의 숫자를 확인하지도 않고 흐트러진 동작으로 그것을 품에 넣었다. 그리고 한보와 함께 축 늘어진 어깨를 갖고 사람들을 헤쳤다. 단상에 접근하니 녹지현과 태목구와 막당이 기다리고 있었다. 동방진상이 풍채 좋은 얼굴에 미소를 가득 담고 부채질을 했다.

"소문을 듣고 꼭 뵙고 싶었습니다. 하하하하하."

금영진이 동방진상에게 웃음 지으며 한보의 귀 가까이로 입을 가져갔다.

"못 알아보는 것 같지?"

"그런 것 같아요. 당아가 원래 특징이 좀 없잖아요. 말만 못하게 하면 돼요."

한보가 안두의 숨을 쉬며 중얼거렸다. 한보의 입기에도 미소가 번지고 있었다. 그때 동방진상이 막당을 보며 눈을 치켜떴다.

"어엇! 당신은……."

금영진과 한보의 가슴이 철렁 내려앉았다. 둘은 동방진상이 막당의 뺨에 있는 용문신에 반해서 저렇게 쳐다보고 있을 것이라며 스스로에게 최면을 걸었다. 하지만 동방진상의 시선은 막당의 얼굴뿐 아니라 전신을 훑어보고 있었다. 대체 어떻게! 정말로 이 년 전에 한 번 보았던 성장기 소년의 얼굴을 또렷하게 기억하는 건가? 저 특징없는 녀석을?

"으음……."

동방진상은 신음하며 눈살을 찌푸렸다. 어느 순간 금영진과 한보가 좌절하듯 고개를 떨궜다. 동방진상의 시선이 막당 옆에 붙어 있는 초구에 머물러 있었다. 금영진이 팔꿈치로 한보의 옆구리를 쳤다.

"결정적인 특징이 있었잖아."

"그때 술안주 없을 때 먹었어야 했어요."

회의실에 갈 때까지 동방진상은 막당에 대해 한 마디도 꺼내지 않았다. 막당과 녹지현과 태목구는 환한 얼굴로 동방진상의 뒤를 쫓아갔지만, 한보와 금영진은 사형장에 끌려가는 죄수 같은 몰골을 하고 있었다. 회의실에 들어가자마자 동방진상이 부채를 펄럭이며 말했다.

"신성육장을 제외한 다른 분은 잠시 나가 계셨으면 합니다."

이제껏 웃음 지었던 기문 대사의 얼굴이 일그러졌다. 기문 대사는 불쾌감이 깃든 음성으로 '아미타불.' 이라 중얼거리며 합장하더니 밖으로 나갔다. 다른 수뇌부가 모두 나가자 동

방진상이 길게 한숨을 뱉었다. 동방진상은 만삭의 여인만큼
이나 튀어나온 배를 부채로 몇 번 두드리더니 막당에게 미소
지었다.

"오늘은 먹지 않아도 화를 내지 않을 테니 걱정하지 말아
라."

다들 무슨 말인지 몰라 어리둥절했으나 막당은 뒤늦게 동
방진상을 알아보고 활짝 웃었다. 동방진상이 부채질을 하며
즐거워했다.

"그간 용케 살았구나. 형님들이 살수를 보내어 이미 죽은
줄 알았다. 정말 다행이다, 다행이야. 내가 아는 네가 맞느
냐?"

"무슨 말인지 모윽!"

금영진이 막당의 머리를 쥐어박아 말을 막은 뒤, 동방진상
에게 웃음을 건넸다.

"그 아이가 맞습니다. 한때 상관문의 정혼자였으나 지금은
정도맹의 별이 될 소중한 인재입니다."

"기연을 얻었구나."

동방진상이 박수를 치며 진신으로 기뻐했디.

"고작 이 년 반의 세월 동안 이런 큰 인물들과 형제의 연을
맺을 정도로 무공을 익혔단 말이냐? 내가 네 성정을 잘 알고
있으니 기쁘기 그지없다."

동방진상의 말을 통해서 녹지현과 태목구도 뒤늦게 지금

상황이 어떻게 돌아가고 있는지를 깨달았다. 하지만 금영진과 한보처럼 걱정하는 과정은 겪지 못했다. 동방진상의 모습만으로도 지금의 막당이 크게 안전하다는 것을 알 수 있었기 때문이다. 동방진상은 부채를 허리춤에 넣고 막당의 가슴 앞에 포권을 취했다. 그리고 금영진을 돌아보며 말했다.

"이번 싸움에 신성육장의 힘이 필요합니다. 제가 위험을 무릅쓰고 동방세가를 나와 적진을 뚫었던 이유는 오직 신성육장을 뵙고 싶었기 때문이지요. 극락화의 명성이야 진작에 흠모했으며, 초염 대협께서 장삭을 쓰러뜨린 이야기를 듣고 눈물이 날 정도로 감동했습니다. 또한 귀면신장께서 협행을 베푸시어 세 개의 마을을 구했다는 이야기도 그 마을 사람들에게 직접 들었습니다. 이미 중경에 사람을 보내어 비상각 대협도 이곳으로 불렀습니다. 기연을 얻은 여기 대협……."

"막당입니다."

금영진의 말에 동방진상이 고개를 끄덕이며 감사의 뜻을 표하고는 말을 이었다.

"막 대협께서도 큰 힘이 되어주리라 믿습니다. 그리고 제가 막 대협을 위해 아버님께 따로 연락하여 형님들의 옳지 못한 수작을 사전에 차단해 드리도록 하겠습니다. 그리고……."

"녹지현 도사입니다. 청성파의 도사시죠."

"아아, 그렇군요!"

금영진이 녹지현을 소개하자 동방진상이 호쾌한 목소리로 탄성을 지르고는 다음 말을 하지 않았다. 금영진의 소개가 더 이어지기를 바라는 눈치다. 참다못한 녹지현이 포권하며 말했다.

"청성의 건곤자께 직접 사사한 녹지현입니다."

"그렇습니까!"

동방진상이 놀랍다는 듯 눈을 치켜떴다. 그 눈이 금영진에게도 있었다. 녹지현은 주정을 하면서 출신을 자랑한 적은 있었으나 자신의 사부를 언급한 적은 없었다. 한보는 진작에 녹지현이 손우강의 제자임을 알고 있었지만, 손우강이 얼마나 대단한 인물인지는 모르는 상태였다. 그 때문에 손우강의 제자라는 것을 대수롭게 여기지 않았다. 하지만 지금 동방진상의 얼굴을 보니 상당히 큰 사건이라도 되는 듯하다. 동방진상은 녹지현에게 포권하며 웃었다.

"건곤자께서 두 분의 제자를 받았다는 소문은 진작에 들었습니다. 꼭 한 번 뵙고 싶었는데 여기서 기회를 만날 줄은 꿈에도 몰랐군요. 반갑습니다. 정말 반갑습니다."

"하하하. 반가우실 겁니다. 빈도도 동방세기의 뛰어난 분을 뵙게 되어 반갑습니다."

모두의 소개가 끝났을 때, 동방진상은 막당에게 때가 되기 전에는 결코 자신들의 형님을 만나지 말라는 주의를 주었다. 막당이 흔쾌히 응했다. 동방진상은 방까지 쫓아온 초구를 보며 '돼지도 살아 있다는 게 제일 반갑습니다.' 라며 농담을 던졌다. 그리고 큰 소리로 바깥에 있던 자들을 불렀다. 전투를 위한 회의가 시작됐는데, 일 다경 만에 끝났다. 누구도 '그냥 갑시다.' 라는 말을 하지 않았고, 어쭙잖은 병법을 가진 자들이 자신을 내세우기 위해 입을 여는 일도 없었다. 동방진상의 양털 부채가 있는 한 누구도 그런 모험을 하지 않을 것이다. 예전에 어떤 자가 스스로를 내세우며 지휘관이 되더니 숱한 정도맹의 부하들을 죽음으로 내몰았다. 그러자 동방진상이 죽은 자를 모두 묻은 뒤 양털 부채로 지휘관의 목을 베었다. 아직도 양털 부채의 털 몇 가닥은 핏물이 밴 상태 그대로였다.

"혹시 막 대협은 술을 마실 줄 아십니까?"

동방진상이 막당에게 존칭을 쓰며 물었다. 막당은 동방진상의 대우에 당황하지 않고 활짝 웃으며 좋다고 했다. 동방진상이 기문 대사를 보며 술과 단 음식을 청했다.

"제가 여기에 온 진짜 이유를 전하겠습니다. 악 대협이 자리에 없어 아쉽군요."

동방진상은 첫 술잔을 든 채 모두를 한 번씩 바라보며 미소 지었다. 금영진이 이유를 묻기 전에 동방진상이 먼저 잔을 앞으로 내밀며 말을 이었다.

"정도맹이 신성육장을 크게 쓸 것임을 알리기 위해서였습니다. 솔직하게 말씀드리면 녹 도사님과 막 대협은 저도 소문

을 늦지 못했습니다. 그러나 금 여협과 한 여협, 태 대협과 악
대협은 저뿐 아니라 아버님께서도 중한 위치에 맡겨 정도맹
의 새 바람을 이끌 인재로 등용할 생각이었지요. 그런 분들께
서 의형제의 연을 맺었으니 이 어찌 급하지 않겠습니까. 이제
라도 급히 찾아온 제 정성을 봐서 그간의 소홀함을 용서하시
기 바랍니다."

한보와 태목구는 내심 당황한 듯 술잔을 떨었다. 본의 아니
게 정도맹의 임시 무사가 아닌 본무사가 될 상황이다. 한보가
먼저 마음속 결정을 내렸다. 한보는 술잔을 동방진상의 잔에
가져가며 말했다.

"정도맹의 뜻이 혈풍을 잠재우는 데 있다면 성심을 다하여
도울게요."

그러자 태목구도 급히 잔을 내밀었다. 막당과 금영진이 동
시에 뒤를 이었고, 녹지현이 마지막으로 웃음과 함께 잔을 붙
였다. 오랜 시간 술을 나누지는 못했으나, 모두 다 술자리의
기쁨을 충분히 만끽했다.

다음날 막당은 배에 탈이 났다. 동방진상의 이름값에 맞는
고급의 단 음식에 혹하여 그것을 모두 먹은 벌이었다.

23장

막당의 전쟁

막당의 전쟁

　낙양은 항상 시끄러웠다. 불안감을 씻기 위해 검과 검이 부대끼며 소리 질렀다. 나무에 기대면 잎이 요동치며 소리 질렀고, 연못을 보면 잉어가 파문으로 아우성쳤다. 지진이 일어났다. 그저 어지러울 정도의 미진이었으나 객잔에서는 접시가 깨지고 허술하게 병장기를 놓아둔 자들은 놀란 가슴을 진정시켜야 했다. 낙양 하늘이 어둑하여 비가 내릴 것 같았으나 끝내 오지 않았다. 먹구름만 잔뜩 덮인 하늘을 보며 도사가 제사를 지냈다. 삼십일의 출전을 불길하게 여기는 자들이 많았다. 어떤 무사가 이날의 출전은 불가하다며 동방진상에게 상소했다. 새벽에 을계의 직책을 맡을 정도로 뛰어난 협사 네 명이 한낱 미물인 돼지에게 얻어터진 일이 있으니 흉조라 했다. 동방진상이 직접 나서서 그것은 길조라 했고, 금영진은 동쪽에서 해가 뜰 일이니 신경 쓰지 말자는 뜻을 보였다.

"지원군은 도착했습니까?"

동방진상은 행군 중 기문 대사를 불러 물었다. 기문 대사가 삼문의 지원군이 북쪽에서 오는 중이며, 소림사의 지원군은 이미 기다리는 중이라고 했다. 정주의 서남쪽은 지대가 높아서 도시의 진형을 알아볼 수 있었는데, 일부의 사마연합이 그곳을 장악하는 중이었다. 또한 지원군이 온다는 소식을 들었는지 정주 북부의 대하림에 모여 있던 적들도 진형을 바꿨다. 귀암곡의 전투 집단은 과거의 성격을 살려 진형을 이탈하고 별동대가 되었다. 이들은 도시의 요충지에 자리를 잡고 적을 급습해 피해를 입히는 일을 맡았는데, 그 정보가 소림사에 들어왔다. 소림사의 전령승을 통해 정보를 입수한 동방진상이 진군에 신중을 기했다.

"우와!"

막당이 크게 감탄하며 소리를 질렀다. 먼저 만난 소림사의 지원군은 동방진상의 지원연합군과 비교하여 손색이 없을 정도로 많은 수였다. 그 많은 사람들이 철새 무리처럼 일사불란하게 움직이니 위용이 대단했다. 게다가 소림의 지원군을 이끄는 자는 현 주지 현배 대사의 뒤를 이어 소림사를 이끌 가능성이 제일 높다던 현양 대사(現良大師)다. 동방진상이 지원

군을 이끈다는 소문을 듣고 소림사에서 그에 걸맞은 예우를
갖춘 것이 분명했다.

"저희 소림사에서 후방과 지원을 맡겠습니다."

인사와 함께 던진 현양 대사의 말에 동방진상은 쾌히 고개
를 끄덕였다. 오히려 동방진상이 그것을 부탁하려던 참이었
다. 후방은 식량을 보관하는 곳일 뿐 아니라 그것을 운송하는
역할도 담당한다. 정주가 아무리 큰 도시라 해도 양측을 합쳐
천 명 가까이 되는 사람이 싸울 장소는 되지 못했다. 서로의
체계를 갖춰 용이하게 움직이려면 전방과 후방의 적절한 배
합이 필요하다. 후방에서 더 이상의 위협을 사전에 차단하거
나 물자를 수월하게 전달하는 역할은 전방의 전투 집단이 가
진 역할보다 더 중요했다. 그것을 수행하려면 서로의 명령체
계와 각각의 능력이 일정 수준 이상인 집단이 필요했는데, 소
림사의 승려들이 가장 적합했다. 소림의 승려들은 모두 일정
수준 이상의 무공을 갖추고 있었으며, 오랜 집단 생활로 인해
체계가 잘 잡혀 있었기 때문이다. 그를 능가하는 집단이라면
동방세가에 있는 무인들이었으니, 현재로서는 소림사 이상으
로 후방 지원을 잘 할 수 있는 집단이 없었다.

"신성육장은 좌군을 맡아주십시오. 그러나 막 대협은 소림
과 함께 후방 지원을 맡는 것이 좋겠습니다."

동방진상이 금영진에게 말했다. 금영진이 이유를 물으니,
막당이 공을 세우면 형님들을 보게 될 가능성이 높다고 말했

다. 막당의 성격상 끔찍한 전투를 달가워할 리가 없음을 잘 아는 금영진이기에, 기쁜 마음으로 고개를 끄덕였다. 금영진은 신성육장이 모인 곳을 찾아가서 사항을 전했다. 그러자 녹지현이 나섰다.

"내가 막 아우를 지켜주지."

신성육장의 모두가 기뻐하며 고개를 끄덕거렸다. 신성육장의 이름도 그렇거니와 뒤늦게나마 알게 된 건곤자의 명성을 초장부터 떨어뜨리고 싶지 않았던 이유다. 신성육장은 곧 분해되어 세 명이 좌군을 맡고, 두 명이 후방을 맡았다. 신성육장은 아니었으나 한때 흉조가 될 뻔했던 한 마리는 자신이 녹지현과 같은 뜻을 가지고 있음을 몸으로 알렸다.

동방진상의 우군과 금영진 중심의 좌군, 그리고 불만 가득한 얼굴의 기문 대사가 맡은 중군이 정주성으로 들어섰다. 무사들의 왁자지껄한 노랫소리와 발이 외치는 장단들이 오랜 시간 정주를 시끄럽게 했다. 소림사를 위시한 후방의 무사들, 현양 대사가 괜찮다고 했지만 동방진상이 끝끝내 맡긴 녹지현 휘하의 오십 명 무사가 정주 서쪽에서 대기했다.

"아미타불. 일단 군량의 목록을 작성해야겠습니다. 머잖아 이쪽으로 태양문(太陽門), 남궁문(南宮門), 호운문(湖雲門)의 연합군이 올 것이니, 그분들을 지원할 군량을 따로 챙깁시다."

"빈도가 하겠습니다. 이전에 청성에서 계산하는 일을 맡은 적이 있으니 수월할 것입니다."

녹지현은 현양 대사 앞에서 가슴을 두드리며 웃었다. 군량을 챙기는 것은 자신이 있다며 호언장담했는데, 눈빛이 심상치 않았다. 현양 대사가 녹지현의 흑심을 미처 간파하지 못하고 감사의 뜻으로 합장했다. 녹지현은 막당을 포함해 오십 명의 무리를 이끌어 군량이 있는 막사로 향했다. 녹지현의 손가락이 끝없이 꿈틀거리며 뭔가를 계산했다.

"위히! 많기도 하다."

막사와 나귀의 등, 수레에 실려 있는 수많은 물건들을 향해 녹지현이 휘파람을 불었다. 수하 중 한 명이 녹지현을 찾아가 일의 방법을 물었다. 녹지현은 물품들을 성격에 따라 구별하기 위해서는 붓과 종이가 필요하다고 말했다. 그리고 스스로 앉을 곳과 글을 쓸 곳을 찾았다.

"목록과 수량은 빈도가 직접 물건을 보고 적을 테니, 순서를 지켜 하나씩 막사로 가져와 주십시오. 각 목록에 따라 서로 다른 수의 점을 찍어놓을 겁니다. 그 점의 수에 맞춰 물건을 구별하시면 됩니다."

"아아. 그렇게 하면 물긴을 구별하기 쉽겠군요."

먼 강소성(江蘇省)에서 길을 돌아 낙양까지 온 모산파(茅山派)의 손훈(孫訓)은 녹지현의 자세가 마음에 들었다. 모산파에서 손훈의 뒤를 따라 정도맹을 지원한 자는 총 사십칠 명이었는데, 이들 모두가 후방 지원의 역할로 녹지현 아래 있었다. 손훈은 신성육장에 대한 기대가 컸다. 강소성에는 아직 알려지지 않았으나 동방세가의 위기로 낙양을 찾아왔을 때, 그에 대한 모든 소문을 들었던 이유다. 특히 초염 대협이 장삭파를 단신으로 궤멸했다는 말을 들었을 때가 제일 감동적이었다. 그때 당시에 한 명의 청성 도사가 곁에 있다는 얘기도 들었는데, 손훈은 그 도사가 녹지현이라고 생각했다. 녹지현이 하는 일은 뭔가 대단해 보였으며, 그것 하나하나를 배우고 싶은 마음이 간절했다. 반면 손훈은 막당이 달갑지 않았다. 막당은 지금 돼지랑 놀고 있었다. 사십칠 명의 무사가 열심히 물품을 나르고 있는데 막당 혼자 놀고 있는 것이다. 문제는 손훈뿐 아니라 녹지현도 막당을 무시하고 있었다. 아직 녹지현은 막당이 싸우는 것을 본 적이 없었고, 막당의 소문도 듣지 못했다. 게다가 막당은 녹지현의 곁에 붙어서 어리광만 피운다. 자신을 높여주며 따르는 인물이니 대단해 보일 리가 없었다. 녹지현이 막당을 향해 불평했다.

"막 아우는 지금 뭘 하는 거냐. 다른 사람들이 열심히 일하는 게 보이지 않느냐? 네가 아무리 신룡대협 막당이라 해도 그렇게 게으름을 피우면 나도 너를 지켜줄 수 없다. 신성육장으로 계속 남고 싶다면 너도 어서 일을 하거라."

"죄송합니다!"

막당이 깜짝 놀라며 물건이 쌓인 곳을 향해 달려갔다. 손훈이 녹지현을 보며 미소 지었다. 그럼 그렇지. 저런 자가 신성육장에 포함될 수 있었던 건, 녹지현 도사 같은 훌륭한 분의 입김이 작용해서였구나. 손훈은 스스로를 일깨우듯 고개를 끄덕거리며 물품이 있는 곳으로 걸어갔다. 그리고 막당의 곁에 서서 제법 커다란 밀 포대를 쥐어 어깨 위로 올렸다. 막당에게 자신을 과시하기 위해서였다. 마침 막당이 똑같은 밀 포대를 하나 들더니 초구의 등 위에 올려놓았다.

"초구야, 그거 갖고 녹 형님한테 가."

초구가 몸을 돌리는 대신 콧바람을 뿜으며 '끼끽!' 댔다. 막당이 한숨을 쉬더니 손훈에게 몸을 돌렸다.

"초구가 그것도 달라고 합니다."

"알아듣는 겁니까! 돼지 말을?"

막당은 답하지 않고 손훈의 어깨에 있던 밀 포대에 우수를 가져갔다. 그것이 초구의 등 위에 있던 포대에 쌓였는데, 손훈이 입을 벌린 채 아무 말도 못했다. 방금 전까지 자신의 어깨를 짓누르던 엄청난 무게의 밀 포대가 돼지의 등 위에 두 개나 쌓여 있다. 하지만 그것보다 더 손훈을 놀라게 만든 것은 막당이 그 포대 하나를 손아귀 힘으로만 들어서 초구의 등에 올려놓았다는 사실이었다. 정신을 못 치린 채 멍한 얼굴로 막당을 보다가 뒤늦게 고개를 돌려 초구가 녹지현에게 가는 것을 확인했다. 녹지현이 초구가 오는 걸 보더니 흠칫하며 뒤로 자빠질 뻔했다. 간신히 중심을 잡은 녹지현은 이번엔 손훈 쪽을 보고 또 한 번 자빠질 뻔했다. 녹지현이 외쳤다.

"하나씩 가져와! 하나씩!"

그 말에 손훈이 뒤를 돌아봤다. 쌓아놓은 밀 포대 전부를 막당이 밀고 있는 중이다. 손훈은 급히 자리를 비키며 막당에게 무리하지 말라고 청했다. 그리고 마음속으로 '아무리 녹도사의 입김이 있다 해도 보통 사람이 신성육장이 될 수 있는 건 아니구나' 라고 생각했다.

반나절쯤 지나서 시끄러운 소리가 들렸다. 정주 시내에서 싸움이 벌어진 모양이다. 병장기가 부딪치는 소리까지 바람을 타고 왔다. 북소리와 비명 소리도 들렸다. 거리가 멀었음에도 불구하고 소리가 너무 시끄러운지라, 후방에 있는 모든 사람들이 잔뜩 긴장했다. 녹지현은 물품 목록을 작성하되 눈에 띄지 않게 수량을 줄였다. 그리고 잡물이라는 이름을 붙여 다른 막사에 보관하도록 지시했다. 군량을 줄 때 각각의 요구 물품을 주는 방식이었으니, 잡물을 줄 일은 없을 것이다. 반드시 남게 될 물품이며 중간에 사라져도 신경 쓸 필요가 없는 물품이기도 했다. 녹지현은 자신이 정리한 물품 목록을 갖고 막당과 함께 현양 대사가 있는 막사를 찾아갔다.

"자아. 모두 끝났습니다."

"벌써 말입니까? 허허허."

현양 대사가 너털웃음을 흘리며 녹지현의 수완을 극찬했다. 곁에서 막당과 초구가 서로 장난질을 했으나 조금도 불쾌하게 여기지 않고, 오히려 그 모습을 부드러운 미소로 대했다. 녹지현이 뒷발길질로 막당을 연신 때리며 경고했다. 그러면서 현양 대사에게는 웃는 얼굴을 보인 채 말했다.

"앞으로도 빈도가 최선을 다해 물품 관리에 힘을 쓰겠습니다."

"아미타불. 그러실 필요는 없습니다."

"예?"

"녹 도사와 저 밖의 분들은 따로 가셔야 할 곳이 있습니다."

"아. 그렇군요. 어디입니까?"

녹지현이 실망한 얼굴로 말했다. 실망이 가득 담겼던 녹지현의 표정은 현양 대사의 다음 말에 급속히 바뀌었다.

"남서쪽에 있는 사도맹의 진영입니다."

"고작 오십 명으로 그쪽을 치라는 말씀이십니까?"

기겁하는 녹지현의 말에 현양 대사가 고개를 저었다.

"아미타불. 소승이 어찌 그런 무리한 요구를 하겠습니까. 그런 걱정은 하지 마십시오."

"하하하. 농담이었습니다. 그런 요구를 하실 리 없지요. 무슨 일로 가야 하는 지 말씀해주시면 성심을 다하여 완수하고 오겠습니다."

"포로로 가시는 일입니다."

"예?"

녹지현이 반문을 던졌을 때, 바깥이 소란스러워졌다. 깜짝 놀라 막사 바깥으로 고개를 돌리던 녹지현은 어깨 위로 차가운 것이 닿아 있음을 느꼈다. 현양 대사의 염주가 녹지현의 어깨에 걸쳐져 있었다.

"아미타불. 죄송하오나 저희 소림사는 더 이상 동방세가와 함께하지 않을 것입니다."

"음."

녹지현이 중얼거렸다.

"좋은 생각이십니다. 빈도의 뜻도 그러하니 빈도만이라도 여기에 계속 합류하고 있으면 안 되겠습니까?"

"허허허. 수작에 능하시군요. 자, 묶이시지요."

녹지현은 묶였다. 막당에게 눈치를 줬지만, 막당도 묶였다. 그 짧은 새 초구는 막사를 빠져나갔는데, 현양 대사가 '돼지를 잡아 묶어라!' 고 큰 소리로 명령했다. 하지만 바깥의 소란이 온전히 끝나지 않았던 터라, 두 명의 소림승이 부상을 입었을 뿐 초구는 도주하는 데 성공했다. 현양 대사는 초구가 영물임을 잘 알았으나 걱정하지 않았다. 막당이 묶여서 바깥으로 나오자, 멀리 떨어진 곳에서부터 초구가 어슬렁거리며 돌아왔기 때문이다. 소림승 몇몇이 초구를 향해 달려갔으나, 현양 대사가 저지했다.

"천하의 소림사가 이런 짓을 할 줄은 몰랐소! 어찌 정도맹을 배신한단 말이오!"

손훈이 묶인 채 무릎을 꿇린 상태에서도 가슴을 세운 채 외쳤다. 분해서 혀라도 깨물 듯한 얼굴이었다. 현양 대사는 손훈에게 합장하며 침통한 얼굴을 보였다.

"아미타불. 소림은 혈풍을 잠재우기에 이것이 더 빠르다 생각했습니다. 모든 것의 시작이 동방세가에서 비롯되었으며, 최근에 벌어진 정의로운 문파들의 숙청 또한 동방세가의 짓입니다. 이를 어찌 정도맹의 일심이 이룬 뜻이라 하겠습니까? 더 이상은 두고 볼 수 없다 여겼으며, 현재 이곳으로 오는 삼 문의 연합 또한 소림과 같은 생각입니다. 곧 저들과 합류하면 정주로 들어가 협상을 청할 것입니다. 동방세가가 몰락하여 새로운 정도맹이 구성된다면 그때 가서 소림이 배신의 죄를 달게 받겠습니다."

손훈은 고개를 저었다. 지금 자신은 무릎을 꿇고 있었다. 현양 대사는 등에 하늘을 지고 있으나, 그 하늘이 무겁게 여겨지지 않았다. 손훈이 울분을 꺼내었다.

"그 마음의 일부를 이해할 수 있으나, 그것이 정도맹의 뜻이라면 어찌 말로써 바꾸지 않고 이런 짓을 하시오. 이제야 알겠소. 사도맹이 쥐도 새도 모르게 동방세가의 바로 앞까지 올 수 있었던 이유를! 이는 수작이외다. 동류의 피로 뜻을 알리는 것은 동방세가와 소림이 다를 바 없소."

"아미타불. 동방 맹주를 아시는 분이 어찌 그런 말씀을 하십니까. 힘이 아니면 뜻을 펼칠 수 없습니다. 동방 맹주의 힘은 강대하여 그 뜻을 펼침에 망설임이 없으나, 일을 행함에 있어 힘을 저울질하는 것이 냉철합니다. 정도맹의 다른 세력들이 동방세가에 일편단심이니 말의 힘으로는 저들을 누를 수 없습니다. 그러니 다른 힘으로 위세를 보이고 뜻을 관철시킬 수밖에요. 동방 맹주라도 이리했을 것입니다."

"궤변이오! 동방 맹주의 뜻으로 동방 맹주를 제압하려 하다니, 궤변이 아니면 무엇이겠소! 소림은 지금 부처님이 아니라 궤변을 모시고 있소이다! 또한⋯⋯."

퍽!

손훈은 갑자기 날아든 발길질에 어깨를 맞고 나뒹굴었다. 발을 날렸던 자는 현양 대사와 함께 소림승을 이끌고 왔던 회인(晦仁)이었다. 회인은 손훈의 목에 봉 끝을 들이대고 말했다.

"그쪽이야말로 궤변입니다. 더 이상 궤변으로 뜻을 바꾸려 하시면 지금 곧 묶여 있는 자들을 하나씩 죽이겠습니다. 대를 위한 소의 희생이니 매정하다 말을 마십시오."

"그, 그런!"

손훈이 창백한 얼굴로 회인을 돌아봤다. 냉혹한 말에 현양 대사도 깜짝 놀랐으나, 회인의 평소 성품을 알기에 꾸중하지 않았다. 손훈이 입을 다문 채 험악한 눈매로 회인을 노려보기만 했다. 잠시 후 회인이 봉을 치우고 합장했다.

"보십시오. 이것이 동방 맹주의 뜻입니다. 반박의 뜻을 가지고 있으면서 손 시주는 왜 반박을 하지 않으셨겠습니까. 동료를 살리기 위함이 아닙니까. 저희 소림 또한 지금의 행위를 곱게 여기지 않으며, 말로써 뜻을 보이고 싶습니다. 그러나 지금의 손 시주처럼 길을 찾을 수 없으니 이렇게 뜻을 보이는 것입니다. 저희 뜻을 알아주시고 더는 소란을 피우지 마십시오. 사도맹의 금 맹주와 협의하여 포로에게 해를 끼치지 않겠다는 약조를 받았습니다. 저희의 뜻이 관철되면 정도맹이 다시는 내부의 혈풍을 두려워하지 않을 것이며, 사도맹과 검이 아닌 언으로써 평화의 길을 구하게 될 것입니다.”

손훈이 고개를 꺾었다. 소림승들은 조심스레 포로들을 일으키고 모두의 결박을 연결시켰다. 누구 한 명 도망치지 못했으니, 일렬로 묶인 자들이 오십 명이었다. 선두에 있던 녹지현이 길게 한숨을 쉬며 소림승의 지시에 따라 걷기 시작했다. 두 번째 열의 막당이 ‘왜 이렇게 하고 걷습니까? 라고 물었다. 손훈이 어깨를 두 번 격하게 뒤틀며 한탄했다. 현양 대사와 말싸움을 할 때보다 더 분통이 터지는 모습이다.

“삼 문이 합류하면 지원의 형식으로 접근하여 일시에 제압하자. 그것이 가장 피를 적게 부를 것이다.”

현양 대사가 포로의 행렬을 보며 중얼거리듯 말했다. 회상(晦象)이 고개를 끄덕였다.

회인은 일곱 명의 소림승과 함께 선두에서 포로를 이끌었다. 포로들의 뒤쪽에도 여러 명의 소림승들이 따르고 있었으니 도주하기가 어려웠다. 망산(邙山)에서부터 길게 이어진 산지는 왕릉 같은 인공적인 지역이 많아서 사방이 크게 트여 있었다. 하지만 사도맹의 세력은 그곳에 진지를 구축하지 않았다. 적의 눈에 쉽게 띄는 점도 있었으나, 그곳을 지키는 관병과의 충돌을 피할 요량이기도 했다. 사도맹 세력은 고지대에 있었으며, 사람의 손이 닿지 않는 험준한 지역을 택했다. 그 때문에 진지로 들어서는 길이 많지 않아서 보초를 세우기 용이했지만, 만약 포위를 당한다면 꼼짝없이 백기를 들어야 할 곳이었다.

"여기서부터 넘어지지 않게 조심하십시오!"

선두에 있던 회인이 큰 소리로 외쳤다. 길이 험해지고 있었다. 좌우에 절벽도 있어서 한 사람이 가까스로 지나갈 만큼 좁은 통로도 보였다. 통로를 지나면 앞이 크게 트이며 내리막길이 시작되는데, 이어지는 오르막길이 육안으로도 보일 정도였다. 오르막길의 지평선을 넘어서 보이는 산 하나가 사도맹의 진지인 듯했다. 사도맹의 깃발 여러 개가 어렴풋이 보였다. 녹지현이 먼발치에서 보이는 위세만으로도 질렸는지 걸음을 멈췄다. 옆에 있던 소림승이 친절한 장사치처럼 미소를 보이며 봉 끝을 녹지현의 목에 붙였다. 녹지현이 움찔하다가 다시 걷기 시작했을 때, 막당이 물었다.

"언제까지 이러고 가야 합니까?"

"저기 깃발이 보이고 있으니 멀지 않았다."

녹지현의 퉁명스러운 대답에도 막당은 만족하지 않은 듯 입술을 내밀었다. 뒤쪽에서 누군가가 넘어지자 그 사람의 줄에 연결된 자들 몇몇이 같이 고꾸라진다. 막당은 뒤쪽 멀리서 들리는 초구의 울음소리를 신호탄으로 삼았는지 노골적으로 투덜댔다.

"불편합니다. 이 줄을 풀고 걸으면 안 되겠습니까?"

녹지현은 쓰게 웃었고, 그 뒤의 손훈은 이를 '바드득!' 갈았다.

'뭐 이런 놈이 신성육장이냐! 소림승들이 할 짓 없고 밧줄이 남아돌아서 우리의 가슴부터 골반까지 둘둘 말아버렸을까? 저들이 네 소원을 들어준다면 진정한 신성육장으로 인정해 주겠다.'

손훈의 매서운 눈빛이 막당의 뒤통수를 뚫어버릴 듯 노려보며 내심 신경질을 부렸다. 하지만 녹지현은 신선이라도 된 사람처럼 막당에게 초연했다.

"그래, 막 아우. 풀고 걸어라."

"예. 감사합니다."

짤막한 대답에, 앞의 녹지현과 곁의 소림승과 뒤의 손훈이 눈을 치켜떴다. 셋 모두 재빨리 막당의 결박으로 시선을 옮겼다. 막당이 두 팔에 힘을 주고 있었다. 소림승은 급히 봉을 들어 막당의 목에 견주었다. 막당이 소림승을 보며 웃었다.

"잘 안 풀립니다. 도와주십시오."

봉이 내려가고 녹지현이 하늘을 보고 손훈이 땅을 보았다. 한숨이 하늘과 땅을 덮을 즈음에 막당의 몸에서 '투투툭!' 소리가 났다. 막당이 웃으며 '아, 됐습니다. 됐습니다.' 라고 말했다. 봉이 다시 올라갔는데, 그보다 먼저 녹지현이 외쳤다.

"싸워라! 이 땡중들은 적이야!"

퉁!

굳이 외칠 필요도 없었다. 소림승의 봉에 살기가 담겨져 있었기 때문에, 막당의 몸이 먼저 반응했다. 봉의 끄트머리에 닿았던 막당의 오른쪽 팔꿈치가 힘으로 맞서더니, 좌수가 급히 날아와 봉신을 한 번 쏠었다. 그 순간 봉은 허공을 날아갔고, 막당이 자신의 몸에 달라붙었던 밧줄 모두를 내쳤다. 소림승들이 깜짝 놀라며 몸을 돌렸다. 중간에 있던 소림승들도 막당을 향해 달리는 중이었다.

탕! 타학!

"어엇!"

앞뒤에서 막당을 공격하려던 소림승들이 멍한 얼굴로 하늘을 보았다. 부상어소로 높게 치솟은 막당이 너무도 뒤늦게 '정말 싸워야 합니까?' 라고 물었다. 녹지현이 그렇다고 대답하자 막당의 신형이 나무에 붙었다. 운이 좋았다. 주변 길은 인간의 발길이 뜸했으나 오랜 과거에 관군이 다져 놓은 길이어서 나무가 많지 않았는데, 막당이 밧줄을 풀었을 때는 하필 근처에 두 그루의 나무가 있었다. 막당은 그것을 이용하여 숨

돌릴 틈을 찾고 싸움에 임했다.

"뒤쪽은 포로를 감시해라! 여긴 우리가 맡겠다!"

회인이 고함치며 직접 나섰다. 스스로 결박을 풀었으니 보통 무위를 가진 자가 아닐 것이다. 회인은 제자들이 부상을 입는 것을 원치 않았고, 그렇게 하기 위해서는 가장 뛰어난 무공을 지닌 자신이 나서야 한다고 판단했다. 땅에 착지하는 막당을 향해 힘껏 봉을 뻗으니, 다른 제자들이 급히 물러섰다. 도움을 줄 수도 있었겠으나, 소림승들 모두가 회인을 신용했다. 회 자 항렬을 가진 소림승 중에서 다섯 손가락 안에 드는 무공을 가진 자가 회인이었다. 지금은 비록 소림무공의 정수가 현 자 항렬에게 있었지만, 이십 년 이내에 세대교체가 이루어질 게 자명하다. 그리고 세대교체의 중심에는 회인이 있을 것이 분명했다.

"허이아!"

회인의 기합이 매서웠다. 봉 끝도 매섭게 가슴을 파고들었다. 그 순간 막당이 집결세를 취하며 품 안으로 봉을 끌어들였다. 마치 둘 다 같은 뜻을 갖고 봉을 대하는 모양새다. 하지만 막당의 가슴에 봉 끝이 닿는 순간, 회인의 얼굴이 창백해졌다.

떠헝!

"이럴 수가!"

봉신에 균열이 일자마자 중심부가 폭발하듯 조각났다. 또

한 회인의 두 손이 급히 봉을 놓은 상태다. 만세라도 부르듯 봉을 놓았건만, 봉신은 여전히 제자리의 허공에 머문 채 부르르 떨었다.

"이런 회전이라니! 대체 어느 정도의 내력을 가지고 있기에!"

회인은 막당의 무공이 정도의 무공이라고 생각했기 때문에, 자신의 봉을 회전시킨 것은 내력의 힘이라 여겼다. 하지만 막당이 봉을 회전시킨 것은 집결세의 반탄을 이용한 외공의 힘이었다. 막당은 집결세에서 자연스레 철장세로 동작을 바꾸어 회인을 공격했다. 회인이 놓았던 봉은 아직까지도 그 자리에 머물러 회전 중이었는데, 막당의 권이 그것을 노리고 있었다. 회인은 급히 신형을 뒤틀며 우측으로 피했다.

팍!

"으으윽!"

퍼어엉!

강맹한 일권이었다. 봉을 내지르는 순간, 그것이 마치 화살처럼 일직선으로 쏘아지며 다섯 장쯤 떨어진 둔덕으로 날아가 버렸다. 땅에 절반 이상이 박혀 버린 봉을 보니 소름이 끼칠 지경이었다. 그 싸움을 보고 손훈이 고민했다. 버들가지라도 주워 들어서 이파리를 하나씩 떼고 싶은 심정이다. 신성육장의 자격이 있다. 자격이 없다. 자격이 있다. 없다. 고민하던 도중에 막당이 달리는 것이 보였다. 손훈의 입이 쩍 벌어졌다. 엎어져서 달리는 사람도 있었구나! 아니, 뱀인가?

쾌투투투투!

흙먼지가 폭발하듯 튀어 올랐다. 막당이 회인의 다리를 노릴 듯 빠르게 접근했는데, 그 모습이 마치 날쌘 뱀과 같았다. 회인은 피하지 않고 부동의 자세로 내력을 모았다. 그리고 대지에서 흙먼지를 일으키며 접근하는 막당에게 상체를 굽혔다.

"하아!"

쾌싸하!

낮은 회전차기가 대지 전체를 부술 듯 토폭풍(土暴風)을 일으키며 막당의 머리를 노렸다. 그 순간 막당이 팔을 베고 옆으로 눕듯 자세를 바꾸더니 회인의 발차기를 정면으로 맞이했다. 그 순간 회인은 확신했다. 막당의 무공은 정도의 것이 아니었음을!

"공작천!"

알아보기 어려운 변초였으나 회인은 확신했다. 자신의 발차기에 맞서며 정권을 뻗는 저 모습은 몸만 바로 세우면 공작천의 무공 독상일주였다. 하지만 곧 생각을 바꿨다. 발차기와 정권이 서로 부딪치는 순간에 금나수(擒拿手)가 펼쳐진다. 어찌 보면 소림의 무공같이 보이는 괴상한 변초였다. 회인은 급히 진각하여 그 탄력으로 발을 회수했다. 간발의 차이로 발목이 꺾이는 것을 면할 수 있었는데, 막당이 그 틈을 타서 신형을 세웠다. 아니, 세웠다기보다 튕겨서 날아올랐다고 봐야 할 것이다. 이 동작만큼은 의심의 여지가 없었다. 공작천 고도공의 부상어소가 아니라면 이런 탄력으로 솟구칠 수가 없었다. 회인은 맞서는 것을 포기하고 위기 수습을 위해 급히 후퇴했다.

펑펑펑펑펑!

막당이 허공에서 회인을 따라가며 다섯 번을 출수했다. 다섯 번째 공격을 막았을 때 막당이 착지하며 공격을 멈추자, 회인이 참았던 숨을 일시에 뱉었다. 등에서 식은땀이 흐른다. 다섯 번째의 공격을 막을 때까지 회인은 '혹시 이건 무량수(無量手)가 아닐까?' 라는 걱정을 했었다. 끊임없는 공격. 회인의 마음속에 심마가 일어났다. 나는 저자를 이길 수 없다! 회인이 숨을 다시 들이켰다가 조심스레 물었다.

"어째서 정도맹의 무인이 부상어소를 쓰시는 겁니까?"

막당이 깜짝 놀라더니 손을 저었다.

"부상어소가 아닙니다! 절대 아닙니다! 이것은 파천쌍익붕입니다."

회인은 곤혹한 얼굴이 되어 막당의 당황하는 꼴을 지켜봤다. 자신의 무공을 부정하다니! 요즘은 그래도 되는 건가? 막당이 다시 공세를 취할 때까지 회인은 정신이 산만하여 자세조차 제대로 잡지 못했다. 하지만 강맹한 기운이 사정권에 들어왔을 때, 몸이 먼저 반응했다. 수미산장(須彌山掌)으로 막당의 진신을 후려칠 듯 공세를 펼침으로써 상대의 공세를 주춤하게 만든 뒤, 자신의 시간을 얻어냈다. 막당은 회피세를 취할 필요가 없음을 알고 공세를 늦추지 않았으나, 짧은 고민의 시간이 회인을 자유롭게 만들었다. 막당은 회인의 신형이 비틀어지며 사정권에서 벗어나는 것을 느꼈다. 오히려 자신이 회인의 사정권에 들어갔다.

"엽!"

"으어아!"

콰학!

둘 사이에 장과 각이 부딪쳤다. 막당의 첫 공격은 몸통 자체를 날리는 독리다경이었다. 하지만 회인이 사정권에서 벗어나는 순간, 변초가 발동되어 동월공의 위수탄(偉手彈)과 섞였다. 그러한 변초가 펼쳐질 때, 회인은 우각을 뻗어 막당의 가슴을 후려치려던 중이었다. 장과 각이 매서운 위세로 부딪쳤는데, 서로 튕기지 않았다. 힘과 힘의 대결인 것처럼 보였으나, 회인의 각은 끝없이 내력을 불어넣으며 잦은 탄력으로 막당의 손바닥에 고통을 주었다. 또한 막당은 회인의 다리에서 쏟아지는 내력을 천자강림신법으로 흘려보냈다. 손바닥으로 보법을 운용하여 내력을 흘리는 중이라는 것을 알았다면, 회인은 자지러졌을 것이다. 그렇게 서로가 부동의 싸움을 하고 있을 때 막당이 말했다.

"정말 파천쌍익붕입니다! 믿어주십시오!"

“예?”

“부상어소가 아닙니다!”

“아, 예.”

그냥 싸워도 불안한 판국에 심마까지 준다. 회인은 원망스러운 눈으로 막당을 잠시 흘기다가 반탄의 기운을 다리에 넣었다. ‘텅!’ 하고 청명한 소음이 둘 사이에서 흘렀다. 삼 보 물러선 회인이 잠시 멈췄다가 막당이 한 걸음도 물러서지 않았음을 알고 다시 다섯 걸음 물러섰다. 회인은 좌수를 들어 모두에게 공격을 지시했다.

“와아아아아!”

회인을 포함하여 열여덟 명의 소림승이 일제히 달려들었다. 그러자 묶여 있던 모산파의 도사들이 급히 다리를 놀려 소림승을 방해했다. 다리를 쓰는 기술은 소림승의 장기이지 모산 도사들의 장기가 아니다. 잠깐 막당에게 도움을 주기는 했으나 짧은 시간 내에 제압되어 모두 엎드렸다. 막당은 급작스럽게 몰아치는 공세가 심상치 않았고, 활로도 쉽게 찾을 수 없자 당황했다. 게다가 여섯 명의 소림승이 저편에서 달려오는 중이다. 녹지현과 막당을 제외한 모두가 소림승에게 제압당하여 엎드려진 상태였다. 막당이 줄을 풀었기 때문에, 녹지현은 다른 사람과 엮여 있지 않았다. 녹지현은 두 명의 소림승을 피해 도망치는 중이었다. 잠시나마 기대를 가졌던 모산파 도사들이 크게 낙담했다. 곧 막당의 주변에 스물네 명의 소림승이 위세를 떨칠 것이다. 모두가 대수롭게 여기지 않았지만, 한숨짓는 도사들의 곁을 초구가 유유히 지나쳐 가고 있었다.

북북북북북!

바람을 치는 소림승의 봉 소리가 끊이지 않았다. 모든 소리가 똑같았다. 길게 늘어지는 소리나 짧게 끊기는 소리가 없었다. 그저 평범하고 일정한 소리만 모두에게서 흘러나온다. 막당이 당황한 것은 이들의 봉이 자유로운 선을 그리면서도 계획적으로 갈 길을 막았다는 점이다. 스물네 개의 봉이 일제히 한 점을 노리고 휘둘렀는데 어느 하나 부딪치는 일이 없었다. 다른 소림승들보다 뛰어난 무공을 가진 회인조차 특별하게 위세를 떨치지 않았다.

"우욱! 저 맞습니다!"

퍽!

막당이 외치자마자 맞았다. 둔탁한 소리가 어깨에서 들렸으나 내상을 입기는커녕 외상도 제대로 입히지 못할 만큼 약한 타격이었다. 하지만 그 타격 자체가 때린다기보다 밀친다는 느낌을 줬다. 막당의 몸이 자유를 잃었다. 어깨를 후려친 봉이 원하는 방향으로 몸이 움직였는데, 또 다른 봉이 기다렸다는 듯 날아들었다. 막당이 '또 맞습니다!' 라고 외치며 맞았다. 이번에도 몸이 의지와 상관없이 튕겨 나갔다. 세 번째는 맞는다고 말하기 전에 맞았다. 넷, 다섯, 여섯, 일곱! 첫 타격에서 비롯된 연속 타격이 쉴 새 없이 이어졌다. 가랑비에 옷이 젖는다고, 막당도 드디어 통증을 견디지 못하는 상황에 이르렀다. 열아홉 번째 타격 때 작정하며 강제로 몸을 낮췄다. 하지만 그 동작을 기다렸다는 듯이 봉이 날아들었다.

퍽!

가슴을 때릴 봉이 이마를 내질렀다. 고개가 뒤로 젖혀지는 것만큼은 자신의 의지로 막기 어려웠다. 하지만 또 하나의 봉이 귀밑터리를 향해 날아들었을 때, 막당의 쌍수가 그것의 끄트머리로 곡선을 그렸다. 쌍수는 소용돌이의 선을 그리며 봉끝을 향해 날아들더니, 곧게 펼친 쌍장을 봉신에 붙였다.

쾌릭!

마치 두 손으로 팽이를 돌리듯 쌍수를 힘껏 내치자 봉신이 맹렬하게 회전했다. 그 회전력이 너무 강하여 소림승 한 명이 마찰의 고통을 이기지 못하고 봉을 놓쳤다. 하지만 그런 감동적인 반격에 감화받아서 다른 스물세 명의 소림승이 봉을 세우고 합장하는 일은 없었다. 다른 두 개의 봉이 막당의 허리와 허벅지를 후려쳤다. 공격이 좀 더 위력적이다. 막당은 팅기는 몸의 저쪽에 분명 또 다른 공세가 날아들고 있음을 확신했다. 그래서 아예 자신의 신체도 그쪽으로 운용했다.

퉁! 텅!

"흐윽!"

"허!"

소림승 두 명이 낮게 신음했다. 상대의 몸에서 비롯되는 반력으로 다음 동작을 펼쳐야 하는데 예상보다 타격감이 강해서 반탄도 그만큼 컸다. 그 짧은 비틀림으로 인해 하마터면 동료의 봉과 엇갈릴 뻔했다. 그 위태로운 경로에 깜짝 놀란 동료 승려가 봉의 방향을 바꾼 것이 전체적인 조화를 구겨 버렸다. 그러자 회인이 외쳤다.

"혜능(慧能)은 그대로 하라!"

혜능이라는 소림승의 움직임에 맞추라는 얘기였다. 혜능이 봉을 뻗는 위치는 회인과 상극이었으니 회인 스스로가 혜능의 움직임에 맞춘 상태에서 명령을 내리면, 주변의 제자들은 두 사람을 기준점으로 참작할 수 있을 것이다. 흐트러진 봉선(棒線)이 급히 바로잡히며 막당을 다시 노렸다. 그 짧은 새 막당은 공세를 취했다. 소림승 한 명이 봉을 급히 세워 방어세를 취했지만, 막당의 일격이 먼저 옆구리를 질렀다. '억!' 하는 낮은 비명과 함께 소림승이 나뒹굴었고, 그 자리에 초구가 슬그머니 끼어들었다. 막당이 말했다.

"힘들어, 초구야. 같이 하자."

초구가 고개를 들었다. 그리고 고개를 힘차게 숙이며 콧바람을 뿜었다.

퍽!

"혜능은 그대로 하라!"

퍽!

“혜능은 그대로 하라!”

퍼억!

“모두 일단 후퇴!”

회인이 억울함을 참고 고함쳤다. 소림승들이 일제히 수세를 취하며 다섯 보 물러섰다. 막당도 수세를 취하며 안도의 숨을 쉬었지만, 초구는 공세를 멈추지 않았다. 한 명의 소림승이 대경하는 순간 좌우의 동료가 급히 봉을 내밀며 방어세를 도왔다. 하지만 외양간을 고치고 보니 소를 잃었다. 동료는 이미 바닥에 자빠져 신음하는 중이었고, 초구가 흙바람을 일으키며 저편에서 몸을 돌리고 있었다. 두 명의 소림승이 자빠진 동료를 도울 틈도 얻지 못했다. 두 명을 돕기 위해 다른 동료가 봉을 펼치며 초구가 올 길을 막았다. 하지만 초구는 몸을 돌리자마자 엎드려서 하품했다. 회인이 초구를 보며 식은땀을 흘렸다.

“방금 저 돼지가 뭘 한 거냐.”

회인은 초구가 몸을 날렸을 때를 상상하며 진저리 쳤다. 일직선으로 날아들어 박치기를 가하는 단순한 공격이었으나 그 속에 담겨진 운용은 단순하지 않았다. 처음으로 당했던 소림승은, 자신을 향해 날아드는 돼지에게 정확하게 봉을 견주었다. 그대로 초구가 몸을 날렸다면 봉 끝이 돼지의 콧구멍에 박혀 버렸을 것이다. 그때 회인이 보았던 것은 시간의 흐름이었다. 돼지는 고개를 슬그머니 비틀더니 자신의 앞으로 내밀어진 봉신을 뺨으로 곱게 치웠다. 봉은 시간이 정지하고 돼지의 고개만 움직이는 것 같은 기분이었다. 그 다음에 시간은 재빨리 흘러서 돼지는 번쩍했고 소림승은 자빠져 있었다. 회인은 입술을 일그러뜨리며 감회를 말로 뱉었다.

"빠른 돼지다. 저 둘이 힘을 합하니 우리의 진이 감당할 수 없겠구나. 일단 수세를 갖추고 나머지 포로라도 지켜라."

그 순간 막당이 '싸우겠습니다.' 라고 말했다. 곧 초구도 몸을 일으켰다.

"서둘러라! 쓰러진 녀석들도 일어나자마자 진으로 돌아와라."

소림승이 바빠졌다. 막당과 초구가 소림승의 무리를 향해 돌진했을 때, 삭발한 자의 창백한 얼굴이 제법 많았다. 개중 누군가가 '잠깐!' 이라고 외쳤다. 막당이 급히 멈추며 초구에게도 싸움을 중지하라는 명령을 내렸다. 누가 '잠깐' 이라고 외쳤는지는 회인도 경황이 없었던 터라 알지 못했다. 하지만 또 한 번 같은 목소리로 '잠깐!' 이라는 소리가 들렸다. 회인이 고개를 돌리니 혜 자 항렬 중에서도 배분이 높지 않은 혜안(慧眼)이었다. 혜안은 창백한 얼굴이었으나 입가에 의문을 담은 채 또 한 번 '잠깐!' 이라고 외쳤다. 막당과 초구가 가만히 서서 침묵하는 동안, 소림승들은 포로들 주변에서 수세를 갖출 수 있었다. 혜상이 안도의 숨을 쉬며 나지막하게 '잠깐.' 이라고 중얼거렸다.

"그런 말에 속냐, 이 멍청아! 소림도 그렇소! 치사하게 그런 수작을 쓰다니!"

언덕 위에서 이리저리 쫓기던 녹지현이 울화통을 터뜨렸다. 이전에는 두 명에게 쫓기고 있었으나, 막당의 위세가 심상치 않아서 한 명이 녹지현을 포기한 상태다. 명색이 신성육장인데 소림의 신입을 감당하지 못하고 열심히 쫓기는 중이었다. 게다가 둘의 경공을 비교하면 누가 보더라도 녹지현이 우위에 있었다. 녹지현은 싸움 자체가 두려워서 쫓기고 있는 것이 분명했다.

탁! 턱! 후욱!

녹지현의 신형이 나무 사이를 꿰뚫듯 지나쳤다. 뒤를 쫓던 소림승은 가슴에 숨이 차서 달음질이 느려지고 있었다. 회인은 그 상황을 힐끗 보고는 혜안에게 녹지현을 쫓는 일을 도우라고 명령했다. 그리고 막당이 합세하면 조금 전에 사용했던 방법을 쓰라고 조언했다. 혜안은 곧 신형을 날려 녹지현이 달려갈 길을 미리 점했다. 그때 손훈의 외침이 들렸다.

"우리를 도와주십시오!"

녹지현은 자신의 앞뒤를 점하고 달려드는 두 명의 소림승 사이에서 스스로의 허벅지를 쳤다. 그리고 뒤늦게 허리춤을 살피더니 팔뚝 마디 길이의 단검을 꺼냈다. 녹지현에게 달려오던 소림승이 일순 움찔하며 봉을 내세웠다. 녹지현은 외쳤다.

"막 아우! 저놈들에게 덤벼라!"

"예, 녹 형님!"

막당과 초구가 동시에 신형을 날린다. 회인이 눈을 부릅뜨며 자신들의 진형에 기를 세우는 고함을 질렀다. 그때 녹지현의 앞뒤에서는 두 명의 소림승이 조심스레 포위망을 펼치던 중이었는데, 단검을 들고 있는 청성의 도사가 엉뚱한 짓을 저질렀다. 들고 있던 단검을 허공으로 던져 버린 것이다. 두 명의 소림승이 멍한 얼굴로 단검의 포물선을 지켜보다가 대경했다.

"거, 거기! 단검이 그쪽으로 떨어집니다!"

"뭐?"

회인이 멍한 얼굴로 고개를 돌렸다가 단검의 추락을 보고 대경했다. 단검은 모산파 도사들이 묶여 있는 원형의 무리 속으로 떨어지는 중이었다. 회인은 급히 명령했다.

"단검을 낚아채라!"

"하앗. 억!"

"으억!"

회인의 명령에 따라 신형을 날리려던 소림승 세 명이 일시에 고꾸라졌다. 바로 앞에서 결박당한 채 앉아 있던 모산파 도사들이 약속이라도 한 듯 정강이를 걷어찼기 때문이다. 방심으로 인해 소림승들의 도약은 실패했다. 그리고 단검은 떨어졌다. 모산파 도사들은 서로의 결박이 얽혀서 주저앉고 자빠지는 난장판이었으나, 중앙에 있던 누군가가 단검을 입으로 받았다. 입 주변이 찢어져서 피가 흘렀지만 조금도 개의치 않는다. 곁에 있던 도사들이 그 모습을 보고 고함쳤다.

"단검을 잡았다! 막아줘!"

처처처척!

원형의 외곽에 있던 도사들이 일제히 몸을 일으켰다. 그리고 급히 뒤로 물러서며 서로의 어깨를 붙였다. 소림승들은 대경하며 봉을 휘둘렀다. 도사들은 난타당하면서도 꿋꿋하게 버텼다. 그사이에 단검을 입에 물었던 도사가 주변 동료의 결박을 끊었다. 동료 도사의 손에 쥐어진 단검은 쉴 새 없이 번득거리며 다른 자들을 자유롭게 만들었다.

"됐어!"

누군가 외치자마자 손훈이 명령을 내렸다.

"모두 제압해라!"

손훈이 명령을 내리기도 전에 이미 앞쪽은 일부 제압되는 중이었다. 단검으로 인해 흐트러진 진형으로 막당과 초구의 공세가 펼쳐진 결과였다. 덕분에 모산파 도사들의 반격이 수월해졌다. 원형에서부터 일제히 퍼져 나가는 모산파 도사들은 인해전술로 여유를 얻고 허리춤에서 금낭을 꺼내 들었다. 금낭에 가득 담긴 엽전들이 모산파 도사들의 손에 쥐어지자 혀 짧은 서생이 글을 읽는 소리가 흘러나왔다.

"주문?"

몇몇 소림승들의 안색에 핏기가 사라졌다.

딱!

대나무를 부딪치는 소리가 일시에 울렸다. 모산파 도사들이 힘차게 이를 부딪쳐 검지 살을 찢는 소리였다. 검지에서 흐르는 피가 엽전을 적시자, 도사들은 쌍수를 모아 그 속에 피를 먹은 엽전을 담았다.

"하앗!"

쌍수를 힘껏 펼치자, 엽전들이 일자로 길게 늘어지더니 서로 떨어지지 않았다. 포로들의 검을 모두 빼앗았던 이유로 안심했던 소림승들은 모산파 도사들의 동전검(銅錢劍)을 보고 가슴이 철렁 내려앉았다.

"와아아아아!"

모산파 도사들은 동전검을 휘두르며 소림승들을 공격했다. 봉과 맞부딪쳐도 흐트러지지 않는 동전검을 보고 소림승들은 귀신이라도 만난 사람들처럼 당황했다. 회인이 수습을 위해 격전지의 중심으로 뛰어들어 봉술을 펼쳤다. 회인의 화려한 봉술이 이 장 주변을 봉의 위세로 채우니, 모산파 노사와 소림승 사이에 간격이 생겼다. 회인은 봉술을 멈추지 않고 외쳤다.

"일단 후퇴해라! 지원을 청하지 않으면 우리가 불리하겠구나."

"없소! 그럴 필요!"

회인의 외침이 끝나자마자 누군가의 고함 소리가 들렸다. 소림승들이 회인의 명령에 답도 하지 못하고 뒤를 돌아봤다. 모산파 도사들도 고개를 들어 소림승 뒤편의 언덕을 응시했다. 제일 앞에 섰던 손훈의 얼굴색이 하얘졌다. 언덕 너머의 산에서 보이던 사도맹의 깃발이 너무 뚜렷하고 너무 크다. 아무리 좋은 쪽으로 생각해 봐도 저 깃발은 일 리도 채 떨어지지 않은 언덕 지평선에 놓인 깃발이 분명했다. 곧 지평선에서 깃발을 든 자들이 모습을 드러냈다. 손훈은 비명을 지르듯 외쳤다.

“사도맹!”

“허! 허야!”

“허야! 하!”

삼십 명가량의 사도맹 무인들이 지평선에서 무기를 치켜들었다. 막당도 싸움을 멈추고 사도맹의 무리를 돌아봤다. 발을 놀리는 자는 오직 세 사람뿐이었다. 도망치는 녹지현과 뒤를 쫓는 두 명의 소림승. 손훈은 마른침을 한 번 삼키더니 비장한 음성으로 말했다.

“흐흐흐. 좋군. 포로가 되어 치욕을 얻는 것보다 몇 배 좋다. 이곳에서 모산파의 도사들이 너희와 함께 뼈를 묻으리라.”

“허이야! 하!”

손훈이 말을 마쳤을 때 깃발이 추가됐다. 그와 함께 지평선

위로 새로운 무리가 떠올랐다. 이제 사도맹 무리는 최소 오십 여 명이 넘을 듯 보였다. 모산파 도사들이 주춤거리며 뒷걸음 질을 했는데, 손훈만큼은 물러서지 않았다.

"흥! 환대가 과하구나. 그래! 우리 도사들 모두가 이곳을 무덤으로 삼겠다!"

"하아! 허야!"

"음……."

다시 한 번 추가된 깃발과 인원을 보고 손훈은 결국 뒤로 두 걸음 물러섰다. 총 인원 백 명이 넘을 듯한 사도맹의 위세 가 거슬렸다. 그리고 저 지평선 뒤쪽에 또 얼마나 추가 인원 이 숨겨져 있을지 걱정됐다. 손훈은 쓴웃음을 짓더니 힘차게 외쳤다.

"동방진상 대협께 이 사실을 알려야 한다! 모두 최선을 다 해 후퇴해라! 단 한 명이라도 살아서 이 사실을 전해야 할 터! 흩어져라! 어서 흩어져!"

손훈의 외침을 시작으로 모산파 도사들이 일제히 몸을 돌 려 달아나기 시작했다. 그 순간 언덕 위에서 귀를 찢을 듯 커 다란 고함 소리가 터져 나왔다.

"안 된다! 놓치면! 단 한 명도!"

도망치던 모산파 도사들 중 일부가 인상을 찌푸렸다. 커다 란 목소리보다 말투가 신경 쓰였다. 저런 식의 억양과 어순을 쓰는 자는 많지 않았다. 철사곤 구량 대사! 보통의 라마승과 다르게 악덕을 쌓아 수행하여 사도맹 팔대악인의 으뜸 자리를 차지한 인물이 저런 식의 말투를 쓴다. 손훈뿐 아니라 모산파 도사들 모두, 그리고 가장 앞에서 도주하던 녹지현은 똑같은 기분을 느꼈다. 자신들의 심장이 방금 땅바닥에 떨어진 것 같은 기분. 손훈은 떨리는 목소리로 다시 명령했다.

"더 빨리 달려! 더 빨리! 저 절벽 사이를 지나면 바로 흩어져라!"

이미 녹지현은 손훈이 언급했던 절벽 사이를 지나가고 있었다. 녹지현을 쫓던 두 명의 소림승은 이미 회인의 부름을 받고 추격을 포기한 뒤였다. 녹지현이 좁은 폭의 절벽 사이 길을 빠져나가며 모습을 감췄고, 그 뒤로 모산파 도사들이 꾸역꾸역 몸뚱이를 밀어 넣었다. 폭이 좁은 저 길을 빠져나가면 곧장 사방이 트여 있다. 이곳저곳에 늘어선 왕릉으로 흩어지면 적어도 열 명은 살아남아 이 위급한 사실을 알려줄 수 있을 것이다. 손훈은 모산파 도사들이 계곡 사이를 빠져나가는 것을 확인하며 안도의 숨을 뱉었다. 하지만 정작 자신은 계곡 사이에서 달음질을 멈추고 몸을 돌렸다. 손훈의 동전검이 하늘을 향해 세워지자, 계곡 길에서 몇몇 도사들의 고함 소리가 들렸다.

"사형! 어째서 오지 않으십니까?"

"그런 말을 할 시간이 있으면 한 걸음이라도 더 달려라! 내가 조금이라도 시간을 끌 테니 헛된 짓이 아니도록 너희의 목숨을 지켜라!"

"사형! 저도 돕겠습니다!"

"닥치고 달려!"

손훈의 엄포에 몇몇 도사들의 울음소리가 들렸다. 하지만 대부분의 발소리는 멀어지고 있었다. 손훈이 아직 도주하지 않는 자를 꾸짖으며 눈을 부릅떴다. 그러나 끝내 두 명의 도사가 손훈의 곁에 남아서 동전검을 세웠다. 백여 명의 무리가 매서운 위세로 언덕을 내려오고 있다. 그리고 가끔씩 소림승들이 본인의 의지와 상관없이 하늘을 날았다. 축포 대신 날리는 것일까? 그런 쓸데없는 생각을 하며 눈살을 찌푸렸던 손훈은, 잊고 있던 자를 뒤늦게 떠올렸다. 그렇군! 신성육장의 그 멍청이와 환상의 돼지!

퍼억!

"어이쿠우!"

사도맹 무리들이 일으키는 먼지 속에서 색다른 먼지가 숫구치고 있었다. 손훈은 동전검을 쥔 손을 떨기 시작했다. 당장 동전검을 팽개치고 막당에게 달려가 머리를 조아리고 싶은 심정이었다. 왜 저런 인물을 무시했을까. 저 수많은 무리들이 몰려오는 것도 아랑곳 않고 다른 누구도 아닌 소림승들의 무리 속에서 날뛰는 저 괴물을 왜 무시했단 말인가! 막당이 저렇게 날뛰었기 때문에 소림승들은 모산파 도사들이 도주하는 것을 막지 못했다. 가장 중요한 역할을 막당이 하고 있었던 것이다. 손훈이 떨리는 입술을 열어 막당에게 외쳤다.

"마, 막 대협! 이쪽으로 오십시오! 이곳은 폭이 좁아 다수를 상대하기 수월할 것입니다!"

"알겠습니다!"

막당이 고함으로 답했다. 그리고 자신을 상대하는 회인에게 정중히 말했다.

"저는 저쪽에서 싸우겠습니다."

만물의 영장 회인은 막당의 정중함에 감명받지 못하고 더욱 강렬한 공세를 펼쳤지만, 한낱 미물인 초구가 회인을 대신하여 감명을 받았는지 주변의 공세를 방해했다. 덕분에 막당이 방어세의 기회를 잡고 급히 물러설 수 있었다. 막당과 초구는 빠르게 신형을 날려 도주했다. 회인을 비롯한 소림승들이 기회라 여기고 일제히 쫓아갔는데, 중간에 초구가 갑자기 몸을 돌리더니 가장 근접했던 회인에게 머리를 들이밀었다. 예전부터 초구는 누군가 자신을 득달같이 쫓아오는 짓을 싫어했다. 기암골의 호랑이도 그 짓만 하지 않았다면 애꾸는 면했을 것이다.

"이, 일단 진형을 갖추고 사도맹을 기다리자!"

간신히 회피하여 눈알을 보호한 회인이 추격을 중지시켰다. 소림승들은 방어 진형을 갖춘 채 사도맹의 무리가 다가오기를 기다렸다. 회인의 마음이 조급하다는 것을 이해했는지 사도맹 무리들이 속도를 높였다. 제일 먼저 도착한 자는 어느 문파에도 속하지 않고 사도맹의 무인으로만 활동하는 곤지(棍知)였다.

"누굽니까? 방금 그 돼지."

회인은 질문에 답을 하려다가 답하기가 참 난처한 질문이라는 것을 뒤늦게 깨달았다. '저런 돼지라면 별호 하나쯤 있지 않을까' 하는 생각도 들기는 했다. 회인은 일단 '모르겠습니다.'라고 대답한 뒤, 막당을 가리켰다. 막당은 막 손훈의 앞에 서며 숨을 고르는 중이었다.

"저자가 보통 고수가 아닙니다. 게다가 이유는 알 수 없지만 공작천의 무공을 쓰는 듯했습니다."

"공작천의 무공을? 무인이 말입니까? 정도맹의?"

"예. 하도 뜻밖의 일인지라 소승도 당황하고 있습니다."

"재미있군요. 그거."

곤지는 미소 지었다. 서른다섯의 나이지만 강호로 뛰어든 것은 고작 오 년밖에 되지 않는 곤지였다. 곤지는 말보다 무공을 먼저 배웠다. 사부 구량 대사에게 이십 년 넘게 무공을 배우면서 사람을 만난 적이 거의 없었고, 사도맹의 일원으로 강호행을 할 때도 제대로 된 적수를 만나지 못했다. 그런 곤지에게 있어서 강한 적과의 대면은 곧 기쁨이었다. 곤지는 쌍수에 쥐어진 철곤을 어깨에 걸치며 한 걸음 내디뎠다. 막당의 앞에서 초구가 앞발로 땅을 찬다. 돼지도 반가웠다. 애완동물이라면 저쯤은 되어야겠지. 사부께 선물하면 크게 기뻐하실 것이다. 곤지는 힘차게 쌍수를 뻗었다. 어깨에 걸쳐졌던 두 개의 철곤이 힘껏 내밀어지며 '차르륵!' 소리를 냈다. 길이가 늘어났는데, 그것은 철곤을 쥐고 있는 팔의 길이와 같았다.

"덤벼라! 둘 다!"

곤지의 팔은 좌우의 길이가 서로 달랐다. 그것이 구량 대사의 호감을 얻어 유일한 제자로 받아들여진 계기가 되었다. 오른팔이 한 치쯤 더 길었는데 손에 쥐어진 철곤도 그만큼 더 길었으니 결국 두 치가 더 길다고 할 수 있다. 구량 대사는 이러한 특성을 감안한 무공을 만들어 곤지에게 가르쳤다. 막당과 초구가 있는 곳으로 달리는 곤지의 얼굴에 기쁨이 서려 있었다. 복면처럼 얼굴을 덮었던 머리카락이 바람을 타고 좌우로 흩어지자 새알처럼 하얀 살이 드러났다. 가슴의 굴곡이 전혀 없었고 목소리도 굵직했으나 이목구비와 턱 선과 목을 보면 분명히 여인이었다.

"초구야, 가지 마. 여기서 싸우랬어."

앞발로 신나게 땅을 차던 초구에게 막당이 말했다. 초구가 콧김으로 대답하더니 다시 한 번 앞발로 땅을 찼다. 손훈은 긴장했다. 달려오는 자의 위세가 심상치 않았다. 게다가 저자의 고함 소리는 조금 전에 자신이 구량 대사의 목소리로 착각했던 음성과 같지 않은가. 손훈은 비로소 사도맹의 무리를 이끄는 자가 구량 대사가 아닌, 수제자 곤지임을 알았다. 어느 쪽도 달갑지는 않다. 곤지도 만만치 않은 인물임을 잘 알기 때문이다.

"흥! 불리하지. 내가. 거기서 곤을 쓰면. 좋군! 머리가!"

곤지는 웃음 섞인 목소리로 외치더니 힘껏 좌철곤을 뻗었다. 표적은 초구였다. 초구가 고개를 비틀어 곤의 끄트머리를 피하더니 뺨으로 그것을 밀치려다가 급히 땅을 박찼다. 찌를 듯 날아들던 철곤이 매섭게 진동하며 사방으로 때리기의 위세를 펼쳤기 때문이다. 징징징. 철곤이 진동하는 소리에 귀가 따가울 지경이었다. 초구가 옆으로 회피했을 때, 막당이 달려들었다.

쾌학!

곤지의 동공이 비틀거렸다. 허점을 찾아서 날아드는 주먹이 일직선을 그렸으나 묘한 기운이 그 속에 감춰져 있었다. 이것은 자신의 곤법에 담겨진 기운과 비슷했다. 상대의 흐름에 따라 자신의 흐름을 변형하는 기술! 철곤을 힘껏 당겨 막당의 권을 막으면서도 저 공격이 곧 변하리라는 것을 알 수 있었다. 예상대로 막당의 권이 변화했다. 다섯 손가락이 모두 펼쳐지더니 독수리의 부리처럼 다섯 손가락의 끝을 한곳에 모아 우철곤에 맞선다. 동시에 막당이 또 하나의 권을 팔뚝에 교차하며 좌철곤을 공략했다.

"허튼짓이다! 그 수는!"

곤지가 호통 치며 철곤을 쥔 손에 내력을 실었다.

카라라락!

철곤의 몸체가 스스로 회전했다. 마치 불을 붙이기 위해 나무판 위에서 손바닥으로 열심히 돌리는 나뭇가지의 모습과 같았다. 막당은 비로소 철곤이 일직선의 동체를 가지고 있지 않다는 것을 알았다. 철곤은 미세한 굴곡이 있어서 자체적인 회전을 하면 그 굴곡들의 회전으로 타격할 수 있었다. 빠른 회전의 면을 향해 막당의 오지가 날아들었다. 다섯 손가락은 철곤의 면에 닿는 순간 폭발하듯 흐트러졌다.

파아!

"어헛!"

곤지는 경악했다. 막당의 다섯 손가락이 스스로 살아 있는 벌레인 양 철곤의 회전면을 달리기 시작했다. 손가락이 철곤에 닿으면 다시 튕겼지만, 그럴 때마다 회전력이 약해졌다. 압력을 가하여 막당의 몸을 가격하는 것도 쉽지 않았다. 비록 손가락이었으나 끊임없이 꿈틀거리며 밀쳐 내는 힘이 만만치 않았다. 곤지는 철곤을 힘껏 당기며 이 보 후퇴했다. 그 순간 막당이 기다렸다는 듯 앞으로 달려들었다.

팍!

철곤을 겹쳐서 방어세를 취했으나, 막당은 애초부터 철곤이 목표인 사람처럼 거침없이 일격을 날렸다. 내력을 불어넣어 철곤의 강도를 높였는데도 매서운 충격이 느껴졌다. 손이 저렸다. 어릴 때부터 수도 없이 연마하여 굳은살로만 이루어진 손이 저리고 있었다. 곤지는 일순 당황했다가 빠르게 몸을 낮추며 막당의 다리로 발을 휘둘렀다. 막당이 도약하며 피하는 척 하더니 발끝으로 곤지의 종아리를 달려간다.

"으헥!"

곤지는 조금 전에 철곤을 달리던 손가락과 막당의 발끝이 달리는 모습이 똑같다고 생각했다. 직접 보지는 못했으나 상상만 해도 징그러웠다. 막당에게 좀 더 신경 쓰고 싶었지만, 공세를 위한 집결세를 취할 수가 없는 상황이었다. 그런 여유가 있다면 초구를 견제해야 할 상황이기 때문이다. 대범하게 달려갔던 것과 다르게 초구와 막당 사이에서 고생하는 곤지의 모습을 보고, 회인이 참다못해 봉을 내밀어 질주했다.

"아미타불! 제가 돕겠습니다!"

회인의 봉이 초구의 몸뚱이를 뚫어버릴 듯 매섭게 쏘아졌다. 막 곤지의 엉덩이를 들이받으려던 초구가 앞발로 땅을 치더니 사람처럼 일어서며 피했다. 그러자 손훈이 동전검을 힘차게 당기며 달려들었다.

"소림사의 명예가 땅에 떨어지는구나! 두 사람이 싸우는데 어찌 또 한 사람이 끼어들 수 있단 말인가!"

맞는 말이지만 뭔기 틀렸다. 회인은 억울하다는 듯 손훈을 보며 울상 지었다. 손훈이 뛰어들자 소림승과 사도맹 사이에서 웅성거림이 들렸다. 누군가 '돼지는 사람도 아니냐!' 라는 얼토당토않은 말을 꺼내며 신형을 날렸다. 누가 나서야 할지 특정한 인물을 정하지 않은 터라 스무 명이 넘는 사도맹과 소림의 무리들이 달려들었다.

"와아아아아!"

남아 있던 두 명의 모산파 도사들도 동전검을 내밀었다. 두 명의 도사는 손훈과 합세하여 막당의 싸움을 도왔다. 순식간에 열세가 된 곤지가 십 보 후퇴하여 무리와 합류했다. 싸움에 참여한 동료들이 불만스러웠으나 자신이 맡은 임무는 저자들이 아니라, 저 뒤쪽에서 열심히 달리고 있을 무리였다. 곤지가 쓰게 입맛을 다시고는 사도맹 무리에게 명령했다.

"제압해라, 어서! 나머지는 쫓아가라! 저 뒤로 도망간 놈들을. 놓치면 안 돼! 단 한 명도!"

"예!"

힘찬 대답이 여러 명에게서 흘러나왔다. 손훈은 두 눈 부릅뜨고 동전검을 내민 채 막당에게 부탁했다.

"막 대협께서 저희 중에 제일 무공이 뛰어나시니 저 좁은 길을 막아주십시오. 저희는 이곳에서 뼈를 묻겠습니다."

"죽는다는 말씀이십니까?"

막당이 놀라 물었다.

"왜 죽으려 하십니까! 제가 저 길을 막을 테니 그 뒤쪽에 계시면 됩니다."

손훈은 곤지처럼 쓰게 웃었다.

"지당하신 말씀입니다. 막 대협이 신성육장이 아니라 오외천이셨다면 진작에 감동하여 그리했을 겁니다."

"와아아아아!"

몰려드는 사도맹 무리들이 바로 앞까지 다가왔다. 손훈과 두 명의 도사가 동전검을 힘껏 당겨 공격의 기회를 노렸다. 그 순간 세 명 도사의 손이 허전해졌다. 막당이 도사들의 동전검을 빼앗고 통로 뒤쪽으로 던져 버린 것이다. 황망한 얼굴의 도사들에게 막당이 말했다.

"가서 주워오십시오. 제가 그동안 통로를 막겠습니다."

"우리가 개입니까!"

울화통을 참지 못해 악쓰는 손훈을 초구가 머리로 밀쳤다. 낙화동에서 곽성린이 막당과 우화경을 대상으로 자주 즐겼던 놀이다. 막당은 낫이고 우화경은 속옷이었다는 점이 다를 뿐. 어찌 되었건 결과는 같았다. 도사들은 동전검을 줍기 위해 급히 신형을 날렸다. 그사이에 막당과 초구가 사도맹, 소림사 연합의 무리를 상대했다.

퍽퍽퍽!

세 번의 공격이 막당과 초구에게 첫승을 안겼다. 달리는 데 집중하느라 막당의 쾌속을 감당하지 못한 일 인이 뒤로 사빠졌다. 그리고 초구는 자신의 육중한 덩치를 이용해서 두 명을 한꺼번에 자빠뜨렸다. 자빠진 세 사람 덕에 다음 공격이 지연됐다. 막당과 초구가 서 있는 곳은 좌우의 절벽 때문에 세 명이 어깨를 나란히 하고 지나가기가 힘들었다. 게다가 모산파 도사들이 동전검을 줍고 돌아오는 저 길목은 두 사람도 힘든 통로다. 자빠졌던 자들은 급히 일어서며 무리 속으로 사라졌고, 공격할 기회를 얻은 다른 자들이 패를 이었다. 두 번째 공격은 막당과 초구에게 벅찼다. 곤지와 회인, 그리고 암기를 쓰는 자가 합세를 했기 때문이다. 막당이 암기를 맡았고 초구가 두 사람을 맡았는데, 결과적으로 소년과 돼지가 다섯 걸음을 물러서야 했다. 암기를 수습하던 막당이 좀 더 늦게 물러서는 바람에 초구는 싸울 기회마저 잃고 말았다. 막당의 곁을 지나쳐서 공세를 펼치기 어려울 만큼 좁아졌기 때문이다.

"후으읍!"

곤지가 숨을 깊게 들이켰다. 막당과 자신은 일 장도 되지 않는 거리를 두고 마주 보는 중이었다. 둘의 손이 연신 꿈틀거렸는데 기회만 생기면 바로 공격하기 위한 움직임이었다. 막당은 이제까지 곤지가 상대했던 무인들 중에서 가장 강했다. 승리를 확신할 수는 없으나 패배하지 않을 자신이 있는 상대. 즉, 호각지세(互角之勢)의 적이었다. 어쩌면 이 싸움에서 목숨을 잃을지도 모른다는 생각이 곤지를 긴장하게 만들었다. 어릴 때부터 지금까지 배웠던 모든 곤법을 되새기며 눈을 부릅떴을 때, 자신을 응시하며 긴장하고 있던 막당이 고개를 돌렸다. 기회다! 뒤를 돌아보는 막당의 모습이야말로 곤지가 바라던 허점의 극치였다. 하지만 곤지는 공격하지 못했다.

"그 검을 제게 주십시오. 맨손으로 싸우자니 질 것 같습니다."

막당은 뒤쪽에 있던 손훈에게 손을 내밀고 있었다. 곤지는 공격하고 싶었다. 하지만 이대로 공격해서 승리하자니 뭔가 억울했다. 막당이 동전검을 받아서 곤지에게 겨눌 때까지 사도맹의 대장은 한 걸음도 나서지 않았다. 막당이 싸우자고 했고 곤지는 그 말이 명령이라도 되는 양 고함을 지르며 철곤을 뻗었다.

탕!

철곤과 동전검이 부딪치는 순간 둘 사이에 큰 변화가 있었다. 철곤도, 동전검도 서로 뱀처럼 몸을 꼬며 엮였다. 적어도 손훈과 회인의 눈에는 그렇게 보였다. 동전검과 곤지의 우철곤이 서로 엮일 때, 막당의 장은 좌철곤을 상대로 이리저리 곡선을 그렸다. 일순간 두 사람의 위치가 바뀌었다.

타탁! 탕! 터텅! 캉!

막당은 회인에게, 곤지는 초구와 손훈에게 등을 보이고 있었다. 하지만 등을 공격하는 자는 없었다. 두 사람의 싸움에 모두가 넋을 잃었고, 초구는 바닥에 엎드려 물끄러미 구경했다. 둘의 무기가 부대끼는 소리를 설벽이 다시 되돌려 수다스럽게 지껄였다. 가을 낙엽이 흩어지는 소리가 미미하게 들렸다. 막당이 우세하면 손훈이 주먹을 불끈 쥐며 이를 악물었고, 곤지가 우세하면 사도맹의 무리들이 함성을 질렀다.

"여긴 너무 좁아서 싸우는 데 불편합니다."

싸우던 도중에 막당이 속삭였다. 곤지는 자신의 귀를 의심했다. 곧 자신의 눈도 의심했다. 막당이 신형을 물리며 장소를 옮기고 있었는데, 그 위치는 사도맹과 소림승들이 모여 있는 널찍한 언덕이었다. 곤지는 쌍철곤으로 일자와 반월의 선을 동시에 그리며 공세를 펼쳤다. 그리고 속삭였다.

"뭐지? 생각하는 게."

"예? 무슨 말인지 모르겠습니다."

"내버려 둘 것 같으냐? 저 사람들이 널? 이곳에서 싸우면."

"하지만 아까 거기는 우리 둘 다 싸우기에 불편했습니다. 이 사람들도 불편하니 비켜달라고 하십시오."

곤지가 우철곤을 놓았다. 철곤이 매섭게 회류하며 막당의 전신을 공격했고, 그와 함께 곤지의 좌철곤이 힘차게 땅을 긁었다. 흙먼지에 가려진 곤지의 그림자가 호통 쳤다.

"잊고 있는 거냐! 이건 전쟁……."

고함치던 곤지의 입이 급히 다물어졌다. 흙먼지 속에서 막당의 그림자가 보이지 않는다. 상대가 저지른 뜻밖의 행동에 당황하여 거리를 두기 위해 취한 행동이 흙먼지를 일으키는 수였다. 그것을 통해 막당의 뜻을 알아볼 여유를 잡을 셈이었는데, 오히려 그게 싸움에 도움을 준 결과를 낳았다. 막당은 시야가 가려지는 것을 이용하여 무성신법으로 곤지의 시야에서 벗어나는 데 성공했다. 회인이 뒤늦게 당황하여 외쳤다.

"아래쪽입니다!"

곤지도 그때쯤 막당의 신형이 바닥을 뱀처럼 기고 있다는

것을 눈치 챘다. 급히 철곤을 당겨 바닥을 노렸으나, 그 순간
에 회인이 '협!' 하고 신음성을 토했다. 곤지는 그 신음성이
뭘 뜻하는지 알고 있었다. 위쪽이다! 막당은 부상어소를 펼쳐
위쪽으로 도약한 상태였다. 급히 철곤을 들어 위를 공략하려
했는데, 막당의 쌍수가 먼저 강림했다.

타타타타타!

처음에 막당이 선보였던 수다. 쌍철곤의 끄트머리에서 열
개의 손가락이 달려갔다. 철곤을 더 이상 위로 올리는 것이
어려워졌다. 동전검은? 동전검은 어디 있지? 곤지는 이마 위
로 날아드는 막당의 머리와 함께 자신의 뒤통수 위쪽에서 들
리는 바람 소리를 감지했다. 내 뒤로 뭔가 추락하고 있다! 곤
지가 우측으로 급히 신형을 틀며 앞뒤의 위세에서 벗어났다.
그 순간 동전검이 곤지의 가슴을 찔렀다.

"컥!"

"허어억!"

곤지와 회인이 동시에 비명을 질렀다. 곤지는 가슴을 부여
잡고 고통을 견딜 시간을 벌기 위해 최대한 불러섰나. 흙먼지
가 기리앉은 바다에서 막당의 신발이 보였다. 뒤통수를 노렸
던 바람 소리는 신발이었던가? 막당은 발가락으로 쥔 동전검
을 팅겨서 다시 손에 쥐더니 곤지에게 공격세를 취했다.

"……."

괜찮냐고 묻는 소리가 뒤에서 끊임없이 들린다. 곤지는 가

슴을 문지르며 호흡을 가다듬었다. 자신을 걱정하는 부하들의 목소리가 희미해지고, 그 대신 낙엽이 언덕을 긁는 소리가 커졌다. 낙엽이 속삭였다. 너는 반드시 이해해야 할 중요한 것을 안고 있다고. 몇 번 문지르지도 않았는데 가슴의 통증이 사라졌다. 이런 식으로 자신을 공격한 자는 천하에 단 한 명뿐이었다. 자신의 사부 구량 대사.

"정을 손속에 왜⋯⋯."

물음을 마치기도 전에 막당이 달려들었다. 곧 회인이 앞을 막았는데, 막당이 기다렸다는 듯 동전검을 뻗는다. 회인뿐 아니라 곤지도 경악했다. 막당이 회인에게 펼치는 검술은 곤지와 싸울 때 한 번도 보여주지 않은 검법이었다. 한 눈에도 보통 검식이 아님을 알 수 있었으니 둘은 입을 쩍 벌린 채 외쳤다.

"무슨… 검법! 이게!"

촤아아아!

"커억!"

회인이 어깨를 부여잡고 나뒹굴었다. 곧 막당의 검초가 신묘하게 비틀어지며 곤지에게 날아들었다. 철곤을 뻗어 검세의 경로를 막는 순간, 검의 방향이 비틀어진다. 곤지는 머리가 혼란스러워 제대로 대처하기 어려웠다. 동전검이 곤지의 허리를 후려쳤다. 불같은 통증이 허리를 감싸는 순간 곤지는 확신했다. 곤지가 외쳤다.

"전쟁을 하는 거냐? 넌? 정말 장난이냐!"

회인도 그렇고 자신도 그렇고 막당의 동전검은 한 번도 살수를 뻗지 않았다. 언제나 타격은 검날이 아닌 검면에서 비롯되었고, 그 충격도 내력의 조절을 통해 견딜 수 있을 정도로만 주고 있었다. 마치 공격의 위세를 마음대로 조절할 수 있다는 걸 자랑하기 위한 초식 같다. 일격필살이 아니라면 어떤 공격이든 실패라고 주장할 싸움이 전쟁터에서의 싸움이었다. 하지만 곤지의 앞에 있는 괴이한 자는 그런 개념을 산속 구덩이에 처박기라도 한 듯 알 수 없는 싸움을 하고 있다.

"타아아!"

막당이 다시 검식을 펼쳤을 때는 곤지와 회인이 합세하여 공략했다. 초구가 슬그머니 일어나서 싸움에 합류하려다가 회인이 허벅지를 맞고 주저앉는 모습을 보더니 다시 엎드렸다. 곤지는 막당의 초식에 응하면서 자신이 가진 모든 곤법을 선보였다. 싸움이 화려하여 이제는 회인도 접근하기 어려워졌다. 곤지는 싸우던 도중에 자신이 중요한 것을 계속 까먹고 있음을 깨달았다. 지금 내가 해야 할 일은 도망자들을 잡는 일이지 이놈과 싸우는 게 아니다. 알면서도 명령을 내리기가 어려웠다. 힘껏 고개를 뒤틀어 동전검의 끄트머리를 피하는 순간, 곤지의 머리카락이 얼굴 전체를 가렸다. 곧 바람의 반작용으로 얼굴을 가렸던 머리카락이 허공에 흐트러졌을 때, 곤지의 입가에 어린 미소가 보였다.

탕! 타항! 캉!

　승세는 완전히 막당이 쥐고 있었다. 하지만 사도맹의 무리와 소림승들이 합세를 한다면 당연히 막당의 패배가 될 것이다. 곤지는 도우라는 명령을 내리지 않았고, 돕지 말라는 말도 하지 않았다. 도울 생각을 하지 않는 것은 구경하는 자들의 의지였다. 둘의 싸움을 부러워하는 자들도 있었다. 즐거워 보였다. 무리 속에서 벌어지는 두 사람의 전쟁은 끝나지 않았으나, 이미 막당이 승리한 것과 다름없었다. 곤지가 막당이 원하는 전쟁으로 싸우고 있었기 때문이다.

24장

동방랑의 걸음

동방량의 걸음

콰두두두!

포목점이 지붕부터 무너져 내렸다. 동방진상은 곧 우수를 들어 그 옆의 창고도 부술 것을 명령했다. 일곱 무인이 앞으로 나서며 하늘 높이 창을 던졌다. 일곱 개의 창이 크게 포물선을 그리더니 정확하게 창고의 지붕을 꿰뚫었다. 창의 위세가 강맹하여 허술하게 지어진 창고는 대번에 무너졌다. 무너진 창고 건물의 귀퉁이에서 흑의인영이 비틀거렸다. 동방진상이 명령하기도 전에 궁을 들고 있는 자들이 화살을 날렸다. 아군을 셋이나 죽였던 귀암곡의 살수가 고슴도치의 형상이 된 채 목숨을 잃었다.

"도저히… 도저히 믿을 수 없어."

동방진상은 쓰러지는 귀암곡 살수를 응시하며 중얼거렸다. 동방진상군이 나아가는 방향은 동방세가가 있는 쪽이다. 하지만 원하는 방향이 아닌 엉뚱한 방향으로 이동할 때두 많았다. 개문을 통해 알게 된 정보는 충격 이상이었다. 소림사와 삼문 연합의 배신이라니. 믿기 어려운 정보였으나 믿을 수밖에 없었다. 이미 유일한 활로가 막혔고, 그곳을 통해서 진작 들어왔어야 할 군량이 오지 않았다. 현재의 동방진상군은 정주 시가에서 고립된 상황이었다. 동방진상은 곁에서 인상을 찌푸리는 기문 대사에게 물었다.

"아직도 연락이 닿지 않습니까?"

"예. 아마도 사도맹의 자객들에게 막힌 듯합니다. 아미타불."

기문 대사의 목소리가 조금씩 떨리고 있었다. 동방진상은 소림사에게 배신의 이유를 묻고 싶었다. 그리고 마음을 되돌릴 수 있도록 협상하기를 바랐다. 이미 동방진상군을 포위한 사마연합이 그것을 용납할 리 없다. 애초에 전투 집단 귀암곡의 무사들을 과거의 살수 집단으로 회귀시키면서까지 유격전을 펼친 이유가 전령의 이동을 막기 위해서일 것이다. 그나마 개문에게서 정보를 받은 것만도 다행이라 할 수 있다. 동방진상군에 다섯 명의 개문 제자가 없었다면, 개문 특유의 봉화 암호를 해독할 수 없었으리라. 동방진상은 난감했다. 이대로

군을 돌려서 정주를 빠져나가 소림사와 담판을 짓느냐, 아니면 동방세가에 들어가서 세가의 군으로 재정비하고 돌파할 것이냐. 동방진상은 지금 선택의 갈림길에 놓여 있었다.

"기문 대사의 생각은 어떻습니까? 정주를 빠져나가서 소림사를 설득하는 것이 옳겠습니까, 아니면 이대로 세가에……."

"아미타불. 빠져나가는 것이 옳습니다. 사마연합은 사마연합대로 세가의 길을 막기 위해 필사적일 테니 무모한 진군이 됩니다. 차라리 정주를 빠져나가 소림사를 피해 낙양으로 간 뒤 군을 재정비하심이 어떻겠습니까. 세가를 막고 있는 저들의 진은 방어진입니다."

동방진상은 금영진을 돌아봤다.

"금 대협은 어떻게 생각하십니까?"

금영진은 대답 대신 한보를 돌아봤다. 한보의 생각이 초조한 얼굴에서부터 뻔히 보였다. 한보도 기문 대사처럼 철군하고 싶을 것이다. 소림사가 배신을 했다면 막당과 녹지현이 위험할 테니까. 금영진은 한보의 간절한 눈빛을 외면하고 힘겹게 답했다.

"세가로 가야 합니다. 지금쯤 태양, 남궁, 호운의 삼문 연합이 도착했을 겁니다. 저들이 배신을 하기로 작정한 이상 저희의 퇴로를 가만 놔둘 리 없습니다."

기문 대사가 금영진을 향해 눈을 찌푸렸다. 당장 손을 뻗어서 정면을 막아선 사마연합의 진형을 똑똑히 보라고 외칠 것 같은 위세다. 금영진도 저곳을 뚫는 것이 쉽지 않음을 잘 알았다. 하지만 소림사와 삼문 연합이 구축하고 있을 진형은 더욱 감당하기 어려울 것이다. 동방진상도 그것을 잘 알기 때문에 고민하고 있음이 분명했다. 동방진상이 말했다.

"우리 측의 피해는 아직 크지 않습니다. 그것은 저들이 본격적으로 유격전을 펼치지 않았기 때문입니다. 애초에 저들의 유격전은 퇴로를 통한 전령을 막는 데 사용할 계획이었음이 분명합니다. 그 말은 곧 사마연합이 소림사와 삼문 연합의 배신을 완전히 믿는 것은 아니라는 말도 됩니다. 분명 설득의 여지는 있습니다만, 현재는 배신의 원인도 모르고 있으니 난감합니다. 게다가 싸움의 깃발은 사마연합이 갖고 있지 않습니까. 우리와 소림사가 대화하는 도중에 사마연합이 공격을 가하면 대화는 그것으로 끝이 됩니다. 단 한 마디의 설득으로 저들의 마음을 돌릴 자신이 제게는 없습니다."

"아미타불. 그러니 아예 퇴로를……."

"퇴로에 대한 말은 금 대협이 옳습니다. 사마연합이 세가로 가는 길을 막은 진형과는 비교도 되지 않을 것입니다. 만약 소림사와 삼문 연합이 끝끝내 마음을 바꾸지 않는다면 우리의 퇴각이야말로 구렁텅이에 스스로 몸을 던지는 꼴입니다. 단숨에 설득할 묘책이 없다면 우리가 갈 길은 오직 세가뿐입니다. 게다가 중요한 것은……."

"중요한 것은?"

"지금 당장 선택해야 한다는 것이지요. 우리에겐 시간이 없습니다."

쩡!

"맞아요. 빨리 세가로 들어가요!"

날카로운 금속성과 함께 들려온 목소리는 한보의 것이었다. 금영진이 의외라는 듯 놀라며 한보를 돌아봤다. 한보가 쌍철권을 맞부딪치며 아랫입술을 깨문다. 동방진상은 한보에게 포권하며 잠시 머뭇거리다가 힘겹게 말했다.

"신성육장이… 선봉을 맡아주시겠습니까?"

한보가 눈살을 찌푸렸다.

"그럼 누구한테 맡길 생각이셨어요? 빨리 가자고요. 일단 들어가기만 하면 다시 나와도 되는 거죠?"

동방진상의 어깨가 움찔거렸다. 금영진도 반쯤 웃는 얼굴로 한보를 쳐다보다가 정신을 급히 수습하며 말했다.

"다시 나온다고?"

"예, 금 언니. 같이 나올 거죠?"

"어… 응. 네가 나오면 나도 나가는 게 당연하지."

"그럼 빨리 가요! 그 땡중들이 당아에게 무슨 짓을 하기 전에 끝장내자고요."

"그래. 한 매의 전략은 언제나 간편하구나."

처음으로 빈정댄 소리였으나 한보는 알아듣지 못했다. 동방진상은 한보를 물끄러미 응시하다가 부채질을 하며 웃기 시작했다. 이제까지 조심스럽게 진행하던 전열이 동방진상의 명령에 의해 급히 바뀌었다. 동방진상은 전열을 고치면서 금영진에게 말했다.

"세가에 들어가면 제가 할 수 있는 모든 지원을 해드리겠습니다."

"감사합니다."

"그런데 정말 다시 나갈 생각이십니까?"

"들어갔으니 나와야죠. 한 매는 원래 그렇습니다."

동방진상은 또 한 번 웃음을 터뜨리곤 진격을 명령했다. 그 명령과 동시에 동방진상 스스로도 전열의 선두에서 말을 몰았다.

"와아아아아!"

동방진상, 기문 대사, 금영진, 한보, 태목구가 선두를 달리며 사마연합의 방어진으로 향하는 순간, 수많은 화살과 창이 하늘을 덮었다. 선두를 달리는 다섯 지휘관이 무사할 수 있도록 뒤쪽에서 지원해 주는 공세였다. 사마연합의 무사들은 하늘을 뒤덮는 살기에 눌려 건물 쪽으로 신형을 날렸다. 수많은 창과 화살이 땅에 박히고 지붕에 박혔다. 십수 명의 무사가 화살과 창을 내치다가 부상을 입었는데, 목숨을 잃은 자는 없었다. 사마연합의 무리 중 어설픈 무공을 쓰는 자가 없다는 의미였다. 하지만 동방진상이 부채를 펼쳤을 때는 얘기가 달랐다.

"사풍(死風)을 맞을 자 앞을 막으시오!"

동방진상의 부채가 일순간 백광을 뻗으니 수평선을 기웃거리는 일출과 같았다. 사마연합의 무사들은 목숨을 잃을 때 깨달았다. 부채가 아니었음을. 동방진상은 부채를 펼쳐 운을 띄우고 허리에 찬 검으로 시를 읊었다. 검신이 부채의 하얀 잔상을 따라 춤을 추니 피를 뿜을 새도 없이 상처가 숨을 앗아갔다. 동방진상의 검선(劍線)은 막힘이 없었다. 철갑을 입은 자도 깊숙한 검선을 안은 채 고꾸라진다. 검이 막으면 검이 잘리고, 철퇴가 막으면 철퇴가 잘렸다. 망설임이 없는 깔끔한 검선은, 움직임의 경로 자체가 그 세계에 존재했던 선이라도 되는 양 당연히 그려졌다. 어떤 것이라도 동방진상의 검선에 닿으면 그저 잘렸다.

"물러서라!"

사마연합의 누군가가 외쳤다. 그때까지 선봉에서 싸움질을 한 자는 동방진상뿐이었다. 동방진상의 검술이 하도 화려하여 금영진과 기문 대사, 한보와 태목구는 싸울 엄두조차 내지 못했다. 동방진상이 검을 거두자, 검술에 넋이 나갔던 사람들이 제정신을 찾았다. 앞으로 나선 자가 동방진상에게 박수하며 웃었다.

"흐하하하하! 명불허전이 동방신검이외다! 견식을 노승이 하고 싶소만."

가녀리고 앳된 목소리였다. 하지만 음성의 주인공이 앞으로 나섰을 때, 정도맹의 몇몇 사람들에게서 신음이 흘렀다. 금승복(金僧服)을 입은 노승이었기 때문이다. 동방진상은 정체를 쉽게 알 수 있는 상대를 향해 건성으로 포권했다.

"철사곤께서 이곳에 계실 줄은 몰랐습니다."

"쿵!"

라마승 특유의 억양이 담겨진 코웃음이 구량 대사의 입가에서 흘렀다. 구량 대사는 우수에 쥔 철사곤을 내밀며 동방진상에게 맞상대를 요구했다. 동방진상으로서도 바라는 바였다. 구량 대사쯤 되는 인물이라면 이곳 정주를 장악한 사마연합의 세력 중에서 손가락에 꼽히는 위치에 있을 것이다. 그런 인물을 제압한다면 일이 한결 수월했다. 문제는 자신의 실력으로 구량 대사를 제압할 수 있을 것이냐 하는 부분이었는데, 동방진상은 언제나 그 문제가 뒷전이었다.

"저희가 많이 바쁘니 무례를 무릅쓰고 서두르려 합니다."

동방진상은 포권을 풀며 말하더니 부채를 펼쳤다. 부채의 선이 유려하게 흔들렸다. 곧 세상을 뒤덮는 눈발처럼 수많은 부채가 구량 대사의 주변으로 흩날렸다. 그 잔상의 응원을 받아 동방진상이 검을 휘둘렀는데, 마치 폭설 속에서 춤을 추는 신선 같았다.

"타호!"

구량 대사는 대갈일성과 함께 철곤을 휘둘렀다. 그 강맹함이 '쓰러지는 고목'과 같아 동방진상의 춤과 어울렸다. 폭설 속에 신선이 춤을 추면 그 옆에 있던 나무꾼 한 명이 선목(仙木)을 도끼로 쳐서 쓰러뜨리는 느낌이다. 수많은 환영(幻影)의 나무들이 매서운 속도로 쓰러졌다. 철사곤의 위세가 천 근의 힘을 보이며 땅을 후려쳤는데, 그럴 때마다 부채의 잔상이 소멸했다.

콰아앙! 쾅!

동방진상은 구량 대사의 공세를 겪으며 눈살을 찌푸렸다. 서로 따로 놀고 있는 기분이다. 동방진상의 검은 구량 대사의 주변을 포획하여 한 점으로 몰아가고 있었는데, 구량 대사의 철사곤은 자신과 관계없는 엉뚱한 팔괘를 점하고 있었다. 언뜻 비친 구량 대사의 미소에서 동방진상은 그 속내를 알았다.

"비겁하오!"

동방진상이 자신도 모르게 고함쳤을 때, 이미 금영진이 위기에 빠져 있었다. 기껏 팔방을 막아 점을 찍으려던 동방진상의 검이 급히 방향을 틀었다. 철사곤이 당장 금영진의 전신을 쪼갤 듯 추락하고 있었다. 금영진이 당황하여 피할 방법을 찾았으나 활로가 보이지 않았다.

쾅!

쿠화아아아!

"크윽!"

동방진상은 이를 갈았다. 금영진의 소창이 철사곤을 막아

부러졌고, 그 다음에는 한보의 우철권이 막아서 위기를 모면했다. 하지만 구량 대사가 애초에 노린 것은 이들이 아니었다. 금영진을 구하기 위해 뻗었던 동방진상의 검끝은 심하게 흐트러지고 있었다. 동방진상의 주변에 독무가 흘렀다.

"어리구려, 역시. 아니지. 좋은 것은. 젊다는 것이! 큭흐흐흐."

구량 대사가 검게 썩은 이빨을 드러내며 웃었다. 둘만의 대결을 청하는 척하여 사마연합의 진형을 정비하고, 동방진상이 아닌 다른 자를 공격하면서 전체적인 싸움으로 번지게 만드는 것. 이것이 구량 대사의 첫 번째 술수였다. 구량 대사가 싸움에서 다른 자를 공격함으로써 동방진상의 생각이 첫 번째 술수에 미치게 만들면 스스로의 몸을 아끼지 않고 막으려 할 게 뻔했다. 그 방심의 틈을 이용하여 독무를 사용하는 것이 구량 대사의 진짜 목적이었다. 물론 그것은 처음에 동방진상의 검세를 감당할 자신이 있어야 가능한 일이었다. 동방진상은 부채를 소매에 넣고 한 손으로 코와 입을 막은 채 인상을 찌푸렸다.

"그 정도 실력으로 이런 수작을 부릴 이유가 없지 않겠습니까?"

동방진상의 풍채에 살기가 흘렀다. 독무의 흡입을 막기 위해 전신의 모공을 닫고 눈까지 감았으며 귓구멍에 공기막을 형성했다. 질문은 했으나 대답은 듣지 못할 것이다. 동방진상은 독무 속에서 완전히 고립되어 있었다. 그 기회를 무시할 구량 대사가 아니었다. 구량 대사는 '실력이 곧 수작!' 이라고 고함치며 신형을 날렸다. 한보가 눈을 부릅뜨며 신형을 날리려 했으나, 금영진의 우수가 뒤에서 어깨를 잡아챘다.

"나서면 안 돼! 그럼 전체 싸움으로 번져!"

"무슨……."

"한 매가 도울 만큼 동방신검이 우습게 보여?"

한보가 고개를 돌리니 금영진의 눈에 빛이 흐르고 있었다. 확신에 찬 빛이다. 한보는 금영진의 눈을 통해 동방진상의 진면목을 보았다. 이렇게 신용할 수 있는 사람이 존재한다면 지금의 동방진상은 위기가 아니었다. 그 생각을 확신시키듯 동방진상의 목소리가 나직하게 들렸다.

"왜 하필 독입니까."

쿠우우우후!

고개를 돌린 한보의 눈이 동그래졌다. 옅은 보랏빛을 띠우는 독무가 일시에 회오리치며 동방진상의 가슴 앞에서 공처럼 모아졌다. 징징징. 동방진상의 검이 울었다. 검신을 제대로 확인할 수 없을 정도로 심하게 떨리는 검이 바람을 운용하고 있었다. 동방진상의 머리 위로 추락하던 철사곤은 뜻밖의 무기에 의해 가로막혔다. 구량 대사가 직접 흘렸던 독무가 한 점에 모인 채 철사곤에게로 쏘아졌던 것이다. 구량 대사는 대경하여 외쳤다.

"독의 군주[毒君主]!"

독에 약한 정도맹의 검술을 보완하기 위해 검존 동방성이 직접 창안한 무공이다. 검기로 모든 독을 다스리는 무공이었으나, 독을 사용하지 않는 동방세가였기 때문에 정도맹 무사들은 그러한 무공이 아직까지 남아 있는지에 대해서도 모르고 있었다.

퍼헉! 파!

철사곤에 의해 독무가 사방으로 흩어졌다. 구량 대사는 독무가 자신의 몸을 감싸며 회오리치는 것에 아랑곳하지 않았다. 독을 쓸 때부터 이미 해독제를 복용해 놓았기 때문이다. 하지만 주변의 사람들은 아니었다. 정도맹뿐 아니라 사마연합의 무사들까지 급히 뒤로 물러섰는데, 냉정한 정주의 바람은 셋의 목숨을 앗아갔다. 그전에 동방진상과 구량 대사의 부딪침이 있었다.

쨍! 탕!

검끝이 철사곤의 곤신에 부딪쳐 휘어지는가 싶더니 매섭게 튕겼다. 힘에 밀린 듯, 구량 대사가 허공에서 다섯 번의 공중제비를 펼치곤 삼 장가량의 거리를 둔 채 착지했다. 제법 널찍한 공간을 남겨둔 채 동방진상과 마주한 구량 대사의 입가에는 미소가 번졌다.

"재미있다니까 이래서. 강호란 말야. 큭흐흐."

동방진상도 미소 지었다. 그것은 구량 대사를 향한 미소옜으나, 뜻은 구량 대사를 향하고 있지 않았다. 미소와 함께 동방진상의 전음이 금영진의 전신을 간지럽혔다.

"이제 모든 것을 신성육장께 맡기겠습니다. 구량 대사는 제가 어찌하고 급히 도울 테니 서둘러 주십시오."

금영진이 호수(護手:검날로부터 손을 보호하는 부분)와 봉신을 살짝 부딪쳐 수긍의 뜻을 전했다. 그와 동시에 동방진상이 구량 대사에게 신형을 날렸다. 금영진도 대갈일성을 터뜨리며 세가의 방향으로 검과 보를 뻗었다.

"가자!"

쩡컹! 창!

말을 주고받은 적도 없는데 한보의 쌍철권이 서로 부딪치며 이해의 뜻을 보였다. 금영진의 바로 뒤에 붙어서 달려가던 한보는 일순간 가위가 벌어지듯 방향을 뒤틀며 한 무리의 사마연합에게로 내달렸다. 태목구의 신형은 덩치에 맞지 않게 허공으로 가볍게 떠오르더니 아홉 명의 무리가 모인 곳 중앙에 추락했다. '쿵!' 소리와 함께 몇 사람의 비명이 들렸다. 그 비명이 터지고서야 정도맹 무리들이 상황을 눈치 채고 함성을 질렀다. 물론 사마연합도 마찬가지였다.

"와아아아아아!"

난전 속에서 동방진상은 거침없이 검을 휘둘렀고, 구량 대사도 주변을 무시한 채 철사곤을 휘저었다. 흙먼지가 독무처럼 비상하며 세가의 앞길을 가로막았다. 피에 절은 흙먼지가

땅에 떨어지면 그 위에 사람의 몸뚱이가 추락하여 신음 소리
가 비상했다. 불만이 많았던 기문 대사도 싸울 때만큼은 정도
맹의 중요한 인물임을 각인시켰다. 얼마 지나지 않아서 사마
연합이 크게 밀리기 시작했다. 금영진, 하보, 태목구를 앞세
운 신성육장의 위세도 그렇거니와, 서로의 전투적 성향 차이
가 야기한 결과다. 한 치를 예측할 수 없는 혼잡한 전투 속에
서 가장 필요한 것은 눈앞의 적을 상대하는 마음가짐이었다.
정도맹은 그것이 익숙했지만, 사마연합의 다수는 상황을 누
를 수 있는 수작을 고민했다. 칼날이 오가는 곳에서 저승사자
가 제일 좋아하는 사람은 잡생각이 많은 자였다. 전열과 협공
과 매복 등을 일일이 고민하기엔 정도맹의 칼이 너무 빠르고
매서웠다. 사마연합은 점차 흩어지며 동방세가로 향하는 길
을 열기 시작했다.

"바보 같은 것들!"

구량 대사는 동방진상과 싸우는 도중에 나직한 소리로 중
얼거렸다. 자신이 예상했던 것보다 사마연합의 얼간이들이
더 빠르고 더 허무하게 밀린다. 주변의 격전을 통해 동방진상
으로 하여금 잡념이 들게 하려던 계획이 무너지고 있었다. 문
제는 구량 대사의 그러한 불쾌감이 바로 '잡념'이라는 부분
이었다. 동방진상과 구량 대사는 호각세를 이루고 있었다. 구
량 대사는 미처 느끼지 못했으나, 동방진상은 자신을 상대하
는 라마승이 한 수 위의 기량을 가지고 있음을 확신했다. 둘

이 호각세일 수 있는 이유는 구량 대사가 주변을 이용하려는 잡생각에 재주를 팔아먹었기 때문이다.

"하라!"

갑작스런 외침이 사마연합의 무리 속 누군가에게서 터져 나왔다. 그 순간 선두에서 용맹하게 무위를 떨치던 금영진이 뒤를 돌아봤다. 정도맹의 무인들 속에서 솟구친 단말마의 비명 때문이다. 하지만 그 비명은 한 사람의 것이 아니었다. 수많은 자들이 동시에 지른 비명이 모여 이루어진 반세(反勢)의 메아리였다.

"귀암 육망진(鬼巖 六網陣)!"

명령을 내린 자는 귀암곡의 장로 유상상이었다. 과거에 유책일을 두둔하여 강량에게 죄를 지우려던 잘못 때문에 곡주의 미움을 산 자다. 다른 장로들의 도움으로 귀암곡에서 쫓겨나지는 않았으나, 그 대신 죽음의 칼이 귓전을 맴도는 이곳 전장으로 내몰렸다. 유상상의 무공은 금영진과 맞붙어도 결코 뒤지지 않을 정도의 수위였다. 하지만 유상상의 목표는 금영진과 싸워 무위를 세우는 것이 아니라, 전쟁에서 이겨 큰 공을 세우고 귀암곡으로 '살아서' 돌아가는 것이었다. 조금 전까지 암살단으로 활동하던 귀암곡의 무사들은 전장의 굴곡 속에서 은신하다가 정도맹의 중앙열을 기습하는 것으로 과거의 성격을 끝맺었다. 모습을 드러냄과 동시에 정도맹의 무사들을 공격한 이들은, 곧 전투 집단 귀암곡의 무사들이 되어 피를 갈구했다.

"제가!"

한보가 호통 치듯 고함을 지르며 몸을 돌렸다. 귀암곡 무사들이 정도맹 무리의 중앙에 박혀 있듯, 태목구도 사마연합의 한가운데에서 법석을 떨었기 때문에 한보를 도울 수 없었다. 금영진은 금영진대로 전열에서 적의 기세를 제압해야 할 형편이었으니 한보가 돕는 것이 적당했다. 금영진은 뒤에서 급습한 무리들의 수준을 가늠할 수 없어 불안했다. 막당에 이어 한보까지 잃는 게 아닐까? 앞의 세 명을 상대하여 빠르게 몸을 뒤트는 금영진의 아미는 한껏 찌푸려진 상태였다.

"비켜, 비켜!"

뒤에서 한보의 고함 소리가 들리고 정도맹 무사들의 신음 소리가 들린다. '퍽, 퍽!' 소리는 아무리 생각해 봐도 한보가 아군을 때리는 소리다. 뒤를 돌아보고 싶었다. 하지만 돌아보지 않았다. 또 다른 두 명이 자신을 노리며 달려들었고, 어디선가 세 대의 화살이 날아오고 있다. 돌아볼 필요도 없을 것이다. 들리는 소리만으로도 한보가 일직선으로 달리며 거치적거리는 존재들을 청소하듯 쓸어버리는 모습이 떠올랐으니까.

콰아앙!

결국 금영진은 뒤를 돌아보고 말았다. 금영진뿐 아니라 유상상도, 동방진상도, 구량 대사도 폭음이 울려 퍼진 곳으로 시선을 던졌다. 정도맹의 무리 속에서 푸른 불길이 치솟고 있다. 그 속에서 쌍철권을 치켜세운 여인이 떠올랐는데 마치 불꽃을 밟고 승천하는 듯했다.

"바빠 죽겠는데!"

한보가 일성을 토하며 불꽃 속으로 추락했다. 아니, 강림했다. 불꽃을 중심으로 원형의 공터가 생기는가 싶더니 그것이 삽시간에 넓어지며 푸른 불꽃의 여인을 경외했다. 동방진상은 전장의 불꽃놀이에 내심 감탄하면서도 구량 대사를 경계하여 상대에게 시선을 되돌렸다. 하지만 간악한 라마승은 뜻밖에도 여전히 한보 쪽을 응시하는 중이었다. 방심이 이 정도로 지극하면 공격하기가 난감한 법이다. 동방진상은 구량 대사의 방심을 틈타 일격을 가하는 대신 진기를 다듬어 기력을 추슬렀다. 그때 구량 대사가 중얼거렸다.

"후인(後人)이다. 청화(靑火)의 귀향공!"

덕분에 동방진상도 다시 뒤를 돌아볼 수밖에 없었다. 귀향공의 청화라니! 아군의 무리 속에서 무슨 일이 벌어지고 있는 거냐! 동방진상은 정도맹 무사들의 몸뚱이들이 원망스러워 눈살 주름을 늘렸다. 그때 정도맹의 후열에서 외침이 들렸다.

"지원군이 왔다!"

"와아아!"

아군의 함성. 동방진상과 금영진의 얼굴이 동시에 밝아졌다. 그리고 더 밝아졌다.

"태양문이다! 이젠 살았어! 남궁문도 있다!"

창백한 얼굴이 된 금영진과 동방진상은 다리에 힘이 풀리는 것을 느낄 수 있었다.

"걔들은 적이라고!"

한보가 외쳤다.

＊　　　＊　　　＊

평소 정주의 바람은 땀이 밴 향이 짙어 기분이 좋았는데, 오늘은 혈향이 역겨웠다. 동방량은 향이 지겨워 술 내음으로 코를 달랬다. 바람이 몇 번 소리 내어 지나칠 때마다 동방량의 입술이 술에 젖었다.

"막 싸움이 재밌나?"

동방량은 불쾌감 가득한 얼굴을 들어 바람의 근원지를 흘겼다. 세가의 담에 가려 보이지 않았으나 아우성만으로도 상황이 어찌 되었는지를 짐작할 수 있었다. 곁에 두 명의 노인이 동방량을 포위하고 있다. 언제 갑자기 뛰쳐나갈지 모르는 동방세가의 불안 요소를 사전에 차단하겠다는 의지가 표정에 역력했다. 동방량은 다시 술을 마시며 중얼거렸다.

"재미있겠지."

부부신장(夫婦神將)이 좀 더 긴장된 얼굴이 되어 어깨를 움츠렸다. 언제든 신형을 날릴 수 있도록 무릎마저 살짝 굽혔다. 동방량은 '안 간다, 안 가.' 라고 중얼거리며 술 탄식을 했다. '커어!' 하고 노인답지 않게 맑은 탄식이 부부신장의 귓불을 간질였다. 평소라면 같이 대작하며 즐기겠으나, 오늘 그랬다가는 자신들의 주군이 수작을 부릴 것이다. 동방량이 술병을 기울이자 세 방울의 술이 잔에 떨어졌다. 동방량은 술병을 치우고 새로운 것을 찾았다. 그때를 기다렸다는 듯 아비신장 명재웅(夫神將 明財雄)이 간했다.

"이제 그만 마시고 다른 곳으로 자리를 옮기는 것이 어떠냐? 네가 있기 때문에 저들이 있다. 네가 이곳에 없다는 것을 알게 되면 저들도 스스럼없이 물러갈 것이고 지금의 혈향도 맡을 필요가 없다."

"그이 말이 맞아요."

"한 잔만 더 하고."

"그 한 잔에 서넛이 죽어 넘어간다. 네가 지금 제정신이냐? 여길 빠져나갈 수 없거나 빠져나가는 것이 위험하다면 나도 이런 말은 하지 않는다. 저 밖에서 피를 흘리며 죽는 자들의 비극에는 네 탓도 있음이야."

"그이 말이 맞아요."

"우리가 왜 사마연합과 마교를 상대하는지 모르냐?"

"안다, 알아. 싸우고 싶으니까 싸우는 거지. 귀에 못이 박히도록 들었다. 하지만 사람이 다 너와 같은 것은 아니다. 무인이 싸우는 것을 두려워한다면 무인이 아니겠지. 하나 무인

이 싸우기 위해 존재하는 것이라 볼 수도 없다. 선대 주군께
서는 무 그 자체를 추구하여 무인이라 하셨다. 너도 그렇게
배우지 않았냐."

"그이 말이 맞아요."

"돈을 벌었으면 쓰고, 공부를 했으면 지식을 전하고, 싸움
기술을 익혔으면 싸우는 것이지. 다들 좋아서 싸우는데 왜 너
희만 이러는 거냐."

"그건 주군 말씀이 맞네요."

"그렇지? 그러니 한잔한다."

"안 돼. 그만 마셔라. 돈을 벌어서 쓰는 것도 상관없고 공
부를 해서 지식을 전하는 것도 상관없으며 싸움 기술을 익혀
서 싸우는 것도 상관없어. 하나, 돈을 헛되이 쓰고 지식을 잘
못 전하여 남에게 피해를 입히는 일은 옳지 않아. 어이구, 이
놈의 주군아. 싸움은 누군가를 다치게 하는 것인데 어찌 그게
남에게 피해를 입히지 않는다고 하겠냐. 어폐의 재주만 늘어
서 이제는 나를 현혹시키려는구나."

동방량이 웃었다. 손에 술잔을 쥐고 상체와 함께 뒤로 젖혀
웃으니 술잔도 웃는 듯했다.

"너야말로 나를 현혹시키는 수작이지. 다치는 게 왜 피해
를 입는 거냐. 나는 강자와 싸워 다치면 기쁘다. 아픔과 죽음
을 해(害)라고 여기는 네가 어폐다. 같은 힘으로 사람의 어깨
를 눌러도 누구는 아프다 싫어하고 누구는 시원하다며 좋아

한다. 작금의 세상은 싸우는 무의 세상이며, 그로 인해 무력
이 성장했다. 하나 할아버님께서 이루신 업적만큼은 아니지.
할아버님의 뜻으로 인해 무가 크게 성하여 구천대제가 나올
수 있었는데, 아버님께서 이에 반하시어 지금의 후세가 어떤
꼬락서니냐. 아아, 그나저나 신성육장이란 놈들 좀 보고 싶
다. 걔네들 참 잘 싸운다 들었는데. 허어, 비무하고 싶구나."
　"독상(獨上)이 저승에서 바둑 둘 상대를 잔뜩 얻겠구나."
　명재웅이 비아냥거렸다. 독상 남궁손(南宮孫)이라는 자는
몇 년 전까지만 해도 정도맹의 가장 뛰어난 인재가 될 것이라
칭송받던 젊은 무사였다. 이에 동방량이 유흥 삼아 비무를 청
했고, 독상은 감격하여 이를 받아들였다. 그리고 일장에 명을
달리했다. 어쩌면 남궁문이 정도맹을 배신한 것은 이 사건에
대한 앙심 때문일지도 모른다.
　"그놈은 좀 아니었다. 진상이한테도 어림없다."
　동방량은 끝내 술병을 기울였다. 맑은 방울이 쪼르르 떨어
져 잔을 채운다. 술잔 속 맑은 파문에 그리운 얼굴이 흐트러
졌다. 어린 자신의 눈망울에 등을 보이던 할아버지 동방성.
생애 최대의 적수이자, 앞으로도 다시 볼 수 없을 것 같은 천
재 낭랑. 젊을 때 단 한 번 만났을 뿐이었으나 평생의 호적수
가 되리라 확신할 수 있었던 공작왕 금사회. 파문이 흐릿해졌
다. 보고 싶은 자들이 더 있었지만, 볼 수 없었던 존재들이 떠
올랐기 때문이다. 귀향공, 혈혼객, 실존하는지도 알 수 없는

천외천, 천외존(天外尊), 천외선(天外仙). 평생의 꿈이 있다면 이들 모두를 한 번씩이나마 상대하고 싶었다. 그러나 세월은 동방량에게 수많은 짐을 지었고, 그로 인하여 사소한 욕심인 막 싸움조차 할 수 없게 만들었다. 지금 정주에서 소란을 피우는 지들을 향해 기분 좋은 호통을 치며 주먹과 발을 날리고 싶은 것이 동방량의 심정이었다. 그러나 정도맹주 동방량은 그럴 수가 없었다. 술잔을 입술에 가져가고 단숨에 들이켰다. 정주의 혈 내음이 콧속으로 휘 하고 들어섰다. 이 냄새에 내 검을 담아 공작왕의 콧잔등으로 흘려보내면 그놈이 오겠지. 아쉽구나, 아쉬워. 동방량은 병을 기울였다.

"대체 왜 떠나지 않는 것이냐. 몇 명이 더 죽어야 속이 후련……."

명재웅이 불평하다가 동방량의 돌아봄에 급히 입을 다물었다. 동방량은 술잔을 입술에 가져가며 신음하듯 말했다.

"네가 왜 저들의 싸움을 싫어하는지 모르겠다. 각각 목적이 있어 칼을 들었고, 목적이 없으면 칼을 버리면 된다. 열심히 목표를 향해 나아가는데 그놈의 목표가 갑자기 떠나 버리면 얼마나 허무하겠느냐. 나는 여기에 있어야 해."

"잘도 생각해 준다. 솔직히 말해라. 기회를 틈타 저들 사이에 뛰어들고 싶은 게 아니냐. 수많은 목숨을 다스리는 정도맹주의 위치에 있는 자가 그렇게 자기 생각만 하고 있으니 이놈의 전쟁이 언제 끝날까."

"내가 내 생각만 한다고?"

동방량이 놀라며 술잔을 떨어뜨렸다.

"친구지간이라고 이제는 막말을 하는구나. 어릴 때부터 같이 자라온 주제에 어찌 그리 내 속을 모르냐."

"그럼 아니냐? 저 수많은 사람들이 너 하나 때문에 목숨을 버리는데 너는 이곳에서 풍류를 즐기고 있지 않느냐."

"내가 제일 두려워하는 것이 뭔지 안다면 그런 말은 못한다."

동방량의 입에서 '두려워하는 것이 있다' 라는 종류의 이야기를 들어본 적이 없었던 부부신장은 눈을 동그랗게 치켜떴다. 그것이 뭐냐고 묻기가 두려워질 정도였다. 동방량은 떨어진 술잔을 다시 주워 그곳에 방울을 떨궜다.

"그때 같은 일. 만약 그때처럼 무인들이 자신의 의지와 관계없이 싸우게 되는 날이 또 오게 된다면 그야말로 강호의 끝이다. 나는 그때처럼 무인들이 검을 버리고 싶어도 버릴 수 없는 시대가 올까 두렵다."

"복마대종사를 말하는 거냐?"

동방량의 눈이 근심에 젖었다. 방울이 적시는 입술이 금세 말라붙으며 각질 졌다. 호연한 그 얼굴을 다시 보게 될까 두려웠다.

"낙랑……. 나조차 따르고 싶은 놈이었지. 마교의 모든 이들이 퀭한 동공으로 그를 따랐다. 마치 섭혼술에 빠진 강시라도 되는 양 그놈의 한마디에 거침없이 몸을 던졌지. 세상에 그러한 영웅이 또 한 명 나타난다면, 아니, 한조 말기처럼 두 명, 세 명, 네 명… 수없이 나타나서 혼세를 부른다면……."

"……."

"나는 천이에게 뒤를 넘길 것이다."

의미를 알고 있는 부부신장은 창백한 얼굴이 되었다. 동방량의 아들 중에서 동방천은 비록 맏아들이기는 했으나 동방세가의 후계자로 가장 어울리지 않는 자였다. 명재웅이 특히 동방천을 싫어했다. 동방천이 후계자가 된다면 강호에 엄청난 혈풍이 불 것이라며 경고한 적도 있었고, 동방량은 그 경고에 수긍하듯 고개를 끄덕였었다. 동방천이 동방량과 많이 닮아 싸움을 두려워하지 않는 위용은 있으나 그 뜻을 몰라 성급한 피를 자주 부르기 때문이었다. 만약 동방천이 정도맹주가 된다면 강호에는 지금 못지않은 피바람이 불 것이다.

"그건……."

어떻게 만류해야 할까 고민하며 일단 말문부터 열었던 명재웅이 스스로 입을 막았다. 동방량이 깜짝 놀라며 몸을 일으켰기 때문이다. 이유를 묻기도 전에 동방량이 먼저 중얼거렸다.

"나가봐야겠다."

"안 돼!"

"태양문과 남궁문이 배신을 했어."

"그럴 리가!"

동방량은 창백해진 부부신장의 얼굴을 돌아보며 빙긋 웃었다.

"그럴 리가는……. 오히려 늦었지. 나는 저들이 언제쯤 배신하나 싶었다."

"대체 그게 무슨 소리냐!"

"아무래도 천이는 후계자가 될 수 없을 듯하다. 하하하."

동방량은 크게 웃으며 신형을 날렸다. 부부신장이 뒤늦게 당황하여 동방량의 뒤를 쫓았다. 붉은 바람이 매섭게 불고 도검의 장단에 맞춰 아우성의 노래가 울려 퍼지는 정주의 멍석이 한눈에 보였다. 동방세가의 지붕 꼭대기에서 노인이 말했다.

"모두 그만 해라."

내력을 실은 음성이 아니었다. 도검이 목젖을 마주하는 와중이며 비명 소리가 귓전에서 끊임이 없는데 동방량의 목소리가 들릴 턱이 없다. 동방량이 다시 말했다. 하지만 여전히 내력이 실리지 않은 노인의 투덜거림에 불과했다. 부부신장이 지붕에 착지하여 숨을 몰아쉬었을 때, 동방량은 허리를 굽혀 기왓장을 하나 들었다.

"내 말이 말 같지 않느냐!"

여전히 내력없는 목소리였고 기왓장을 던지는 과정에서도 내력이 실려 있지 않았다. 하지만 부부신장의 얼굴은 창백해졌다. 그저 팔 힘만으로 던진 기왓장이 격전장까지 날아가 버렸기 때문이다. 명재웅이 외쳤다.

"대체 뭘 하려는 거냐!"

"걱정 말아라. 네가 걱정하는 일은 하지 않는다, 오히려 너에게는 좋겠구나. 싸움을 말리려는 거니까."

"그럼 말리던지! 내력도 담지 않고 하지 말라 백번을 외쳐봐라! 그냥 안방에 들어가서 이불 뒤집어쓰고 말리지 그랬냐!"

동방량이 놀라며 죽마고우를 돌아봤다.

"아니, 설마 저 많은 놈들 중에 내 목소리를 들을 수 있는 것들이 하나도 없다고? 저쪽에 진상이도 있는데?"

명재웅은 비로소 당황했다. 동방량이 술을 마실 때부터 격전지에서의 소리를 모두 듣고 있었음을 깨달았기 때문이다. 이곳 지붕 위에서도 격전장의 아우성은 희미했다. 피를 안타까워하는 감정마저 없었다면 그조차 들리지 않았을 것이다. 언제부터일까. 몇 년 전만 해도 오늘내일 할 것처럼 신음하던 이 늙은 병자가 왜 이렇게 강해졌을까. 명재웅은 동방량의 신변에 큰 변화가 일어났음을 느꼈다. 동방량은 강해졌다! 하지만 그것을 믿을 수가 없어서 아비신장이 의문을 던졌다.

"넌 들리냐? 저들 말하는 것이?"

"아아. 연약한 녀석들."

동방량이 불평했다.

"내가 낙랑과의 싸움에서 큰 깨달음을 얻어 무병(武病)을 앓았다지만, 너희와 차이가 너무 크구나. 설마 공작왕도 그따 위는 아니겠지."

무병이라는 말에 명재웅의 전신에 소름이 가득 돋았다. 다 쳐서 아픈 게 아니었단 말인가! 비로소 부부신장은 동방량이 어째서 그렇게 앓았는지를 이해할 수 있었다. 동방량이 낙랑 과 싸웠을 때, 큰 부상을 입을 만큼 대단한 격전은 없었다. 그 저 서로의 승패를 가늠할 수 없어서 낙랑이 도주했고, 그 와 중에 동방천이 십팔 인의 고수를 이끌고 암습하여 제거했을 뿐이다. 그 후 동방량은 급작스럽게 앓아누워 정도맹을 불안 에 빠뜨렸었는데, 그 이유가 부상이 아닌 무병이라니! 명재웅 이 중얼거렸다.

"맹주를 잃지 않은 것은 다행이나 아쉽구나. 우화등선(羽 化登仙)을 어째서 포기했느냐."

"등선과 달라. 육신을 버리는 순간, 뭔가 엄청난 일이 벌어 지게 된다는 것은 잘 알겠는데 그것이 선계의 길은 아니었다. 아무튼 억울했지. 공작왕도, 그리고 귀향공… 오외천의 모든 녀석들과 한 번씩 비무하기 전에 내 육신을 놓고 싶지 않았 다. 어찌 되었건 지금 그게 중요한 건 아니지."

동방량은 하늘을 응시하듯 고개를 들더니 미소 지었다. 그 순간 동방량의 옷자락이 매섭게 펄럭이며 정주의 모든 바람 을 몸에 담을 듯 회오리쳤다. 동방량이 말했다.

"얘야."

"······."

명재웅은 소름 위에 소름이 돋는 듯했고, 어미신장 상량화(母神將 尙良花)는 지붕 위에서 엉덩방아를 찧고 기왓장을 떨어뜨릴 뻔했다. 바람이 멎었다. 그리고 아우성이 멎었다. 비록 일순간의 일이어서 다시금 아우성이 시작되었지만, 정주의 모든 시간이 동방세가를 중심으로 정지한 것 같았다. 동방량이 다시 말했다.

"얘야."

또 한 번 아우성이 멎고, 병장기의 부딪침 소리가 희미해졌다.

"누구지?"

우악스럽게 쌍철권을 휘두르던 한보도 잠시 권을 멈추고 주변을 돌아봤다. 누군가 자신의 곁에서 두 번이나 불렀다. 한보뿐 아니라 주변의 무사들 모두가 자신을 부른 사람을 찾기 위해 고개를 휘젓는 중이었다. 그중 성미 급한 자가 외쳤다.

"누구냐!"

"동방량이다."

대답이 들리는 순간, 제일 창백한 얼굴이 된 자는 구량 대사였다. 이런 일을 처음 겪은 것이 아니다. 만재(萬在)라니! 구량 대사는 자신의 앞에 동방진상이라는 강한 적이 있음에도 불구하고 동방량을 찾기 위해 사방을 두리번거렸다. 동방량이 그자의 경지에 올랐단 말인가! 귀향공조차 겁에 질려 물러서게 만들고 자신으로 하여금 라마의 길을 등지게 만든 천외(天外)의 존재만큼이나 강한 자가 또 나타났단 말인가! 믿고 싶지 않았다. 구량 대사는 동방량이 자신의 주변에 숨어서 속삭이고 있다고 확신하며 미친 듯 고개를 휘저었다. 그 꼴을 보았을까? 동방량의 웃음 섞인 목소리가 들렸다.

"우리 집 지붕 위에 있다, 이놈아."

"아버님!"

동방진상도 창백한 얼굴이 되어 외쳤다. 동방량은 모두를 훑어보듯 고개를 몇 번 젓더니 목청을 가다듬었다.

"이제 그만 싸우거라. 태양문과 남궁문의 속내를 잘 알고 있으니 다시 검끝을 돌려도 된다."

"그 무슨 소리십니까! 이미 소림도 마음을 바꿨소이다! 우리는 더 이상 정도맹을 따를 생각이 없소이다!"

태양문의 장로 석창교가 고함쳤다. 그 고함 소리가 동방진상이나 구량 대사에게도 들리지 않을 만큼 석창교가 서 있는 위치는 끄미득했다. 하지만 더 멀리 있는 동방량이 그 외침을 듣고 웃었다.

"너희의 마음을 어찌 모를까. 그 일은 동방세가가 잘못했다. 내 용서를 비마."

석창교뿐 아니라 동방진상까지 입을 쩍 벌렸다. 놀라운 말이기도 했지만, 둘의 가슴이 훤히 트이는 말이었다. 지금 동방량은 정도맹이 행한 내부의 피바람을 잠재우는 한마디를 던진 것이다. 그것이 동방세가가 큰 죄를 지었음을 인정하는 말이었음에도 불구하고!

"그 일이라 함은!"

석창교가 다시 외쳤다. 가슴이 두근거려 진정할 수가 없었다. 이미 동방량의 무위를 충격적으로 받아들인 상태다. 태양문, 소림사, 남궁문, 호운문이… 아니, 이 넷뿐 아니라 사마연합의 연합을 포함한 모두가 동방량 한 명을 상대할 수 있을지 의문이 갈 정도의 무위! 세상 어느 곳에도 몸을 둘 수 있다는 만재의 경지는 곧 세상 어느 곳에 있는 존재도 단숨에 죽일 수 있다는 말이 아닌가. 그런 존재와 맞닥뜨린 위기 속에서 저자가 자신의 과오를 뉘우치고 있는 것이다. 동방량이 말한 '그 일'이 정말로 '그 일'이기를 바라는 마음에서 석창교는 다시 물었다.

"그 일이라 함은 무엇을 말씀하시는지 구체적으로!"

"만천신장 우양호 대협."

"아!"

"최근의 천산녹왕까지 모두 여덟 개 문파가 억울한 누명을 쓰고 멸문당했다. 이는 동방세가에서 비롯된 일이니 세가의 책임자인 내가 앞으로 그런 일이 없을 것임을 약속하마. 또한 이들 문파의 억울함을 인정하여 후예와 친족이 살아남았다면 최선을 다해 보살피겠다.”

“옳습니다, 아버님!”

동방진상이 감동하여 외쳤다. 하지만 남궁문주 남궁탁(南宮門主 南宮卓)은 그것으로 만족하지 않았다.

“그렇다면 그 일을 조사하여 수작을 부린 자를 벌하겠다고 맹세하실 수 있겠습니까!”

“왜?”

“…….”

“피를 부르는 것이 싫어서 배신한 주제에 피를 또 부르자고 칭얼대는 꼴은 무어냐. 내가 잘못했다고 말했잖느냐.”

“앞으로 또 그러지 않는다는 보장이……!”

“여기 있지 않느냐.”

남궁탁은 말문이 막혔다. 그것이 전부였다. 동방량이 그렇다고 하면 그런 것이다. 그것을 거부할 권리도, 믿지 못할 권리도 다른 자에게는 없었다. 특히 지금처럼 엄청난 동방량이라면. 태양문, 남궁문, 호운문이 소림의 뜻을 따르기로 결정한 원인 중에는 동방량이 얼마 전까지 중병을 앓아서이기도 했다. 동방량민 엉망이라면 동방세가의 자식들이 아무리 뛰어난 무용을 지니고 있어도 해볼 만하다고 여겼던 것이다. 그러나 동방량의 지금 모습은 예정에 없었다. 보이지도 않는 동방세가의 지붕 위에서 쫑알대는 목소리가 들릴 정도라니. 게다가 자신들의 목소리를 듣고 꼬박꼬박 대답하는 엄청난 내력이라니! 이것은 상대할 수 있는 존재가 아니었다. 동방량이 작정을 하고 세가의 무사들을 이끌어 공세를 펼친다면 전세가 뒤집어질 것은 불을 보듯 뻔했다. 먼저 남궁탁이 말했다.

"알았소이다. 우리 남궁문이 발걸음을 돌릴 테니 이번 일은 잊어주십시오."

"걱정 말아라. 태양문은?"

"태양문도 그리하겠습니다."

"사도맹과 마교는?"

"……."

잠시 전장에 침묵이 감돌았다. 구량 대사가 대답해야만 한다. 구량 대사는 속이 터질 것 같은 기분이었다. 이미 동방세가를 포위한 상황이며, 자신의 제자가 합류하고 있는 정주 바깥의 인원까지 염두에 둔다면 수적 우세까지 안고 있다. 이런 좋은 기회는 사마연합에 다시없을 것이다. 하지만 저 동방량의 존재는!

"인사드리오. 천축의 구량 대사라 하외다. 빈승은."

"읍."

동방량의 신음 소리가 들렸다. 구량 대사는 그 뜻을 알 수 없어 잠시 침묵했다. 마침 동방량의 곁에 있는 부부신장이 주군의 표정 변화를 불안하게 여겨 물었다. 동방량이 '구량 대사… 저놈이 있다는 걸 잊고 있었다.' 라고 답하자, 명재웅이 옷자락을 붙들며 협박했다.

“아무리 싸우고 싶어도 지금은 참아라. 네가 뭘 하고 있는
지는 모르겠으나 싸움을 말리고 있는 중이라는 걸 믿으마.”

“아깝구나. 딱 한 번만 비무하고 나서 말릴걸. 딱 한 번만.”

“어림없다.”

냉정한 죽마고우의 말에 동방량이 한숨을 쉬었다.

“구량 대사의 명성은 오래전부터 익히 들었소이다. 제 아
들놈을 앞에 두고 손속에 정을 두는 것을 잘 보았소.”

“과찬이시외다.”

동방량은 속으로 ‘싸움이 장난이오?’ 라며 불평하고 싶은
것을 억지로 참았다. 그 대신 음성에 힘을 주어 구량 대사의
귓불을 괴롭히려는 수작을 부렸다. 물론 괴로워한 것은 구량
대사와 동방진상을 제외한 나머지 사람들이었다.

“이제 사마연합을 돕는 이들이 사라졌으니, 무사들을 이끌
고 돌아가시오. 발목을 잡지는 않겠소이다.”

“그······.”

구량 대사는 고민 끝에 말했다. 최대한 용기를 담고 꺼낸
말이었다.

“없습니다. 그럴 수는. 사도맹의 대균이 모였소. 이미 정주
바깥에. 투항의 뜻을 밝힐 때요. 동방세가는 이제.”

“동방세가가 어찌 투항하겠소?”

“뭘 어쩔 수 있다 여기시오? 맹주 혼자의 힘으로. 이렇게
포위된 상황에서.”

“포위라……. 허허.”

동방량의 웃음소리가 미묘했다. 웃음소리는 한동안 정주의 혈향을 가라앉히며 모두를 긴장하게 만들었다. 동방량이 세가의 정상에서 추락하며 말했다.

“사마연합이 나를 보는 한, 그리고 물러설 생각을 하지 않는 한! 포위된 자는 사마연합이외다.”

구량 대사의 얼굴이 창백해졌다. 사마연합의 모든 무사들은 동방량의 한마디에 한숨을 뱉었다. 동방량의 목소리를 직접 듣는 것만으로도 가슴이 뛸 정도다. 그렇기 때문에 지금 뱉는 동방량의 말에 다리가 후들거렸다. 세상에 어떤 존재가 이런 말을 할 수 있단 말인가!

“너, 너무… 자만하시는 건 아니신지.”

끼이익.

이제껏 굳게 잠겨 있던 동방세가의 문이 열렸다. 열려진 문구(門口)의 중앙에 동방량이 우뚝 서 있었다. 동방량이 잠재워진 먼지 무리와 이곳저곳 부서진 상가를 흘겨보며 말했다.

“나를 상대하여 스스로를 얽매지 말고 어서 돌아가시오. 나는 일점이며 그 밖의 모든 곳은 세상이외다. 스스로 뒤에 벽을 만들고 있으니 어찌 어리석지 않다 하겠소? 내 이제 소림을 설득하기 위해 정주를 나설 것이니 그대들이 포위되었음을 깨닫게 될 것이외다.”

말뜻을 이해할 수 없었다. 그러나 동방량의 모습이 세가의 흐릿한 그림자에서부터 나타났을 때, 그 말의 의미가 가슴에 와 닿았다. 동방량이 걸어오고 있다. 앞에 사마연합의 무사들이 전혀 보이지 않는 듯 거침없이 걸어오는 노인의 모습. 그것이 동방량임을 모두가 알았다. 하지만 사마연합의 모든 무사들, 심지어 구량 대사조차 공격을 가할 생각을 못했다. 동방량은 구량 대사와 동방진상의 곁을 지나치고 사마연합의 무리를 지나쳤다. 귀암곡의 유상상은 몸을 움츠렸고, 정도맹 무리 속에서 한보와 혈전을 벌이던 전투 집단들이 어쩔 줄을 몰라 했다. 무방비의 노인처럼 보이는 자에게 누구도 칼을 겨누지 못했다. 하지만 그것이 심적인 공포 때문은 아니었다. 뒤늦게 구량 대사가 신음했다.

"이런 경지였을까. 천외천이."

동방량의 걸음은 무공 그 자체였다. 동방량이 지나쳤던 수많은 사람들 중에 공세를 펼치려던 자가 아예 없었던 것은 아니다. 구량 대사도 동방량이 오는 것을 보고 어떤 공격을 펼칠지 마음속으로 결정지었었는데, 끝내 제자리에서 움직이지 못했던 것이다.

"아버님……."

동방진상은 눈물을 흘렸다. 아버지의 무위가 하늘 끝에 닿아 있음을 깨닫고 감동했기 때문이다. 걸음 하나하나에 담겨진 진각(震脚)의 힘을 몇 명이나 깨달았을까. 동방량 주변의 무인들이 자신의 곁을 지나는 정도맹주에게 공격을 가할 수 없었던 이유는 땅을 박차는 게 불가능했기 때문이다. 손바닥 위에 올려진 새가 하늘을 날 수 없도록, 각각의 땅에 흔들림을 주는 존재! 동방량은 걸음 하나로 이미 자신이 천하제일의 무인임을 각인시켰다.

『용들의 전쟁』 4권에 계속…

다세포 소녀 원작 만화 출간!!

전국 서점가 최고의 화제작!

OCN 슈퍼액션 드라마 시리즈 방영!

왜? 사람들은 다세포 소녀에 주목하는가!
상식을 뒤엎는 기발하고 엉뚱한 상상력!

『다세포 소녀』의 숨겨진 힘!!

다세포 소녀 원작만화 (전 5권 예정)
B급 달궁 글·그림 | 값 9,000원 / 부록 예이츠 시집

몇 페이지만 읽어도 좌중을 휘어잡을 이야깃거리가 넘쳐난다!
둔감해진 머리에 영감을 주는 아이디어가 마구마구 솟구친다!
원작을 더욱더 빛내주는 기발한 댓글 퍼레이드!
300만 다세포 폐인을 열광시킨 상식을 뒤엎는 엉뚱한 상상력!

또 하나의 이야기! 또 하나의 재미!
소설 『다세포 소녀』

초우 장편소설 | 값 9,000원 / 원작자 B급 달궁

"그건 모르겠고, 나는 외눈의 사랑이야. 사랑을 줄 수는
있어도 마주 할 수 없는 사랑이지. 두 눈을 가진 사람은 주
고받을 수 있지만, 나는 주는 것만 할 수 있어. 나는 주는
사랑으로 족해. 외사랑이지."
—외눈박이

잠들어 있던 거대한 공룡, 중국이 깨어나고 있다!

세계의 중심으로 우뚝 부상하고 있는 중국.
그들을 알지 못하고서 어찌 글로벌 시대에
경쟁력을 갖췄다 할 수 있겠는가.

한 권으로 끝나는 중국 고전 시리즈

한 권으로 끝내는 중국 고전 길라잡이

■ 모리야 히로시 지음 / 장선연 옮김 | 값 12,000원

각 세계의 지도자들에게 지침서로 읽혀온 명저에서 핵심만 추출해 낸 입문자를 위한 실천적 고전 안내서!

한 권으로 끝내는 춘추전국 처세술

■ 마츠모토 히로시 지음 / 김미선 옮김 | 값 12,000원

예측 불허의 변수 속에 풍랑을 만난 조각배처럼 표류하는 현대인들에게 등대가 되고 나침반이 될 처세술의 비전!

한 권으로 끝내는 중국 고전 언행록

■ 미야기타니 마사미쓰 지음 / 연주미 옮김 | 값 12,000원

자기 계발과 경영 전략 등 현대 생활에 도움이 되는 내용을 명쾌하게 풀어낸 이 책은 지적 자극이 넘치는 최고의 실용서이다.

잘나가고 싶은 사람은 읽어라!

그에게 한눈에 반했다! 그것은 분위기 탓?
애인과 나란히 걸어갈 때 당신은 좌, 우 어느 쪽에 서는가?
이성은 왜 서로 끌리는 걸까? 그 심층 심리를 해명한다!

30초의 심리학

■ 30초의 심리학
아사노 하치로우 지음 / 계일 옮김 | 값 8,500원

처음 본 사람인데 와 닿는 느낌이
너무나도 강렬한 사람이 있다.
흔히 하는 말로 '필이 꽂힌 사람',
그래서 잊혀지지 않는 사람,
한눈에 반했다고 하는 것이 바로 그것이다.
이런 인간의 감정을 논하는 데
남녀의 구분이 있을 수 없다.
사랑하는 그, 혹은 그녀를
생각하는 것만으로도 가슴이 두근거린다.
이상할 것 없다. 당연히 그럴 수 있는 것이다.
그렇기에 인간을 감정의 동물이라 하지 않는가.
그러나 그렇게 좋아하는 그 사람이
어느 날 갑자기 싫어지는 경우는 왜일까?

Psychology